연애만 **이십년째**

연애만
이십년째

2013년 01월 15일 1판 1쇄 펴냄
2013년 04월 05일 1판 2쇄 펴냄

지은이 유현수
펴낸이 구모니카

마케팅 신진섭
디자인 현서영
제 작 양만익

펴낸곳 M&K
등 록 2005년 1월 13일 제7-292호
주 소 서울시 마포구 동교동 152-6 2층
전 화 02-323-4610
팩 스 02-323-4601
E-mail nikaoh@hanmail.net

ISBN 978-89-92947-30-5 03810

국립중앙도서관 출판시도서목록 (CIP)
연애만 이십 년째 / 지은이: 유현수. -- 서울: M&K, 2013
318page. ; 152*205cm
ISBN 978-89-92947-30-5 03810 ₩12,800
한국 현대 소설[韓國現代小說]

813.7-KDC5
895.735-DDC21   CIP 2012005996

상큼발랄 X세대 94학번들의
예장동 러브＆라이프 스토리
우리는, 여전히, 행복하게,

연애만
이십년째

LOVE

M&K

엣지남녀들의 추천의 글 &
그들이 뽑은 〈연애만 이십년째〉 명대사

'보통의 연애'라는 것도 한 사람의 삶 속에 고이게 되면 몹시도 '유난스러운' 드라마가 될 수 있다. 우리 모두의 어찌 보면 지극히 평범한 연애사를 참으로 유난스럽게, 재미난 이야기로 집중시켜버리는 작가의 필력에 조금 감탄하는 중이다. 케케묵은 내 오랜 연애들! 심지어 운명이 아니라고 도리질치던 후미진 만남들조차도 사랑스러운 추억으로 마주하게 해준 유현수 작가에게 뜨거운 감사를!!!

🔷 정선희 | 방송인

"오빠를 미워하고 원망하면 내 아름답고 행복한 이십대는 사라져. 삼십대의 추억도 마찬가지고. 오빠를 부정하는 건, 내 지난 청춘을 부정하는 것과 같아. 당신 때문에 상처받았지만, 오랜 시간 알고 지낸 사람과 헤어지면서 안녕. 잘 살아 이런 인사 한마디 없이 남남이 된다는 게 어쩐지 슬프다는 생각이 들었어."

사랑에는 정답도 결론도 없다는 뻔한 진실. 그러나 이것을 깨닫는 것은 사랑을 경험해본 사람만의 특권. 사랑의 진짜 모습을 찾아 아직도 헤매고 있는, 혹은 오랫동안 헤매왔던 우리 모두의 이야기.

♥ 남태정 | MBC 라디오 PD

"이 길의 끝엔 뭐가 있을지 아무도 모르는 거잖아요. 그럴 땐 그냥 걸어가 보는 거예요. 콧노래도 부르고 주위 풍경을 둘러보면서요.**"**

어제의 연애가 오늘의 나를 만들었음을 다시 한 번 깨닫게 해주는 이야기. 삶은 결국 누군가에게 주체할 수 없을 정도로 매혹되는 행위의 연속 아니던가? 특히 90년대 학번이라면 빛바랜 밀어들과 기억들이 러시아 인형처럼 줄지어 호출될 것이다.

♥ 이선아 | SBS 라디오 PD

" 거봐, 우리는 이것만 있으면 돼. 담배 몇 개비와 커피 한 잔, 약간의 대화, 너와 나... 그리고 5달러.**"** 청춘이 좋다는 것은 바로 이런 게 아닐까? 낭만만 있어도 행복하다고 느끼는 것. 커피 한 잔 마실 돈만 있다면, 사랑하는 사람만 곁에 있다면 충분히 아름다울 수 있다고 믿는 것.

서투르게 멋 부리고 나간 그 시절 압구정동 카페 〈샤델리〉에서 처음 먹었던 파르페 같은 촌스럽고 달큰한, 아련한 기억…… 우리들의 이야기.

🖤 김형중 | JTBC PD, 뮤지컬 〈온에어〉 시즌 1 연출

민재는 주머니에서 손을 빼서 보라의 두 뺨을 감쌌다. 보라가 놀라서 민재의 두 손을 떼어내려 했지만 민재는 보라에게 바짝 다가가 말했다. "이 손난로는 소보라 전용인데…"

결국 마침내 기어이 불혹에 이르고야 말았다. 게다가 싱글로서! 그러니까 나는 결국 결혼에 골인하지 못하고 20년 동안 연애만 주구장창 했다는 얘기인데, 전혀 슬프지도 아쉽지도 않은 건 〈연애만 이십년째〉를 읽었기 때문이다. 소설 속에는 나의 지난 20년, 모든 싱글들의 지난 20년 세월이 전광석화처럼 녹아들어 있는데, 이로서 우리의 모든 지난날이 '샤방함'으로 추억되리라!

🖤 구모니카 | 〈나는 독한 여자를 연기한다〉 저자

" 연애의 해피엔딩이 결혼은 아니고 연애의 새드엔딩이 이별은 아니다. 그 경험에서 무엇을 배우고 어떤 것을 깨달았는지 그것이 중요할 뿐이다. (…) 어디선가 아카시아 향기가 난다. 아… 봄의 향기. "

세상의 누나들은 두 부류다. 연하를 갖고 싶어 하는 여자와 연하를 가질 수 있는 여자. 여기, 연하를 갖게 될 운명의 누나들이 있다. 타고난 운명이 아니다. 남들보다 조금 긴 사랑의 여정에서 얻어진 운명이다. 내 주변의 매력적인 싱글 누나들에게 이 책을 고스란히 추천해본다.

♥ 황건희 | SBS 라디오 PD

" 그럼 내가 작업하면 넘어와요? "

이십대보다 나이를 먹는 두려움이 덜해졌다고 할까요. 삼십대 또한 너무도 아름다운 시간이라는 걸 보라, 희재, 미소 세 주인공을 통해 기대하게 됩니다. 누군가에게 나도 와아…… 하고 미소 짓게 만드는, 화사한 봄 햇살 같은 사람이 되고 싶어요. 우훗~!

배태욱 | SBS 라디오 PD

" 너... 화사한 봄 햇살을 닮았어.
와아... 하고 미소 짓게 만드는 게 말이야. "

기억이 추억이 되고, 추억이 또 기억이 되고. 이십 년째 연애만 하면서 마음의 성장 통을 겪는 소설 속 주인공들. '아직도 당신의 심장은 뛰고 있나요? 아직도 그 사랑을 믿나요?'

♥ 은지향 | SBS 라디오 PD

" 모든 기억이 지워져도 사랑했던 기억은 심장에 남아있다. "

Contents

스물에서
스물다섯 시절

Spring [봄]

연애는 환상이다

OPENING

우리가 꿈꾸는 연애의 환상 있잖아요.
첫눈에 반한 그 사람이,
내가 먼저 당신을 알아봤다고 고백해주는 것.
처음 만난 날, 내가 무슨 옷을 입고 어떤 말을 하고
어떤 표정을 짓고 있었는지 기억해주는 것.
내가 좋아하는 음식과 음악과 색깔까지…… 소소한 모든 것을 알고 싶어 하는 것.
다퉈서 마음이 불편한 밤, 미치도록 보고 싶어 달려왔다며 집 앞에서 전화해주는 것.

술 마시지 말고, 다른 사람 보며 웃지 말고, 나만 보라고 질투해주는 것.
헤어지고 힘들 때, 너 없이는 안 되겠다고 먼저 전화하고 달려와서 안아주는 것.
가슴 떨리게 좋은 그 사람이 우리는 만날 운명이었다고 말해주는 것.

꿈꾸던 환상이 현실이 됐을 때,
우리의 연애는 시작됩니다.

■ #1 예장동의 청춘 스케치

사랑 하나 못하면서 사랑을 앓던 시절
손뼉을 치면 닿을 것 같은 스무 살 시절의 추억

_우리 스무 살 때 | 김건모

남산에 위치한 이 작은 예술대학의 주소는, '서울시 중구 예장동 8-19'였다. 저 멀리 남산타워가 보이는 대로변에 서서, 보라는 알록달록한 벽화가 그려진 학교를 설레는 눈으로 바라보았다. 그녀는 콩닥콩닥 뛰는 심장 위에 한 손을 조심스레 갖다 댔다. 그리고 발랄한 발걸음으로 학교 안으로 들어섰다. 이제부터 대학생활의 시작이다. 레디 액션!

예술대학의 본관에는 개강 첫 날 활력이 넘쳤다. 좁은 운동장에서 남학생들은 나이키 에어맥스나 리복 농구화를 신고 농구연습에 한창이었고, 담벼락에는 여학생들이 앉아 음악을 듣거나 책을 보고, 친구들과 모여서 이야기를 나누고 있었다. 보라는 대극장 앞에서 우렁찬 목소리로 햄릿 대사를 외우는 남학생을 볼 때는 당황했고, 그 앞에 놓인 소파에서 트레이닝복 차림으로 잠들어 있는 남자를 발견했을 때는 이제야 정말 예대에 입학했다는 사실을 실감했다. 보라가 알던 세상과는 전혀 다른 세상이었다.

대극장 오른편에 있는 계단으로 내려가니 뒷마당이 나타났다. 그 협소한 공간에서 턴을 하고 스트레칭을 하는 여학생들이 보였고, 건물 어디에선가 악기 연주 소리가 들렸다. 실용음악과와 국악과 강의실이 근처에 있는 모양이었다.

카메라 가방을 메고 지나가는 학생들을 보면 보라는 사진과일 거라고 생각했고, 탤런트처럼 예쁜 여학생들이 지나갈 때는 방송연예과나 영화과 학생일 거라고 추측했다. 보라도 어렸을 때부터 예쁘다는 소리를 쭉 듣고 자랐지만, 학교를 한 바퀴 둘러보는 동안 정말 잘생기고 인형처럼 예쁜 아이들이 많다는 사실에 위축됐다. 게다가 TV에서나 봤던 연예인이 보라 옆으로 스쳐 지나갈 때는 화들짝 놀라면서 주눅이 들 수밖에 없었다.

'그러니까 이휘재 오빠도, 김원준 오빠도 내가 지금 밟고 있는 이 땅을 지나다녔다는 말이지!'

학교를 둘러보려고 조금 일찍 등교해서인지 신입생 오리엔테이션에서 봤던 과 친구들은 아직 보이지 않았다. 점심 먹을 친구도 없고 학생식당이 어디인지도 몰라 난감해하던 보라는, 혼자 운동장 담벼락에 기대어 앉아 있는 짧은 커트 머리의 여자를 발견하고는 반가웠다.

'혼자 있는 걸 보면 저 아이도 신입생인 것 같은데? 다른 과 아이들을 사귀어 봐도 좋을 거야.'

보라는 아이보리색 스웨터에 청바지를 입고, 희고 조그마한 얼굴을 머플러로 반이나 가린 여자를 향해 다가갔다. 그리고 용기 내어 말했다.

"안녕? 나는 영화과 신입생 소보라라고 해. 너는 무슨 과야?"

기분이 울적해서 수업도 안 들어가고 담벼락 벤치에 앉아 듀스 노래를 듣고 있던 희재는, 귀찮은 표정으로 이어폰을 빼고 보라를 바라보았다.

"재수과요."

너무나 싸늘한 희재의 대답에 보라의 얼굴이 화끈 달아올랐다. 하지만 무안함을 들킬까 봐 애써 어색한 미소를 지으며 말했다.

"아……, 여기 재수과도 있어요? 아니면 혹시 재수생? 죄송합니다."

보라의 얼굴이 사색이 되었다. 희재는 보라를 위아래로 훑어보았다. 까무잡잡한 피부에 쌍꺼풀진 눈이 섹시하기도 하면서 청순했다. 코는 오똑하고, 코끝이 적당히 샤프하면서 동그스름한 게 반질반질 윤기가 흘렀다. 길게 늘어뜨린 갈색 생머리는 찰랑거렸고, 목소리에는 발랄함과 애교가 묻어났다. 어리바리한 것을 보니 신입생이 분명했다.

'애야, 이 언니는 2학년 선배란다.'

보라는 개성 강하고 드센 아이들이 판을 치는 이 예술대학에 적응하는 일이 만만치 않을 것 같다는 걱정을 하면서 종종걸음으로 학교를 빠져나왔다. 개강 첫날부터 점심도 굶고, 무안이나 당하는 한심한 꼴이라니!

희재는 교문을 빠져나가는 보라를 무심히 쳐다보면서 다시 이어폰을 귀에 꽂았다. 그리고 볼륨을 높였다.

'난 누군가 또 여긴 어딘가, 저 멀리서 누가 날 부르고 있어.'

희재가 듀스 노래를 들으면서 농구대로 시선을 옮겼을 때, 남학생 한 명이 덩크슛을 성공하고 환호성을 지르고 있었다. 주변에는 그가 농구하는 모습을 바라보면서, 골을 넣을 때마다 소리를 지르는 여학생들이 수두룩했다.

덩크슛을 성공한 남자는 훤칠한 키에 웃는 모습이 싱그러운 연극과 2학년, 최진욱이었다.

📽 #2 마음이 살랑살랑 봄

"너… 화사한 봄 햇살을 닮았어.
와아… 하고 미소 짓게 만드는 게 말이야."

학교에서 나와 횡단보도를 건넌 뒤 좁고 후미진 골목을 따라 내려가면 퍼시픽호텔 쪽으로 이어지는 큰 골목이 나왔다. 그 골목길에 영화과와 광고창작과 학생들이 주로 강의를 듣는 예술관이 있었고, 문예창작과 학생들이 주로 수업을 듣는 연구관이 있었다. 퍼시픽호텔에서 예술관과 연구관을 지나 숭의여전, 리라초등학교까지 이어지는 골목이 서울예전 제2의 캠퍼스였다.

입학하고 벌써 두 달이 훌쩍 지나갔다. 끼와 열정이 넘치는 이 학교에 어떻게 적응해야 할까 걱정했던 보라는, 두 달 만에 완벽하게 대학생활에 적응해가고 있었다. 보라는 그동안 과 동기들과도 많이 친해졌고, 선배들의 술자리에 따라다니면서 남자 선배들의 귀여움을 독차지했다.

영어와 수학, 국사 대신 시나리오 쓰는 법을 배우고, 영화제작에 관련된 강의를 들을 때는 흥미로웠다. 직접 영화를 제작하고 편집까지 하는 선배들을 보면 대단해 보였고, 카메라 테스트를 받을 때는 정말 영화배우가 된 것 같아 뿌듯하고 즐거웠다.

보라는 열정이 넘치고 괴짜들이 많은 이 학교의 매력에 점점 빠져들고 있었다.

보라가 예술관에서 오전 수업을 마치고 나왔다. 화창한 햇살에 눈이 부셨다. 봄이다. 충분히 마음이 설레고 두근거리는 봄.

보라는 영화 〈청춘스케치〉를 보기 위해서 과 친구와 예술관 근처에 있는 비디오 방으로 향했다. 친구는 지난밤에 술을 너무 많이 마셨다며 영화가 시작하자마자 비디오방 의자에 편하게 뻗어서 잠이 들었다. 영화의 첫 장면은 위노나 라이더가 수석으로 대학을 졸업하면서 졸업생을 대표해 연설문을 발표하면서 시작된다.

"하지만 문제는 앞으로 어떻게 하냐는 겁니다. 물려받은 이 문제점들을 어떻게 풀어나갈 것이냐 하는 거죠. 졸업생 여러분, 답은 간단합니다. 그 답은……, 그 답은……, 잘 모르겠습니다."

이 영화는 대학을 졸업한 스물세 살의 네 남녀가 사회에 어떻게 적응해나가는지를 보여주었다. 사회 초년생들의 꿈과 사랑 그리고 현실에 대한 진지한 고민을 보여주는 영화. 보라는 영화를 보면서 그들의 방황과 고단한 현실에 대해서는 공감하지 못했다. 대학을 갓 졸업한 사회초년생들의 고단한 삶을 이해하기에는 보라는 이제 막 대학생활을 시작하는 신입생일 뿐이었다.

보라가 그 영화를 보면서 반한 건 히피족 같은 근사한 외모의 에단 호크와 숏커트 머리가 깜찍하고 청순한 위노나 라이더였다. 그리고 에단 호크의 멋진 대사.

"거봐, 우린 이것만 있으면 돼. 담배 몇 개비와 커피 한 잔, 약간의 대화, 너와 나……, 그리고 5달러."

청춘이 좋다는 건 바로 이런 게 아닐까? 낭만만 있어도 행복하다고 느끼는 것. 커피 한 잔 마실 돈만 있다면, 사랑하는 사람만 곁에 있다면 충분히 아름다울 수 있다고 믿는 것. 보라의 눈에 방황하는 청춘, 에단 호크는 근사했다.

'그래, 나에게도 운명 같은 사랑이 찾아올 거야!'

비디오방을 나와 눈부신 봄 햇살에 한 손으로 얼굴을 가리고 하늘을 한 번 올려다보던 그때, 보라는 저 멀리에서 자신을 바라보는 한 남자의 시선을 느꼈다. 그리고 그가 보였다.

10m쯤 앞에 진욱이 서 있었다. 그도 보라를 보고 있었다. 카페 〈아이리스〉 앞에, 나이키 반바지에 흰색 면 티셔츠를 입은 진욱이 한 손으로 농구공을 들고 서 있었다. 그는 근사한 미소를 지으면서 영화의 한 장면처럼 보라에게 다가왔다.

"짜식……, 너 내 후배 된 거야?"

진욱은 꼬마 아이 머리 쓰다듬듯 보라의 머리를 헝클어뜨리며 장난스럽게 말했다. 뭔가 성숙하고 세련된 말로 대꾸하고 싶었지만, 보라는 순간 머릿속이 백지가 돼 말갛게 웃었다. 보라 옆에 서 있던 친구는 먼저 강의실에 가 있겠다며 센스 있게 자리를 피해주었다.

"어느 과? 우리 과?"

"아니요. 영화과요."

진욱은 플래시백 되는 영화 속 한 장면처럼, 보라와 처음 만난 날을 떠올렸다. 보라가 재수학원에 다닐 때, 우연히 길에서 잡지사 기자에게 명함을 받아 잡지모델로 데뷔하던 현장에 진욱도 있었다. 그는 서울예전 연극과 93학번 학생이자 모델 선배였다. 예대에 입학하자마자 방송사 공채시험에 합격한 진욱은 그 당시 단막극에 조연으로 출연한 신인 탤런트이기도 했다.

진욱의 눈에 보라는 햇병아리로 보였다. 하지만 어쩐지 보라는 기가 죽거나 떨지도 않았다. 뭘 몰라서 당당한 건지, 원래 눈치를 안 보는 건지 알 수 없었다. 대부분의 초짜 모델들은 촬영 장소에 도착하면 잡지사 기자와 포토그래퍼에게 주눅이 들기 마련이지만, 보라는 신기한 듯 촬영장을 두리번거렸고, 끊임없이 질문을 했다.

"팔짝 뛰어보라는 게 어느 정도 뛰라는 말씀이세요? 대학합격자 발표 났을 때 기뻐서 팔짝 뛰는 만큼이요? 아니면 김원준이나 서태지 만났을 때 미칠 만큼 좋아서 뛰는 정도요?"

포토그래퍼는 합격자 발표가 났다고 상상하면서 뛰어보라고 요구했고, 그 광경을 재미있게 쳐다보던 진욱이 "야! 저기 서태지다!"라고 외치자 보라는 "꺄아!" 소리를 지르며 팔짝 뛰어올랐다. 보라의 황당한 행동에 그 자리에 있던 스태프들은 모두 소리 내어 웃었지만, 진욱의 가슴은 왠지 모르게 뛰었다.

촬영 중간 어디 사는지, 어느 재수학원에 다니는지 묻는 진욱에게 보라가 새침하게 말했다.

"저한테 관심 있으세요? 그런데 어쩌죠? 저 남자친구 있어요! 같이 재수하거든요."

그녀의 말에 진욱이 소리 내어 웃었다. '요것 봐라. 맹랑한 게 귀여운데?'

"너 내 후배 해라. 아직 진로결정 못 한 거면 서울예전 와. 지금부터 준비해도 네 외모면 합격할 수 있을 거야. 내가 다녔던 연기학원 알려줄게."

"왜요?"

보라가 영문을 모르겠다는 표정으로 물었다.

"너 또 보고 싶거든."

바로 1년 전 봄이었다.

근처 카페로 들어간 진욱과 보라는 카페 라테를 마시고 있었다.

"입학했는데 왜 안 찾아왔어? 나 연극과 다니는 거 알았잖아."

"학교가 좁으니까 이렇게 다니다 보면 만날 거라고 생각했어요."

보라는 당신과 나는 운명이라고, 그래서 언젠가 우연히 다시 만나게 될 줄 알았다는 말은 하지 않았다. 대신 수줍게 웃었다.

"아……, 그러니까 내 생각을 하긴 했다는 거네? 다시 만날 것도 알았고?"

보라는 순간 감춰뒀던 속내를 들킨 것 같아 부끄러웠다.

"그건 아니고……, 선배가 연극과 다니는 거 알았으니까요. 참! 늦었지만 감사했어요. 알려주신 학원에 가서 속성으로 준비하고 시험 봤거든요."

이 순간을 얼마나 기다렸던가. 보라는 눈앞에 앉아 있는 진욱을 바라보며, 이게 꿈은 아니겠지 생각했다. 그의 한마디가 그녀에게 꿈이 되었고, 그 꿈을 이루기 위해 연기학원에 다니면서 난생처음 가슴이 요동치는 열정을 발견했다. 그리고 그를 이렇게 영화처럼, 다시 만났다.

"너 그때 사귀던 남자친구랑 아직도 만나니?"

진욱이 카페 라테를 한 모금 마시며 보라를 그윽한 눈으로 쳐다보며 물었다.

"헤어졌어요."

"왜?"

"제가 서울예전 가는 게 싫대요. 날라리들이 가는 학교라고요."

'풉!' 진욱은 하마터면 보라의 얼굴에 커피를 뿜을 뻔했다.

"미안, 미안!"

혹시나 그녀의 얼굴에 커피가 튀었을까 싶어 진욱은 엄지손가락으로 보라의 콧등과 볼을 닦아주었다. 그의 손가락이 보라의 얼굴에 닿았을 때 그녀의 심장이 뛰었다.

"안 튀었어요. 괜찮은데."

"너, 많이 귀엽다?"

"네?"

이제 심장 뛰는 소리가 대놓고 보라의 귀에 들렸다.

'이 오빠 지금 나한테 고백하려는 거야? 어떡하지?'

얼굴이 홍조가 된 보라를 바라보면서 진욱은 그 모습이 귀여워죽겠다는 표정으로 말했다.

"오빠 여자친구 할래? 너 이름 소보라 맞지? 기억할지 모르겠지만 내 이름은 최진욱이야. 최.진.욱. 자, 이제 여기 냅킨에다 네 삐삐번호 적어!"

진욱은 두 볼이 발갛게 상기된 채 냅킨에다 시키는 대로 삐삐번호를 적는 보라를 바라보면서 생각했다.

'너······, 화사한 봄 햇살을 닮았어. 와아······ 하고 미소 짓게 만드는 게 말이야·······.'

▰ #3 카페 아이리스

연일 40℃를 넘나드는 폭염이 지속됐다. 백 년 만에 찾아온 무더위 앞에서 모두 실신할 지경이었다. 집에 에어컨이 설치돼 있지 않아 여름방학인데도 학교에 오거나 카페를 찾아 서성이는 학생들이 늘어갔다. 오늘도 40℃ 찜통더위라는 뉴스를 들으며, 희재는 이렇게 더운 날 이모 없는 빈집에서 쪄죽느니 에어컨 나오는 카페 〈아이리스〉에서 아르바이트하고 있는 게 다행이라고 느꼈다.

라디오에선 김일성이 죽었다는 뉴스가 속보로 흘러나오고 있었다. 애초부터 스물아홉 살까지만 살겠다고 유행처럼 번지던 허무주의에 전염돼 있던 희재도 그 순간 전쟁이 나지 않을까 불안해졌다. 희재는 듣고 있던 라디오를 끄고 카세트 플레이어의 볼륨을 더 높였다.

마로니에의 〈칵테일 사랑〉이 흘러나왔다.

'마음 울적한 날엔 거리를 걸어보고, 향기로운 칵테일에 취해도 보고.'

화창한 햇살이 비추는 봄에 들으면 딱 좋을 노래라고 희재는 생각했다. 연일 최고 기온을 경신하며 숨쉬기조차 힘든 눅눅한 이 여름에 듣는 봄 느낌의 노래라니.

카페 〈아이리스〉의 여사장은 영화과 86학번 유혜영이다. 일찌감치 배우의 꿈을 포기하고, 스물다섯 살에 사진과 남학생과 결혼에 골인한 혜영은, 학교 앞에서 카페 〈아이리스〉를 운영하며 나이 어린 후배들과 허물없이 지내고 있었다.

"희재야. 윤희랑 환경이 여기서 눈 맞아서 그렇게 붙어 다니더니 이젠 대놓고 연애한다면서 아르바이트 그만둔단다. 꼭 가르쳐서 일할 만하면 그만둔다니까. 새로 아르바이트생 뽑는다고 빨리 써와, 붙여놓게."

"선배는 매일 헬스장 가서 운동하고, 주말이면 강원도로 충청도로 놀러 다니고, 아르바이트생을 이렇게 많이 쓸 거면 장사는 왜 해요? 남는 게 뭐가 있다고?"

희재의 질문에 혜영이 주문 들어온 카푸치노를 만들면서 말했다.

"어린 애들 기 쫙쫙 빨아먹고 젊어지려고 그런다. 내가 돈 벌려고 작정했으면 학교 앞에서 카페 하겠니? 보증금 비싸도 명동 한복판으로 내려갔지. 나는 젊은 애들 보는 게 좋아. 젊은 애들이랑 얘기하는 것도 좋고, 어린 것들 연애질하는 것만 봐도 얼마나 싱그럽니? 그런데 쟤 진욱이 아니니?"

카페 문이 열리고 눈에 띄게 훤칠한 외모의 남자와 예쁘장한 여자가 다정하게 손을 잡고 들어왔다. 순간 혜영의 눈이 커졌다.

"진욱이 너 여자친구 사귀었어? 이 자식이 누나가 허락도 안 했는데?"

희재는 여자의 얼굴이 왠지 낯익다고 생각했다. 내가 저 아이를 어디서 봤지? 보라도 테이블에 파르페를 놓아주는 희재를 보고 왠지 낯이 익다고 생각했다. 어디서 봤더라? 보라가 파르페에 꽂힌 장식용 우산을 빼고 웨하스를 한입 물었을 때, 그녀의 머릿속에 번쩍하면서 장면 하나가 떠올랐다.

"맞다! 재수과!"

테이블을 치며 이상한 말을 하는 보라를 의아하게 쳐다본 건 혜영과 진욱이었다. 보라는 그날의 무안함이 다시 떠올라 희재를 몰래 흘겨보았다.

혜영은 보라를 아들 여자친구 검사하듯 찬찬히 위아래로 훑고 있었다. 긴 생머리를 깔끔하게 하나로 올려묶은 보라의 이마는 반질반질 윤이 났다. 흰색 면 티셔츠에 캘빈 클라인 청바지 하나 입었을 뿐인데, 립스틱조차 바르지 않아도 생기 있는 보라의 얼굴을 보면서 혜영은 '역시 나이가 무기구나' 하고 생각했다.

"우리 학교 학생이야? 까무잡잡한 게 예쁘네? 눈이 남자 많이 따를 상이다. 고양이상."

"누나!"

진욱이 짓궂은 혜영에게 버럭 소리를 질렀다.

"깜짝이야. 끼가 많아 보여서 연예인으로 대성하겠다고."

보라는 혜영의 말에 기분이 좋아서 활짝 웃었다.

"예쁘지? 우리 보라, 누나 후배야. 영화과 94학번."

진욱은 보라의 어깨에 팔을 두르고 그녀의 볼에 사랑스러워 죽겠다는 듯이 뽀뽀를 했다. 보라는 사람들 앞에서 이러지 말라고 콧소리 내며 앙탈을 부렸지만, 그의 애정공세가 마냥 싫지만은 않았다. 그때 희재가 옆 테이블 학생 앞에 커피를 내려놓았고 보라는 새침한 목소리로 아는 척을 했다.

"저 기억 안 나요? 재수과 다니신다고 했던 분 맞죠?"

"네."

희재는 무심하게 대답하고 카운터로 돌아갔다. 저런 싸가지! 보라의 얼굴이 화끈거렸다. 쏘아붙이고 싶었지만 바로 인정을 해버리니 달리 할 말이 없었다. 그때 혜영이 말했다.

"네가 이해해. 희재가 조금 도도하고 차가운 편이야. 속은 여리고 말랑말랑한데 쟤는 꼭 말로 인심 잃더라."

"여자는 자고로 도도하고 튕겨야 매력 있지."

진욱의 말에 보라가 눈을 흘겼고, 그는 미안하다며 보라의 볼에 뽀뽀하면서 오글거리는 애정행각을 펼치고 있었다. 그 유치한 광경을 바라보던 희재는 속이 메스꺼워서 창밖으로 시선을 돌렸다. 그 순간 창문에 타닥, 소리가 나면서 소나기가 쏟아지는 게 보였다. 희재와 카페 안에 있는 사람들이 더위를 식혀줄 소나기를 반가운 마음으로 바라보고 있을 때, 티셔츠에 프린트된 소문자 a가 대문자로 보일 만큼 육중한 가슴을 가진 한 여자가 호들갑을 떨면서 〈아이리스〉 안으로 뛰어들어왔다.

"여기 아르바이트생 구해요?"

그 순간 보라를 끌어안고 있던 진욱의 팔이 스르륵 풀렸음은 물론이요, 혜영은 들고 있던 커피잔을 떨어뜨릴 뻔했다. 그리고 카페 안에 있던 남학생들은 모두 늑대 미소를 지으며 그 여자를 바라보는 바람에 함께 있던 여자친구에게 다들 꿀밤을 맞았다. 희재만 속으로 이렇게 생각했다.

'맙소사……, 미련해 보여. 저렇게 큰 가슴을 가지고 살다니. 쟤는 얼마나 불행할까? 가슴이 풍선 같아!'

하지만 미소는 그 큰 가슴을 자랑스러워하며, 항상 어깨를 쭉 펴고 가슴을 좌우로 흔들면서 다녔다. 그날 이후로 희재는 목소리도 시끄럽고, 육중한 가슴을 마구 흔들며 정신 사납게 카페를 돌아다니는 미소 때문에 아르바이트를 그만둬야 하나 진지하게 고민했다. 그리고 하루에 한 번씩 진욱과 카페에 들러 혜영과 수다를 떨고, 냉장고를 마음대로 뒤지면서 서빙도 하는 보라 때문에 스트레스를 받았다.

'이것들은 왜 이렇게 예의가 없고 자기 멋대로인 거야!'

하지만 마음을 열지 않는 희재와 달리, 보라와 미소는 금세 친구가 되었고, 희재가 무안을 줘도 "우리는 아이리스 삼총사!"라고 수시로 외쳐 쥐구멍을 찾게 했다. 보라와 미소가 〈아이리스〉 삼총사의 팀 이름을 '세 또래'로 할지 '자뻑 클럽'으로 할지 고민하는 모습을 보면서, 희재가 두 사람의 아이큐를 합치면 백이 간신히 넘을 거라고 말하자 혜영이 눈물까지 흘리며 웃었다. 혜영은 말했다.

"연애할 때 제일 조심해야 하는 인간이 어떤 타입인 줄 아니? 싫다고 하면 다음날 또 들이대고, 거절해도 다시 찾아오는 인간이야. 정드는 거만큼 무서운 게 또 있는 줄 아니? 두고 봐라. 너 싫다, 싫다 하면서도 보라랑 미소랑 정 들 테니까. 너같이 성격 까칠한 애한테 누가 친구 하자고 하니? 고마운 줄 알아, 이 싸가지야.”

희재는 그때까지 알지 못했다. 자신과 성격이 달라도 너무 다른 방송연예과 G컵 미소와 영화과 퀸카 보라와 훗날 〈아이리스〉 삼총사로 불리게 될 줄은. 그리고 재수해서 학번이 하나 아래인 후배들이, 나이가 같다는 이유로 말을 놓고 친구 먹자고 고집부릴 거라는 걸 그 순간에는 전혀 예상하지 못했다. 하지만 자신도 모르는 사이 구김살 없고 발랄한 두 친구 덕분에 희재의 차갑고 단단한 마음의 빗장이 조금씩 열리고 있었다.

▒ #4 쓰리고 씁쓸한 첫 경험의 추억

잔인한 너에게 어울리는 사람이기를
그렇게 빌었는데
아무도 나만큼 사랑할 수 없을 거야 널
그렇게 잔인한 너

_ 잔인한 너 | 뮤턴트

미소의 제안으로 폭염을 뚫고 〈아이리스〉미녀 삼총사와 혜영이 홍대 클럽 〈드럭〉에 모였다. 실용음악과에 재학 중인 미소의 남자친구가 〈드럭〉에서 공연하기로 돼 있어서였다. 밴드에서 베이스를 맡고 있는 미소의 남자친구는 곧 음반발매를 앞두고 있었다. 데뷔 전 경험을 쌓기 위해 그는 주말마다 클럽에서 공연했다.

공연이 시작되자 미소가 G컵 가슴을 흔들며 헤드뱅잉을 하고 방방 뛰어서, 주위 사람들은 밴드의 공연 대신 미소의 출렁이는 가슴을 넋 놓고 바라보았다. 미소는 몸에 딱 달라붙는 오렌지색 원피스인지 조금 긴 티셔츠인지 모를 옷을 입고 있었다. 허리까지 길게 늘어뜨린 검은 머리에 붉은색 립스틱을 바른 미소는 젊음의 거리 홍대에서도 지나치게 튀었다. 그녀는 당장 할리우드로 날아가도 손색이 없을 만큼 경쟁력 있는 큰 가슴을 갖고 있었고, 노출증 증세도 있어 거의 헐벗고 다니는 바람에 함께 다니는 친구들이 민망해했다. 하지만 미소는 남들 시선을 아랑곳하지 않았다. 그녀는 늘 당당하고 씩씩했다.

"우리 2차로 이태원 가자. 거기 가면 〈올댓재즈〉라고, 왜 〈사랑을 그대 품 안에〉에서 차인표가 색소폰 불던 클럽, 내가 알아냈단 말이야. 그 드라마 조연출이 내 동기거든. 언니가 쏠 테니까 거기 가자."

혜영의 말에 보라는 호들갑스럽게 박수를 치며 호응했다.

"나 그 드라마에 단역으로 나왔잖아. 클럽에 앉아 있는 손님으로. 언니 나 못 봤어?"

혜영은 차인표가 색소폰 불고 손가락 흔드는 장면을 보다 이성을 잃어 일개 엑스트라 따위는 눈에 들어오지 않았다며 재방송을 꼭 보겠노라고 말했다. 보라와 혜영이 공연에 집중하지 않고 수다를 떨고 있을 때 미소가 버럭 소리를 질렀다.

"다들 이럴 거야? 우리 오빠 공연에 집중 좀 해!"

"네 남자친구 기타 연주하는 건 너만 보면 되잖아, 왜 우리가 같이 봐야 해? 우리 나가서 술이나 마시자. 여기 너무 시끄러워."

관심 없는 공연을 보면서 까칠해진 희재가 클럽을 나갈 것을 독촉하자, 보라가 그녀의 눈치를 보며 미소 귓가에 속삭였다.

"희재, 그 사진과 오빠랑 헤어졌어. 매일 아이리스로 찾아오고 죽자고 쫓아다니더니 너희 과 어떤 계집애랑 바람난 거 있지!"

"뭐? 어떤 년이야?"

미소가 갑자기 너무 큰 소리로 욕을 하는 바람에 주위 사람들의 시선이 그녀들에게 집중됐다. 희재는 알리고 싶지 않은 개인적인 일을 멋대로 떠벌리는 보라를 말없이 노려보았다. 하지만 보라는 그녀가 당한 분한 사건을 친구들에게 모두 알려야 한다는 사명감을 가진 사람처럼, 희재의 황당한 이별 스토리에 대해 브리핑하고 있었다.

"어제 낮 2시 경이었어. 희재는 커피를 만들고 있었고, 나는 카페 창밖으로 지나가는 학생들을 바라보면서 진욱 오빠를 기다리고 있었거든. 오빠가 수업 끝나고 카페로 온다고 해서. 그런데 카페 앞으로 희재 남자친구가 어떤 여자애랑 손을 잡고 지나가는 거야. 너무 놀라서 일단 내가 현장을 잡으러 쫓아나갔지."

"그만해라."

희재가 보라에게 언짢은 투로 말했다. 하지만 미소와 혜영은 보라에게 빨리 이야기해보라고 다그쳤다.

"너무 어이없는 게, 희재가 카페에 있는데 어쩜 그 앞을 다른 여자랑 손잡고 뻔뻔하게 지나갈 수 있냐고 따졌더니 글쎄 뭐라는 줄 알아? 희재가…… 뻣뻣해서 싫대. 살까지 차갑다나? 그러면서 그만 만나자고 전해달라는 거 있지."

그 이야기를 전해 들은 혜영과 미소의 입에서 육두문자가 터져 나왔다. 희재의 남자친구로 말할 것 같으면, 홍콩 배우 곽부성을 닮은 사진과 킹카로, 무용과의 도도녀 희재를 공략한 유일한 남자였다. 그때 보라가 눈치 없이 한마디 더 했다.

"나 같으면……, 그런 모욕적인 말을 들으면 살고 싶지 않을 거야. 희재야, 네 마음 너무 이해해."

'이런 백치 같은 가시나를 봤나……!'

희재의 얼굴이 붉으락푸르락 분노로 타올랐다.

"나도 대학교 1학년 때 동아리 선배랑 술 취해서 잤거든. 아프기만 하고 하나도 좋은지 몰랐는데. 글쎄, 내 첫 순정을 가져간 그놈은 곧 예쁜 여자랑 사귀더니 날 모른 척하더라고. 아……, 그 자식 떠올리니까 소주 마시고 싶다."

혜영은 스무 살 때의 첫 경험을 떠올리니 씁쓸했다. 여자들에게 첫 경험이란 잊고 싶은 수치스러운 기억이기도 하며, 소녀에서 여인으로 넘어가기 위해 겪는 성장통 같은 것이기도 하다.

"나는 고3 때, 학력고사 끝나고 바로 나이트클럽 갔다가 연대 다니던 오빠랑 원나잇 했거든. 그런데 그때는 술을 잘 못 마시니까 너무 취한 거지. 다음날 모텔에서 눈을 떴는데, 브래지어는 홀라당 벗겨졌는데 팬티스타킹은 그대로 신고 있는 거야. 그 오빠도 너무 취해서 둘 다 일도 못 치르고 뻗은 거더라고. 그때 기분이 얼마나 더러웠는지 알아? 상반신은 다 벗겨져 있는데 팬티스타킹 신고 모텔에서 눈을 뜬 기분. 정말 발가벗겨진 생고기가 된 기분이랄까?"

미소의 말에 모두 배를 잡고 웃었다. 그때 혜영이 말했다.

"누가 첫 사랑이 순수하다고 하고, 첫 경험이 아름답다고 하니? 잊고 싶은 수치스러운 기억일 때가 더 많아."

"첫 순정을 바친 남자가 그런 날라리 양아치라는 게 너무 슬프다. 우리 진욱 오빠는 로맨틱했는데……."

분위기 파악 못 하는 보라 때문에 희재의 기분이 더 언짢아졌다. 연애에 관심도 없던 희재에게 첫눈에 반해 매일 아이리스를 드나들며 그녀의 마음을 공략한 곽부성이었다. 두 달을 카페에 드나들며 희재와 데이트에 성공했고, 조르고 졸라 희재와 처음으로 같이 잔 날 이후 그는 연락이 뜸해졌다.

"안 되겠다. 그 자식 작업실이 어디랬지? 방배동? 가서 혼내줄까? 아니면 우리 내일 대자보라도 붙이자. 학교 못 다니게."

미소가 담배를 피우면서 희재의 복수를 대신 해주자며 의지를 불태웠다.

하지만 희재가 앞으로 그 개자식 이야기를 입에 올리는 사람과는 상종하지 않겠다고 엄포를 놓아, 머쓱해진 세 여자는 그녀를 끌고 술을 사주겠다며 압구정동으로 향했다. 유부녀인 혜영을 뺀 〈아이리스〉 삼총사 중 첫 경험을 마지막으로 치른 희재에게 성인식 파티를 해주자고 모두 들떠 있었다.

희재는 강남의 호텔 나이트클럽도 첫 경험이었다.

"나 진욱 오빠 생일 때 여기 왔었는데. 오빠 보고 싶다. 지금 촬영하고 있는데."

보라는 진욱과 함께 있을 때나 떨어져 있을 때나 오빠 소리를 입에 달고 살았다.

"야! 나이트클럽까지 와서 웬 오빠 타령이야. 소보라 너 오늘 진욱 오빠 얘기 한 번만 더 하면 여기 술값 다 내. 너는 오늘 싱글이야. 그리고 언니, 언니도 오늘은 유부녀인 걸 잊어. 나도 홍대에 있는 코베인 오빠를 잊을게. 자, 우리의 임무는 오늘 희재한테 멋진 남자를 부킹해주는 거야. 여기 웨이터 주윤발 나랑 완전 친하잖아. 잠깐 기다려봐. 내가 부킹 부탁하고 올게."

호텔 나이트클럽에는 투투의 〈일과 이분의 일〉, 김건모의 〈핑계〉가 빠른 비트로 울려대고 있었다. 희재는 음악을 좋아했지만 이렇게 시끄러운 곳은 딱 질색이었다. 벌써 얼굴에 불만이 가득했다.

"나가자. 집에 가고 싶어."

"희재야. 언니 오늘 좀 놀자. 여기 물 진짜 좋다. 나는 오늘 휴학했다가 복

학한 학생이다?"

그때 미소가 웨이터 주윤발과 함께 상기된 표정으로 돌아왔다.

"오늘 부킹은 제가 책임지겠습니다. 자, 지금 옆방에 연예인들 와 있어요. 청순한 커트 머리 언니, 그 도도함 좋아! 그리고 이 언니는 연예인 아니야? 광고에서 본 것 같은데? 너무 미인이십니다. 자, 마지막 언니는……, 혹시 아줌마 아니세요? 실례하지만 연세가……?"

주윤발이 혜영에게 등짝을 두어 대 얻어맞은 뒤, 부킹을 위해 아이리스 사총사가 연예인들이 와 있다는 룸에 들어섰을 때, 정말 TV에서만 보던 배우들의 조각 같은 외모에 네 여자의 호흡이 가빠졌다.

보라는 남자친구의 정체를 숨긴 채, 자신을 소속사 대표라고 소개한 한 남자와 진지한 대화 중이었다. 그 남자는 보라의 이야기를 들어주는 척했지만, 그녀가 연예인으로 데뷔할지 말지는 관심 없었다. 오로지 어떻게 하면 보라를 이 호텔 룸으로 데리고 갈까, 머릿속에는 온통 그 생각뿐이었다.

희재의 파트너인 톱스타는 언성을 높이면서 주사를 부리고 있었다. 드라마에서는 젠틀한 귀공자 이미지였지만, 실제 모습은 영 딴판이었다.

"너 뭐야? 여기까지 왔으면서 뭘 그렇게 도도한 척하는데? 꺼져, 나가라고!"

그는 남의 비위 맞추는 건 천성적으로 어렵고, 애교라고는 도통 없는 희재의 건방진 태도에 흥분해서 그녀에게 모욕을 주며 막말을 하고 있었다. 혜영이 중재에 나섰지만, 그는 계속 희재에게 꺼지라고 소리를 질렀고, 그때 저 구석에서 또 다른 톱스타에게 가슴을 허락하고 딥 키스를 나누고 있던 미소가 말려 올라간 원피스를 내리며 자리에서 벌떡 일어나 소리쳤다.

"이런 썅! 너희가 연예인이면 다야? 잘나가면 다야? 어디 내 친구한테 꺼지라 마라 지랄이야? 네가 더 재수 없어, 이 새끼야!"

미소의 막말에 눈이 돌아버린 남자가 얼음 통을 집어들고 공포 분위기를 조성했을 때, 네 여자와 친분이 있는 한 남자 연예인이 문을 열고 들어왔다. 보라와 혜영은 그 남자를 보자마자 소파에 머리를 파묻고 손으로 얼굴을 가렸다.

"야, 소보라! 너 여기 어쩐 일……, 혜영 누나는 유부녀가 여기는 웬일……, 뭐야, 지금 다들 부킹 온 거야?"

촬영이 끝난 뒤, 형들의 부름을 받고 뒤늦게 나이트클럽에 도착한 진욱은 룸의 광경을 보고 분노로 얼굴이 달아올랐다. 보라의 파트너였던 매니저라는 사람과 웨이터의 중재로 겨우 나이트클럽을 빠져나온 네 여자는 진욱 앞에 일렬로 서서 벌 받는 학생들처럼 눈치를 보고 있었다.

"누나는 나이도 제일 많으면서 이게 무슨 꼴이야? 내가 미친다, 미쳐! 민미소, 너는 무서운 것도 없어? 네가 건달이야? 무슨 여자애 입이 그렇게 걸어? 그리고 소보라! 따라와."

진욱의 차갑고 냉정한 말투에 보라는 가여운 표정으로 세 여자에게 눈인사를 보내며 그의 차에 올라탔다. 혜영은 아쉽다는 듯, 혀를 차며 말했다.

"야, 우리는 소주나 한잔 더 하러 가자. 오늘 일진 왜 이러니? 모처럼 남편도 출장 가고 신이 나게 놀 수 있는 좋은 기회였는데……."

근처 포장마차로 자리를 옮긴 세 여자는 새벽 4시까지 두꺼비가 그려진 소주를 7병이나 비웠다. 미소는 술을 마시면서 희재에게 모욕을 준 톱 배우가 나오는 드라마는 절대 보지 않을 것이며, 그가 광고하는 모든 제품은 거들떠보지도 않겠다며 흥분해서 떠들었다. 희재는 미소가 좀 오버한다 싶으면서도 자신을 대신해서 싸워준 그녀에게 뭉클한 고마움을 느꼈다.

'내가 다치고, 누군가 나를 해치려 할 때 눈이 뒤집혀 우악스럽게 나섰던 사람은 엄마밖에 없는데…….'

희재에게는 순정을 바친 남자와의 첫 연애 경험도, 나이트클럽의 첫 경험도 모두 달콤하지 않은 쌉쌀하고 쓴 추억이 되었지만, 대신 스물한 살에 친구라는 든든한 울타리를 얻었다. 그리고 첫인상만으로 사람을 판단하고 잣대를 들이대는 자신이 교만하다는 사실도 처음으로 깨달았다.

#5 오글오글 유치한 연애

내게 약속해줘 오늘 이 밤 나를 지켜줄 수 있다고
함께 가는 거야 나를 믿어 내가 주는 느낌 그걸 믿는 거야
_우리의 밤은 당신의 낮보다 아름답다 l 코나

"여기서 기다리면 진짜 우리 진욱이 오빠 볼 수 있는 거야?"

"그렇다니까.「TV 가이드」에서 봤어. 연극과 2학년이라고."

교복을 입은 깻잎머리 여학생들이 드라마센터 앞에서 서성이고 있었다. 진욱이 얼마 전 출연한 음료수 CF를 보고 학교 앞에 찾아오는 소녀 팬들이 늘어났다. 길거리 농구대회를 휩쓸 만큼 농구에 소질 있는 진욱은 광고 안에서 코트를 누비며 야성미를 보여줬고, 윙크하며 음료수를 벌컥벌컥 마시는 장면을 보고 여학생들은 몸살을 앓았다. 여학생들의 손에는 진욱의 사진을 코팅한 책받침이 들려져 있었다.

다툼의 시작은 보라와 손잡고 학교를 나서던 진욱이 소녀 팬들을 보고 보라 손을 확 놓아버린 그 이후부터였다. 게다가 말다툼 때문에 점심 먹는 내내 언짢았던 보라의 기분을 제대로 풀어주지 않고 진욱이 촬영장으로 떠나버리자 그녀는 서글픔에 목이 메었다. 내가 팬들보다 못한 존재라는 거야? 보라는 진욱의 행동을 이해하면서도 여자친구의 존재를 절대로 밝히지 않

는 그가 내심 서운했다.

　오후 수업을 우울하게 듣고 있을 때 보라의 우울 지수를 더 증폭시킨 건, 카더라 통신을 전해주는 과 친구 때문이었다. 희재처럼 남의 일에 관심 없는 무심한 친구들만 주변에 있으면 좋으련만 진욱이 학교에서 꽤 유명한 인물이었기에 그에 관한 소문은 끊이지 않고 들려왔다. 게다가 진욱이 주말드라마에 출연하며 얼굴이 더 알려지자 보라를 부러워하면서도 시기하는 친구들이 늘어갔다.

　"보라야, 너 그 얘기 들었어?"

　"무슨 얘기?"

　"저기……, 이런 얘기를 해야 하나……, 아니다!"

　이렇게 꼭 운을 띄워놓고, 사람을 궁금하게 해서 팔짝 뛰게 만든 뒤 입을 닫아버리는 얄미운 친구도 있었다.

　"답답해, 빨리 말해봐!"

　"에이 모르겠다. 내 친구가 중대 연영과인데, 이번에 영화로 데뷔했어. 유영주라고. 진욱 선배랑 지금 같은 영화에 출연해. 그런데……."

　"그런데 뭐?"

　"진욱 선배가 회식하는데 내 친구한테 껄떡대더란다."

　'껄떡대다'의 수위가 어느 정도인지는 잘 몰랐지만, 보라는 기분이 확 나빠졌다. 눈으로 직접 확인한 사실은 아니지만, 진욱이 진짜 바람을 피운 것처럼 배신감이 들었다.

　보라는 일단 진욱에게 삐삐를 쳤다. 집 전화번호 뒤에 8282를 붙이는 건

기본이었다. 하지만 영화 촬영 중인 진욱은 보라에게 온 호출을 확인하지 못했다. 10분이 지나고 30분이 지나도 연락이 없자 보라는 숫자 4444를 계속해서 보냈고, 음성사서함에 부들부들 떨리는 목소리로 녹음했다.

"나야. 이거 들으면 바로 전화해."

10분 뒤.

"아무리 촬영 중이라고 해도 너무 하는 거 아니야?"

30분 뒤.

"난데, 오빠 촬영장에서 여배우한테 그렇게 껄떡댄다며? 오죽하면 그런 소문이 나한테까지 들려? 미친 거 아니야?"

1시간 뒤.

"음성 메시지 듣고도 연락 안 하는 건 아니지? 이번에는 그냥 못 넘어가. 알아서 해."

5시간 뒤.

"어떻게 다섯 시간 넘도록 연락 한 통이 없을 수가 있어? 나를 무시하는 거야? 그런 거야? 그래 헤어져! 나도 너 같은 바람둥이 지긋지긋해. 우리 헤어져!"

정확히 일곱 시간 뒤 새벽 2시가 다 된 시각에 보라의 음성메시지 10통과, 4444가 찍힌 호출 메시지 30개를 확인한 진욱은 일단 담배를 한 대 피웠다. 더없이 밝고 사랑스러운 보라였지만 여자 문제에는 민감했다. 소문일 뿐 사실이 아니라고 말해줘도 그녀는 혼란스러워했고, 혼자 오해해서 헤어지자고 일방적으로 통보한 게 이번이 처음은 아니었다.

인내심을 갖고 음성 메시지 10통을 다 들은 진욱은 보라의 부모님께서 전화벨 소리에 깨지 않을까 잠시 망설이다 전화를 했다. 다행히 전화벨이 한 번 울리자마자 그녀가 전화를 받았다.

"나야."

진욱이 가라앉은 목소리로 말했다. 보라는 대답이 없었다. 이미 보라는 7시간 사이에 화가 어느 정도는 누그러져 있었다. 그리고 곧 후회했다. 4444라고 몇 통의 삐삐를 쳤고, 음성사서함에 메시지를 얼마나 녹음했는지 떠오르자 후회가 밀려왔다. 그리고 진욱의 비밀번호를 알아내려고 전화기를 붙들고 있었다. 비밀번호를 알아낸다면 음성사서함 메시지를 삭제할 수 있을 텐데.

"왜 말이 없어?"

진욱의 목소리는 화가 나 있었고, 지나치게 낮고 차분했다. 보라는 진욱이 화가 났다는 걸 단번에 알아챘고, 소문의 정황을 따져 물을 전의를 이미 상실한 채 진욱의 기분을 살피는 약자가 되어 있었다.

"촬영……, 지금 끝났어?"

"하나만 묻자. 넌 나보다 주변 사람들 말을 더 믿니?"

"그건 아닌데……, 내 입장에서는 그런 이야기 들으면 기분이 나쁘니까…….."

"너는 나이트클럽 가서 부킹도 하면서, 나는 여자랑 촬영도 하면 안 된다?"

"그 얘기는 왜 또 꺼내? 치사하게?"

"사사건건 의심하는 너는 그럼 정상인 거야? 너 헤어지자고 음성 메시지 남겨놨지? 그래, 끝내자, 우리!"

진욱이 버럭 소리를 지르며 헤어지자고 말하자 보라의 심장이 뛰기 시작했다. 괜히 일을 크게 벌인 것 같다는 생각에 소심해졌고, 진욱이 헤어지자고 말하자 갑자기 설움이 복받쳐서 그녀는 울먹이는 목소리로 말했다.

"좋아하니까 그러지. 사랑하니까 질투하고, 오빠가 다른 여자를 좋아할까 봐 걱정하는 거잖아. 내 마음도 모르면서!"

보라의 말에 진욱은 침묵했다. 그의 침묵이 그녀를 불안하게 만들었다. 한참 동안 아무 말이 없던 진욱은 가라앉은 목소리로 말했다.

"한 시간 후에 집 앞에 나와 있어."

새벽 3시에 보라는 도둑고양이 빠져나오듯 부모님께서 잠든 집을 빠져나와 진욱의 파란색 스쿠프에 탔다. 진욱은 보라를 쳐다보지 않고 유리창 정면을 바라보고 있었다. 아직 화가 안 풀렸다는 표시였다. 진욱이 집 앞까지 와 기분이 좋아진 보라는 진욱의 목을 껴안으면서 애교스럽게 말했다.

"나, 안 보고 싶었어?"

보라의 애교 섞인 말투에, 진욱이 턱수염을 보라의 볼에 비벼댔다. 진욱이 수염으로 보라의 얼굴을 문지르는 건 짓궂은 장난이면서 애정표현이었다.

"앞으로 또 그럴 거야, 안 그럴 거야? 빨리 말해!"

"앗, 따가워!"

"앞으로 한 번만 더 그래 봐라, 아주 그냥 확 잡아먹어 버릴 거야!"

"누굴 잡아먹어? 나?"

어떤 의미인지 잘 알면서 보라는 모르는 척 발칙하게 내숭을 떨었다.

"어흥! 확 잡아먹어 버릴 테다!"

진욱은 이글이글 타오르는 눈빛으로 보라를 쳐다보다 그녀의 입술을 덮쳤다. 다른 날의 키스와 달리, 그 새벽, 차 안에서의 키스는 지난 여름의 폭염만큼이나 뜨거웠다. 어느새 진욱의 손은 보라의 가슴을 더듬고 있었다. 진욱은 카시트를 뒤로 젖혔다.

그들은 뜨겁게 사랑하고 다투고 화해하고 또 사랑했다. 연애가 인생의 전부인 사람들처럼 아주 뜨겁게, 열정적으로.

▬▬ #6 익숙하지않은 이별

이제는 우리가 서로 떠나가야 할 시간
아쉬움을 남긴 채 돌아서지만
시간은 우리를 다시 만나게 해주겠지
우리 그때까지 아쉽지만 기다려봐요
_이젠 안녕 | 015B

2학년 마지막 학기가 시작됐다. 여름방학이 끝나고 가을 학기가 시작되자 한산했던 학교에 다시 활력이 넘쳤다. 보라가 대극장에서 '예술과 철학' 수업을 마치고 나오자 남학생들의 수군거리는 소리가 들렸다.

"봤어? 〈느낌〉에 나왔던 우희진 맞지? 화장도 하나도 안 하고 야구모자

썼는데 완전 예뻐!"

연극과에 재학 중인 탤런트를 보고 흥분한 남학생들의 얼굴은 상기돼 있었다.

"야! 저기 오는 여자, 소보라 아니야? 맥주 CF에 나왔던. 온다, 온다, 쉿!"

보라를 보고 남학생들이 또 수군거렸다. 보라는 자신을 흘끔흘끔 바라보며 속닥거리는 후배들을 보면서 신입생 때의 기억을 떠올렸다. 보라도 입학했을 때 학교에서 연예인을 보면 심장이 뛰고 얼굴이 빨개졌었다. 하지만 지금은 광고도 찍고, 영화에 단역으로 출연하면서 후배들이 동경하는 선배가 되었다. 1년 6개월 만에 그녀는 연예인 지망생이 아닌, 후배들이 알아보는 진짜 연예인이 돼 있었다.

보라가 오후 강의가 있는 예술관으로 가기 위해 교문을 나섰을 때 후배한 명이 다가와 인사했다.

"선배님, 안녕하세요!"

보라는 싱그럽게 웃어주고 횡단보도를 향해 걸었다. 후배인 건 알겠는데 이름이 뭐지? 보라는 그를 뿔테 안경 쓴 후배로 기억했다. 하지만 그녀가 인사를 받아줘 날아갈 듯 기뻤던 민재는 보라의 뒷모습을 보며 '예스!' 하고 두 주먹을 불끈 쥐었다.

영화과 1학년 민재는 신입생 오리엔테이션 때 보라에게 첫눈에 반했다. 갈색 긴 생머리에 검정색 터틀넥을 입고, 청미니스커트 아래로 매끈한 각선미를 뽐내던 보라는 여신 같았다. TV 속에서 막 빠져나온 요정 같았다. 하지만 내성적인 성격 때문에 민재는 그녀에게 선뜻 다가갈 수 없었다.

영화감독을 꿈꾸는 민재의 소원은, 보라를 여주인공으로 캐스팅해서 영화를 찍는 것이었다. 영화과 선후배들이 모여 술자리를 가졌던 날, 민재는 용기 내어 그녀에게 술을 따라주면서 말했다.

"선배. 제가 나중에 영화감독이 되면요, 그때 제 작품에 꼭 주인공으로 출연해주세요."

까만 뿔테 안경을 쓴 모범생 같은 민재에게 보라가 대답했다.

"네 이름이 뭐라고? 이민재? 좋아, 이 감독님! 대신 나 〈모래시계〉 고현정처럼 찍어줘야 해!"

소주 3잔에 기분이 좋아진 보라는 가방 안에서 자신이 아끼는 파카 만년필을 꺼내 민재에게 선물로 주었다. 그 만년필로 좋은 시나리오를 쓰라고 말했다. 누군가에게 선물하는 것을 좋아하고, 술에 취하면 가방 안에 있는 물건들을 꺼내서 나눠주는 게 그녀의 주사인 걸 몰랐던 민재는, 그날 밤 콩닥콩닥 뛰는 가슴팍에 만년필을 꼭 품고 잠이 들었다.

누군가에게 소중했던 하루는 누군가에게 평범한 하루가 되기도 하고, 어떤 사람에게는 소중했던 추억이 어떤 사람에게는 기억나지 않는 과거의 일부분이 되기도 한다. 민재는 보라가 인사를 받아줘서 기쁜 하루였고, 보라는 한 친구와의 이별을 앞둔 우울한 날이었다.

미소가 LA로 이민 간다는 폭탄 소식을 전한 건 한달 전이었다.

"나 한 달 뒤에 미국 가!"

중학교 때 부모님께서 이혼해서 아빠와 함께 살고 있던 미소는 엄마가 있는 LA로 떠난다고 했다. 미소의 엄마는 LA에서 네일숍을 운영하며 영주 권을 얻었고 바로 딸을 초청했다. 찰나의 망설임이나 고민 없이 학교에 자 퇴서를 낸 미소는 서구적인 몸매만큼이나 사고방식도 참 자유로웠다.

남자친구와의 이별이든 친구와의 이별이든 첫 경험이었던 보라는 미소 에게 안 가면 안 되냐고 묻다가 눈물을 터뜨렸고, 희재는 표현하지 않았지 만, 마음 한구석이 허전했다. 차가운 희재에게도 심장은 있었다. 미소에게 살가운 말 한마디 못 해줬는데 떠나다니. 정을 붙이면 곁에 있는 사람들이 모두 떠나간다는 생각에 희재는 마음이 울적해졌다.

예술관에서 보라가 오후 수업을 마치고 나왔을 때, 미소는 연구관 앞에 서 문예창작과 학생들 틈에 끼어 담배를 피우고 있었다. 이제 담배를 피우 는 미소의 모습을 보는 것도 며칠 남지 않았다. 그 생각을 하자 보라는 마음 이 짠해져서 눈물이 그렁그렁 차올랐다. 보라의 심정을 모르는 미소는 환 하게 웃으면서 장난스러운 발걸음으로 그녀에게 다가왔다.

"담배가 없어서 한 대 얻어 피우고 있었어."

"책을 왜 머리 위에 얹고 있어? 햇빛 가리는 거야?"

미소는 한 손으로는 머리에 책을 얹고 한 손으로는 담배를 들고 있었다.

"못 들었어? 지난번에 문예창작과 여학생 한 명이 담배 피우는데 경찰이 와서 경범죄라고 벌금 내라 그랬대. 지붕 없는 곳에서 여자가 담배 피우면 안 된다고. 거리에서 대놓고 피우지 말라는 거지. 치사해서!"

미소는 페미니즘 운운하며 여자라 차별받는 이 더럽고 치사한 나라를 떠나서 자유롭고 평등한 미국으로 갈 거라고 큰 소리로 떠들었다. 보라도 그런 미소를 바라보면서 어쩌면 그녀에게 어울릴 곳은 미국일지도 모른다고 생각했다.

늦여름의 오후 6시는 평화롭다. 강렬한 태양도 힘을 풀어 온화해지고 땅의 열기도 식어 예술관에서 〈가스등〉까지 걸어가는 골목길의 풍경에는 짜증스러움이 없었다.

보라와 미소가 〈가스등〉에 도착했을 때, 그곳에는 혜영과 그녀의 남편 예준, 그리고 졸업 후 도통 외출을 하지 않아 만나기 어려웠던 희재가 있었다. 진욱은 드라마 촬영 때문에 좀 늦는다고 연락했다. 희재와 진욱이 졸업한 이후 이 멤버가 〈가스등〉에 모인 건 정말 오랜만이었다. 미소의 송별파티가 아니라면 연말쯤이나 돼서야 얼굴을 볼 사람들이었다.

"학교나 졸업하고 가지, 이렇게 갑자기 떠나는 이유가 뭐야? 서운하게."

아르바이트생에게 카페를 맡기고 온 혜영이 아쉽다는 듯 말했다.

"얼마 전에 삼풍백화점 무너졌을 때 갑자기 그런 생각이 들더라고. 강남에 있는 멀쩡한 백화점이 하루아침에 무너지는데, 갑자기 나한테 무슨 일이 생길지도 모르겠구나. 그렇다면 한 번 사는 인생 좀 더 큰 세상에서 살아보면 좋지 않을까. 혹시 알아? LA에 가서 〈귀여운 여인〉에 나오는 줄리아 로버츠처럼 나도 백마 탄 왕자님을 만날지. 아니면 베벌리힐스에서 내가 캐스팅될 수도 있는 거 아니겠어?"

"역시 민미소 멋지다!"

자유로운 영혼인 예준은 그녀의 결정에 박수를 쳐주었다. 그는 항상 좁은 세상에 갇혀 살지 말고 떠나라고 말했다. 사진과 86학번인 예준은 후배들에게 항상 인기 많은 선배였지만, 아내인 혜영에게는 철없고 세상 물정 모르는 남편이었다.

진욱은 술자리가 무르익었을 때 장미꽃 네 다발을 사서 도착했다. 로맨틱한 남자 같으니라고. 소주 세 잔에 취한 보라의 눈에는 하트가 떠 있었다.

"미소는 그럼 LA 가서 뭐할 계획이야? 거기서 학교 다니면서 공부할 거야?"

진욱이 미소의 술잔에 진로 소주를 따르며 물었다.

"그냥 가서 생각할래. 계획 따위는 없어. 희재야, 너 나랑 같이 미국 갈래?"

졸업 후 반년 넘게 아무 일도 안 하고 집에서 놀고 있는 희재에게 미소가 물었다. 희재는 소주를 들이켜며 고개를 저었다. 그녀는 할 일이 없어 백수로 지낸다는 말은 차마 하지 못하고, 편입할지 유학을 갈지 고민 중이라는 말로 자존심을 지키는 중이었다.

"난 신파는 싫어. 공항까지 배웅하러 오는 건 사양하겠어. 대신 다들 LA로 놀러 와. 진욱 오빠랑 보라는 신혼여행 와도 좋고, 모두 함께 휴가를 와도 좋고."

미소를 떠나보내는 친구들은 슬펐지만, 아메리칸 드림을 이루러 떠나는 그녀는 설레고 벅찬 모습이었다.

"그럼 나 혼자 졸업해? 진욱 오빠랑 희재랑 졸업할 때는 우리 같이 모여서 사진도 찍고 좋았었는데."

"또 울어? 괜찮아. 너한테는 이 오빠가 있잖아."

보라가 눈물이 그렁해서 미소를 바라보자, 옆에 앉아 있던 진욱이 그녀를 꽉 끌어안으며 눈물을 닦아주고 그녀의 볼에 입을 맞췄다.

"저것들은 아무 데서나 쪽쪽거려. 재수 없게. 야, 너희 안 떨어져?"

이미 소주 2병을 비우고 눈이 풀린 혜영이 소주병을 들고 보라와 진욱을 향해 휘둘렀다.

"이 아줌마야, 어디서 추태야? 같이 안 살아보면 모른다. 내가 얼마나 피곤하게 사는지 아무도 모를 거야. 자 다들 모여봐. 오랜만에 기념사진이나 한 장 찍게."

혜영의 술잔을 빼앗으며 핀잔을 주던 예준은 어두운 실내에서 카메라 노출을 맞추며 연신 셔터를 눌러댔다.

사람들이 사진을 찍는 이유는 언젠가는 희미해질 추억을 오랫동안 간직하고 싶어서일 것이다. 기억할 거라고 자신하던 수많은 시간이 어느 순간 희미해질 때 문득 쓸쓸해지는 법이니까.

예준은 필름을 인화하면서 오른쪽 하단에 '1995년 9월 5일, 〈가스등〉에서 소중한 사람들과 함께'라는 문구를 넣어 그날의 친구들에게 선물했다.

그 후로 가끔 서로 다른 공간에서 그 사진을 들여다보며 미국으로 떠난 뒤 연락이 없는 미소를 생각하기도 했고, 숨 쉬고 술 마시고 재잘거리며 이야기 나누는 것만으로도 좋았던 이십대를 추억하며 행복한 미소를 짓기도 했다.

🎬 #7 연애만 삼년째

사랑에도 유효기한이 있다면
나의 사랑은 만년으로 하고 싶다
_중경삼림 | 영화

　진욱이 갑자기 드라마 추가 촬영이 잡혔다면서 약속을 취소해서, 보라
는 혼자 종로에있는 서울극장에서 영화 〈비트〉를 보았다. 예매해둔 표를
버릴 수 없어 희재에게 전화를 했지만, 그녀는 영화도 보기 싫고 외출하기
도 싫다며 거절했다.

　진욱은 그동안 주연급으로 성장해 있었다. 인기가 많아질수록 그는 더
바빠졌고 보라와 함께할 시간이 적어 다투는 일이 잦았다. 아무리 바빠도
전화하는 게 뭐가 그렇게 힘드냐는 보라와, 촬영할 때 집중해야 해서 아무
생각을 할 수 없다는 진욱은 한 치의 양보 없이 늘 팽팽한 신경전을 벌였다.

　평일 오후의 극장은 비교적 한산했다. 혼자 영화를 보는 일이 처음인 보
라는 주위 사람들의 시선을 의식해, 진욱이 사준 애니콜 휴대폰을 어색하
게 만지작거리면서 딴청을 피웠다. 보라를 알아본 사람들이 사인을 요청하
며 혼자 왔냐고 물을 때는 매니저가 조금 있다가 올 거라고 거짓말을 했다.

　보라는 혼자 밥 먹고, 혼자 영화 보고, 혼자 여행가는 일이 어색하고 외
로워서 싫었다. 정우성이 멋있다고 호들갑 떨 친구도 곁에 없고, '고소영이

더 예뻐? 내가 더 예뻐?' 하면서 앙탈을 부릴 남자친구도 곁에 없다. 보라는 연애를 해도 외로울 수 있다는 걸, 혼자 영화를 보는 극장 안에서 처음으로 깨달았다.

영화를 본 뒤, 보라는 혜영이 이태원에 새로 오픈한 레스토랑에 앉아서 스포츠 신문을 보고 있었다. 혜영이 이태원에 새로 오픈한 미국식 가정음식을 파는 레스토랑은 연일 성황이었다. 여행작가로 여행이 취미이자 직업인 예준의 글로벌한 감각과 사업수완이 좋은 혜영의 재력을 합쳐, 두 사람은 이태원에 오믈렛과 소시지, 빵을 한 접시에 파는 레스토랑 〈낸시 아줌마〉를 오픈했다.

〈낸시 아줌마〉는 예준이 세계를 여행하면서 찍은 사진으로 채워져 있었다. 이국적인 분위기와 맛있는 음식 때문에 레스토랑은 늘 손님들로 미어터졌다. 게다가 연예인들이 자주 찾는 장소로 잡지에 소개되면서 소녀 팬들과 여대생들의 발걸음도 이어졌다. 이 레스토랑의 단골손님은 얼마 전 히트한 미니시리즈로 톱스타 반열에 올라선 최진욱과, 진욱과의 열애설로 난생처음 스포츠 신문 1면을 장식했던 신인 탤런트 소보라였다.

보라는 흰색 민소매 탑에 닉스 청바지를 입고 다리를 꼬고 앉아 있었다. 맛있는 음식을 먹고 기분이 한결 좋아진 보라는 스포츠 신문을 접어두고 CD 플레이어로 HOT의 〈행복〉을 들었다.

'아, 귀여운 토니, 마이 달링!'

여름 화장품 화보를 촬영하러 괌에 다녀온 직후라 보라의 까무잡잡한 피부는 더 구릿빛이 돼 있었다. 화장기 없는 얼굴에는 탄력이 넘쳐흘렀고, 창문으로 들어오는 햇살이 보라의 이마를 비추자 피부가 반짝반짝 윤이 났다.

'눈 감고 그댈 느껴요, 맘속 그댈 찾았죠.'

귀에 이어폰을 꽂고 혼자 중얼거리듯 따라 부른다고 생각했는데, 어느 순간 보라의 주변 테이블에 앉아 있던 외국인과 손님들이 쳐다보기 시작했다. 그때 혜영이 눈살을 찌푸리며 다가왔다.

"여기가 노래방인 줄 아니? 노래 부를 거면 노래방 가."

"내 목소리 다 들렸어?"

보라가 귀에서 이어폰을 빼고 주위 사람들을 흘끔 쳐다보며 말했다.

"음치인 거 자랑해? 얼굴 다 알려졌는데 창피하게."

보라는 얼굴이 알려졌다는 말에 기분이 좋아져서 목소리 톤이 한층 밝아졌다.

"진짜 스포츠 신문 1면의 위력을 알겠다니까! 이젠 택시 타도 알아봐."

혜영은 이런 보라의 긍정적인 성격이 좋았다. 열애설이 났을 때, 보라 부모님부터 주변 친구들 모두 걱정했지만, 정작 그녀는 사진이 예쁘게 나왔다며 좋아했다. 촉망받는 유망주에게 스캔들은 꺼릴 일이었지만, 보라는 진욱과 공개연애를 할 수 있다는 사실이 더 기뻤다.

혜영은 오랜만에 보라를 만나니 긴장이 풀어지는 느낌이었다. 본격적으로 레스토랑 사업을 시작하면서 여유를 잃어갈 때도 많았다. 학교 앞에서 카페 하나 운영하는 것과는 차원이 달랐다. 〈낸시 아줌마〉가 핫 플레이스로 떠오르자 압구정동에도 오픈하자는 둥, 체인으로 하자는 둥, 사업적으

로 접근하는 사람이 많았고, 그럴수록 정신을 더 바짝 차려야 했다. 어른인
척해도 혜영의 나이 서른한 살이었다.

"엄마랑 아빠가 좋아하시지? 일일극 캐스팅됐다고."

"그런데 언니, 나 하기 싫어."

혜영은 일에는 별로 관심이 없는 보라가 철없다는 생각이 들고 걱정됐다.

"무서워. 솔직히 나 연기 못 하잖아. 감독님이 자꾸 혼내니까 주눅이 들
어. 게다가 카메라 감독님도 뭐라 그러고. 조명 감독님도 좀 빨리빨리 찍자
그러고. 사람들 많은데 창피하게 나만 계속 혼내. 완전 동네북이라니까!"

"걔네들 작을 거야. 원래 물건 작고 섹스 못하는 애들이 신경질만 많아. 아
니 처음부터 고현정이나 채시라도 잘했겠니? 다들 그러면서 배우는 거지."

"잘했대. 고현정이랑 채시라 같은 배우는 처음부터 잘했대. 나는 돌대
가리래."

혜영은 전쟁터 같은 연예계에서 살아남아야 할 보라의 앞날이 잠시 걱정
이 됐다. 혜영이 편을 들어주자, 보라는 입을 삐죽거리며 참았던 설움을 모
두 털어놓았다.

"대본 지문에 '민혁을 아스라이 쳐다보다.' 이렇게 돼 있는 거야. 민혁이가
남자 주인공 이름이거든. 언니, '아스라이 쳐다보다'가 어떤 감정인지 알아?"

"그걸 꼭 말로 해야 아니? 그냥 뭐 애틋하면서도 아련하게 바라본다는
거 아니야?"

"그렇지? 모호하지? 그래서 그냥 슬프고 애잔하게 바라봤거든? 그랬더

니 그 눈빛이 아니래. 그래서 담담하게 쳐다봤어. 그 감정도 아니래. 그 신만 3시간 넘게 찍었어. 욕이란 욕은 다 듣고."

그날의 에피소드를 혜영에게 전하며, 보라는 설움이 복받쳐 눈가에 눈물이 맺혔다.

미니시리즈 한 편으로 톱스타가 된 진욱과 신인 여배우 보라의 열애설이 스포츠 신문 1면에 실렸을 때, 기자는 보라를 '잡지와 CF 모델 출신이며, 영화와 드라마에 단역으로 출연한 기대되는 유망주'라고 소개했다. 그 부풀려진 기사를 보고 한 드라마 감독이 표정이 다양하고 신선하다며 보라를 일일극 주인공 자리에 덜컥 캐스팅한 것이 화근이었다.

영화과를 졸업했지만 보라는 연기에 대해 진지하게 고민하지 않았다. 입학하면서부터 계속 동기들이 연출한 실습작품에서 주인공을 맡았고, 누구하나 보라에게 연기 못 한다고 지적하지 않았다. 하지만 프로의 세계는 달랐다. 보라가 NG를 낼수록 동료 배우들과 스태프들의 눈치를 보게 되었고, 감독의 불호령이 떨어졌다. 촬영장에 가기 싫어 매일 눈물바람이던 보라는, 선뜻 출연 승낙을 한 자신이 경솔했다고 후회하고 있었다.

학창시절에도 안 당해본 왕따를 드라마를 찍으면서 경험한 보라는 심한 우울증에 걸릴 지경이었다. 애로사항을 진욱에게 털어놓으면 그는 감싸주기보다 충고만 했다.

"너 학교 다니면서 뭘 배운 거야? 연기가 하루아침에 되는 줄 알아? 밤을 새워서라도 대본을 분석하고, 모르면 물어보면서 노력을 해야 할 거 아니야. 일일극 주인공 아무나 하는 줄 알아?"

마냥 위로를 해주는 남자친구이길 바랐는데, 진욱은 독설을 퍼붓는 선배였다. 연애 한지 3년째, 그는 보라의 응석을 더는 받아주지 않았다. 권태기이기도 했지만, 톱스타가 된 진욱은 예전과 달리 변해 있었다.

"그냥 힘들다고 하면 위로해주면 안 돼? 그렇게 콕 짚어서 내 마음을 후벼 파야겠어? 나 연기 못 하는 거 안다고!"

"연기 못 하는 게 자랑이야? 기회는 자주 안 와. 나도 대타로 찍은 미니시리즈 죽기 살기로 노력해서 잘 된 거야. 그런데 너는 독기가 없어. 네 인생에 중요한 게 뭐니? 진짜 배우가 되고 싶긴 한 거야? 연예인이 되고 싶은 건 아니고?"

보라는 모멸감을 넘어 치욕스러운 기분이 들었다.

"말 다했어?"

"안 되면 노력이라도 해. 연기하고 싶다는 애들 발성연습은 기본이고, 감정연기를 위해서 발레까지 배워. 연극판에 가서 고생하면서 경험을 쌓는다고. 그런데 너는 매일 나랑 결혼해서 앞으로 어떻게 살 건지, 그런 상상만 하잖아. 너는 욕심 없어?"

보라는 다른 충고는 하나도 귀에 들어오지 않고, '매일 나랑 결혼해서 앞으로 어떻게 살 건지 그런 상상만 하잖아.' 이 말에만 심하게 감정이입이 됐다.

"아……, 결국은 그거구나. 나한테 발목 잡힐까 봐 그게 두려운 거네. 너한테 관심 끄고 연기나 열심히 하라는 거잖아, 지금!"

"뭐? 너? 지금 말 다했어?"

보라는 진욱을 말없이 10초쯤 바라보았다. 그리고 바로 지금 이 순간이 두 사람의 연애가 끝나야 할 시점이라는 것을 알았다. 진욱은 어떻게든 연애를 끝낼 구실을 찾고 있다. 더 매달리면, 그의 진심을 모르는 척하면 바보가 된다.

보라는 마지막 자존심은 지켜야겠다고 생각했다.

"너나 똑바로 해. 네 연기도 허세 잡는 거 매번 똑같거든! 어디 안재욱이랑 비교를 하니? 〈별은 내 가슴에〉가 훨씬 재미있어, 알아?"

진욱이 길길이 날뛰는 모습을 뒤로하고, 보라는 그의 집 현관문을 일부러 '쾅!' 소리 나게 닫고 나왔다.

보라는 눈물을 흘리면서 청담동에서 압구정동 맥도날드까지 걸었다. 쳐다보는 사람들의 시선 따위는 중요하지 않았다. 벚꽃 흩날리던 봄날, 〈아이리스〉 앞에서 진욱과 처음 만났던 날의 설레는 기억, 늦은 밤 10분이라도 보고 싶다며 집 앞까지 찾아온 그를 만나기 위해 도둑고양이처럼 집을 빠져나갔던 일, 드라마 〈모래시계〉에 푹 빠져 있던 보라를 위해 진욱이 정동진에 데려가 '고현정 소나무'를 보여준 일 등, 지난 3년간의 추억이 영화 필름처럼 빠르게 스쳐 갔다.

이렇게 아름다운 추억이 많은데, 치졸한 말로 진욱과 이별하게 될 줄은 꿈에도 상상하지 못했다. 진욱과 이별한 그날 밤, 보라는 속상한 마음에 양주 다섯 잔을 마시고 희재에게 전화했다.

▦ #8 사랑은 유니텔을 타고

잠 못 이룬 새벽 난 꿈을 꾸고 있어
흐느낀 만큼 지친 눈으로
바라본 우리의 사랑은 너의 미소처럼 수줍길 바래
_애송이의 사랑 | 양파

　희재는 인생에서 가장 중요한 시기인 고3 때 진로를 감정적으로 선택하고, 아무 생각 없이 대학교를 졸업하면 이렇게 된다는 걸 표본으로 보여주듯, 계속 백수로 지냈다. 희재의 고등학교 친구들은 이대나 경희대, 숙대 무용과를 다니며 저마다 대학 퀸으로 불렸고, 대학 친구들도 편입하거나 연기를 배워 뮤지컬배우로 활동하는 등 각자 잘 살고 있었다. 게다가 보라마저 연예인으로 데뷔해 이름을 알리고 있었다. 희재를 뺀 주변 사람들이 모두 잘나가고 열심히 살고 있다는 것이 그녀를 점점 더 집안에 칩거하게 했다. 동대문에서 의류도매 장사를 하는 이모는 밥도 먹여주었고, 희재가 엄마 잃고 혼자가 된 게 불쌍해서인지 별 잔소리도 하지 않았다.

　동대문의 낮은 사람들이 잠자는 밤 시간대이기 때문에, 이모가 없는 밤이 무섭고 외로웠던 희재는 채팅을 시작했다. 하이텔, 유니텔, 나우누리, 천리안. 그 중 유니텔은 희재가 세상과 만나는 유일한 소통창구였다. 희재의 채팅 아이디는 '사람'이었다. 그냥 사람. 항상 집에만 있는 사람.

채팅방에서 희재의 눈길을 끌었던 아이디는 'bird'였다. 어떻게 하면 재치 있게 아이디를 지을까 고민하지 않은 흔적이 보여서 좋았다. 그는 자신을 미국 교포라고 소개했다. 방학을 맞아 한국에 놀러 왔으며, 한남동 누나의 집에서 지내고 있다고 했다.

그는 한국말이 서투른지, 희재가 대화창에 쓴 글에 답장하는 속도가 느렸다. 교포라 한글 자판이 어색한 건지도 몰랐다. 희재는 그 점이 답답한 것만 빼면, 시시한 농담을 던지거나 번개를 하자고 유혹하는 여타의 다른 남자들과 달라서 그가 마음에 들었다. 두 사람은 말이 제법 잘 통했다. 가끔 보라나 혜영을 만나는 일 빼고는 거의 외출을 하지 않는 희재가 사람 많은 신촌 한복판에서 'bird'와 만나기로 약속을 한 것은 정말 대단한 사건이었다.

'bird'는 농구선수 우지원을 닮은 귀공자풍의 외모를 지녔다. 머리는 깔끔하게 무스를 발라서 세웠으며, 폴로 티셔츠에 면으로 된 폴로 바지를 입고 있었다. 서점 앞에서 신문을 말아 쥐고 서 있겠다던 그는 희재를 보고 얼굴이 발그레해졌다. 희재는 숏커트에 흰색 리넨 원피스를 입고 단화를 신고 있었다. 'bird'는 화장기 하나 없지만 흰 피부와 눈망울이 청순한 희재에게 첫눈에 반해버렸다.

"내 이름은 제임스예요, 한국 이름은 이민호."

그의 집은 LA. 제임스는 현재 홀어머니와 살고 있고, 가족이 이민 가서 고생이 많았지만, 부모님께서 운영하시던 세탁소가 제법 잘 돼 고생 없이 자랐다고 말했다.

"아버지가 돌아가신 후 위기가 찾아왔지만, 어머니가 강한 분이세요. 지인과 가발공장을 시작하셨는데, 크게 성공하셨어요."

'딱 봐도 귀티가 줄줄 흐르더라니, 부잣집 아들이었군.'

희재는 자신의 가정환경과 너무도 다른 제임스를 보면서 약간 위축됐다. 하지만 자격지심이 커질수록 자존심은 더 뾰족하게 올라왔다.

"그런데 한국에는 왜 왔어요?"

"누나가 결혼해서 한국에 살아요. 어머니가 싫어하시겠지만, 저도 조만간 한국에 들어와서 취업하려고 생각 중이고요."

제임스는 다정하고 부드러웠다. 희재는 제임스의 모난 곳 없는 성품이 부러웠다. 하지만 그와 대화를 나눌수록 기분이 언짢아졌다. 너무 다른 환경에서 자란 사람을 만나면 상대적으로 자신의 처지가 초라하게 느껴지기 때문이었다.

그때 희재의 가방이 삐삐의 진동 때문에 미세하게 움직였고, 그녀는 삐삐를 꺼내 메시지를 확인했다. 그리고 카페 공중전화로 가서 음성사서함 내용을 들었다.

"죄송해요, 친구한테 안 좋은 일이 생겨서 급하게 가봐야 할 것 같아요."

"그럼 가보셔야죠. 다시 연락드려도 될까요?"

대답 대신 희미한 미소를 지으며 카페를 나서는 희재의 뒷모습을 바라보면서 제임스는 씁쓸했다.

'내가 마음에 들지 않는다는 뜻이군.'

〈스팅〉에 도착했을 때 보라는 이미 취해 있었다. 테이블에는 발렌타인한 병이 1/3 정도가 줄어 있었다.

'이미 치사량을 마셨군.'

보라의 눈은 퉁퉁 부어 있었다.

"무슨 일이야? 오늘은 촬영 없어?"

"다 끝이야."

보라의 혀는 꼬부라져 있었고, 한두 잔 더 마시면 기절하는 건 시간문제였다. 희재는 보라가 항상 친구라기보다는 자신보다 다섯 살쯤 어린 동생 같다는 생각을 지울 수 없었다. 보라는 즉흥적이고 늘 감정적이었다.

"촬영장에서 무슨 일 있었어? 혹시 잘렸어?"

보라는 이미 취해서 정신이 오락가락했지만, 드라마에서 잘렸냐고 묻는 희재의 말에 욱해서 쓰디쓴 양주를 다시 원샷했다.

"다행히 잘리진 않았거든! 하지만 언제 잘릴지 모르고, 최진욱 그 인간이랑은 2시간 전에 완전히 끝났다. 나 오늘 술 마시고 콱 죽어버릴 거야. 내일 촬영장도 안 가!"

희재는 말없이 술잔에 발렌타인을 따라 마셨다. 희재는 술을 제법 잘 마셨다.

"죽을 거면 혼자 죽지 왜 나를 불러?"

"누가 진짜 죽을 거래? 말이 그렇다 이거야. 친구 좋다는 게 뭐니? 이럴 때 위로도 좀 해주고 그래야지!"

보라는 허공을 향해 손짓까지 해가며 오버 액션을 하더니 이내 의자 옆으로 넘어졌다. 그리고 일어나지 못했다.

희재는 제일 먼저 혜영에게 전화를 걸었지만, 그녀는 가게를 비울 수 없다고 말했고, 진욱에게 전화를 걸까 3초쯤 망설였지만 정말 이별했다면 보라의 마지막 자존심은 지켜줘야겠다는 생각이 들었다. 희재는 잠시 생각하다 가방에서 꼬깃꼬깃한 쪽지를 꺼내 제임스에게 전화를 했다.

"제임스? 나 윤희재예요. 혹시 괜찮으면 압구정동으로 와줄 수 있어요?"

제임스는 택시에서 내린 뒤 땀을 뻘뻘 흘리면서 보라를 업고 걸었다. 택시를 타기 전 그는 오바이트하는 보라를 위해 편의점으로 달려가 생수와 물티슈를 사다 주었다. 그리고 보라의 집 앞에 도착했을 때는, 그녀의 부모님께서 걱정할지도 모른다며 놀이터에서 술을 좀 깨워서 들여보내자고 말했다. 희재는 그의 세심한 배려에 호감이 갔다. 처음 만난 여자의 호출 한 통에 한걸음에 달려와 주고, 술 취한 보라를 업고 더운 여름날 땀 뻘뻘 흘리면서 데려다 주는 제임스의 모습에서 희재는 왠지 모를 포근함을 느꼈다.

희재는 제임스에게 포장마차에서 소주를 한 잔 사겠다고 했고, 그녀가 첫눈에 마음에 들었던 제임스는 그 제안을 흔쾌히 수락했다. 포장마차에서 제임스는 오돌뼈와 우동이 정말 맛있다며 해맑게 웃었다. 희재가 술에 취해 말이 많아졌을 때는 그 모습을 귀엽게 바라봤고, 걷다가 자꾸 넘어지려고 하는 희재를 업고 집에 바래다주던 길, 그는 나지막이 말했다.

"희재 씨 참 예쁜 거 알아요?"

다음날 희재는 지난밤의 일이 기억나지 않는다며 딱 잡아뗐지만, 제임스의 넓고 따뜻했던 등의 감촉을 오래도록 잊지 못했다. 그녀는 잘 웃고 마음이 따뜻해 보이는 제임스에게 경계의 빗장을 조심스레 풀었다.

보라의 다이어리

오늘 문득 지난 다이어리를 들춰보았다. 그 안에는 대학 시절의 추억부터, 시시콜콜한 연애이야기까지, 나의 모든 추억이 담겨 있었다. 그리 오랜 시간이 지난 것도 아닌데 까마득하게 느껴지는 일도 있고, 바로 어제의 기억인 것처럼 선명하게 떠오르는 추억도 있다. 94년도 다이어리를 펼쳐보았다. 풋풋했던 대학교 1학년 시절. 그 시간 안에는 사랑에 빠진 한 남자와 한 여자가 있었다.

> **1994년 5월 16일**
> 〈아이리스〉 앞에서 진욱 오빠랑 운명적으로 다시 만남. 심장이 두근두근. 역시 진욱 오빠는 멋있음.

> **1994년 5월 20일**
> 오빠랑 〈가스등〉에서 술 마시고 집 앞에서 첫 키스.

> **1994년 6월 25일**
> 오빠랑……♥ 떨리고 두려웠던 첫날밤. 오빠가 사랑한다고 말해줘서 행복했다. 오빠랑 결혼하기로 손가락 걸고 약속.

1994년 7월 23일

오빠랑 〈네 번의 결혼식과 한 번의 장례식〉 봄. 영화

를 볼 때도 배우들 연기에 집중하는 멋진 우리 오빠!

1994년 9월 24일

오빠랑 새벽 바다 보러 강릉. 엄마한테 희재네 집에

서 잔다고 거짓말했다. 아……, 찔려. 엄마, 아빠,

불효녀를 용서하세요!

1994년 12월 24일

오빠가 촬영 있어서 크리스마스이브에 희재 만남. 서울

극장에서 〈마누라 죽이기〉 봄. 너무 슬픈 크리스마스.

온통 내 머릿속에는 최진욱이라는 남자밖에 없었다. 그와 처음으로 경험
했던 모든 것들이 설레고 행복했던 시간. 지금 생각하니 참 바보 같았다는
생각이 든다. 95년도 다이어리를 펼쳤다.

1995년 2월 14일

맥주 CF 촬영. 처음이라 너무 떨렸음. 오빠가 응원

와줘서 떨지 않고 촬영을 마칠 수 있었다.

나도 이제 연예인!

1995년 5월 6일

한강 둔치에서 체육대회. 졸업한 오빠도 촬영이 없다
며 후배들 보러 왔음. 농구 시합할 때 어찌나 잔소리
를 하던지. 아무튼 연극과 파이팅은 알아줘야 함. 줄
다리기하다 팔 빠질 뻔.

1995년 9월 6일

어제 미소 송별회하고 필름 끊김. 아침에 일어나니
눈이 퉁퉁 부었다. 진욱 오빠가 살다 보면 이별도 겪
고 그 감정에 익숙해져야 한다고 다독여줬다. 역시
어른스러운 우리 오빠♥

1995년 12월 31일

올해는 오빠랑 둘이 제야의 종소리를 들을 수 있다.
오빠가 독립한 집에서 둘만의 오붓한 파티. 오빠가
잘나가는 것도 좋지만, 나랑 함께 있어줄 때 제일 행
복하다. 사랑해, 오빠!

처음 CF를 찍었을 때가 떠오른다. 남자 모델과 키스하는 장면을 찍으면
서도 계속 진욱 오빠 눈치를 봤었다. 내게는 첫 광고였는데, 그 순간에도
일에 집중하지 못하고 남자친구를 의식했다니. 사람들 눈에 얼마나 내가

한심해 보였을까? 미소 송별회를 했던 날의 기록을 보니, 미소가 그립다.
미소는 잘 지내고 있는 걸까? 다음은 96년도와 97년도의 기록이다.

1996년 2월 24일

오빠랑 내 졸업 기념 제주도 여행. 오빠가 졸업 기념
으로 목걸이 선물해줌. 아, 행복해…… 나도 이제
사회인이다!

1996년 3월 11일

오빠 소개로 오빠가 출연하는 영화에 단역으로 출연.
영화속에서도 우리는 연인. 배우라는 직업이 이렇게
힘든 줄은 몰랐다. 정말 대단한 우리 오빠.
오빠가 참 멋있어 보였다.

1996년 7월 30일

오빠가 우리 집에 와서 처음으로 자고 간 날.
아빠가 술을 많이 먹여서 엄마가 집에서 자고 가라고
했다. 오빠는 옆방에, 나는 내방에. 아, 속상해! 오빠
가 옆방에서 자는데, 엄마 때문에 가보지도 못하고!

1996년 9월 9일

화장품 CF 모델로 발탁. 1년 전속모델 계약. 엄마랑
아빠가 매우 기뻐하셔서 좋다. 오빠가 상대 남자배우
한테 전화번호랑 삐삐번호 절대 가르쳐주지 말라고
신신당부.

1997년 4월 8일

소보라 스포츠 신문 1면에 처음으로 실린 날. 이제
최진욱과 소보라는 공개 연인! 아, 신이 난다! 그런
데 오빠는 왜 시큰둥하지?

1997년 5월 22일

화장품 CF 촬영하러 괌으로! 첫 해외여행, 설렌다.
엄마랑 아빠가 더 긴장. 엄마가 괌에 따라가신다. 오
빠랑 가면 더 좋을 텐데……

1997년 6월 5일

〈초원의 집〉 첫 촬영. 소보라 연기 인생 이제부터
시작이다! 나도 이제 톱스타가 되는 거야! 톱스타
최진욱의 연인 톱스타 소보라! 떨지 말고 잘하자,
파이팅!

1997년 8월 23일

진욱 오빠랑 헤어졌다. 죽고 싶다. 난 이제 어떻게
살아야 하지? 눈물이 멈추지 않는다. 심장이 멈출
것 같다.

1997년 9월 23일

헤어진 지 한 달이 됐는데도 오빠는 연락이 없다. 정말
우리는 헤어졌나보다. 오빠를 내 마음속에서 떠나보
내기가 너무 힘들다. 드라마 촬영이고 뭐고 다 싫다.

　　내 지난 시간의 기록에는 최진욱이라는 남자밖에 없다. 그와 이별했다고
그를 지워버리면, 내 이십대는 어디에서 보상받을까? 이십대 중반까지의
기억을 모두 지워야 하는 걸까? 그를 지우면 어떤 기억들이 남게 될까.

　　제발 이제는 정신 차리자. 내 미래와 꿈에 대해서 생각하자. 내가 바보처
럼 사랑에 연연하고 이별했다고 식음을 전폐할 때, 동기들은 주말 드라마
주인공이 되고, 영화 주인공으로 데뷔하면서 승승장구했다. 오빠랑 헤어
진 다음 날, 드라마 촬영을 펑크 냈던 기억이 떠오른다. 그때 매니저는 감
독님 앞에 무릎을 꿇었고, 나 역시 감독님과 선배님들에게 맞지만 않았지,
연예인 그만두라는 꾸중까지 들었다. 〈초원의 집〉 이후 캐스팅 제의가 더
는 들어오지 않는 건 어쩌면 당연한 일인지도 모른다. 지난 시간을 후회해

봤자 남는 건 절망뿐이다.

대학 다니던 때가 그립다. 동기들이랑 영화 찍고, 〈가스등〉에서 술 마시면서 영화 이야기를 하고, 희재랑 미소랑 혜영 언니랑 몰려다니면서 놀았던 그때가 그립다. 인생에 대해 진지하게 생각하지 않아도 됐던 그 시절이 그립다.

시간이 빨리 지나서 서른 살쯤 되면, 나는 좀 더 성숙해져 있을까? 이별의 상처는 언제쯤 무뎌질까? 나는 진욱 오빠를 정말 잊을 수 있을까……?

스물여섯에서
서른 시절

Summer [여름]

연애는 집착이다

사랑에 미쳐서 해본 행동 있잖아요.
주위 사람들의 반대를 무릅 쓰고 둘만의 도피여행을 떠나고,
사랑하는 사람의 마음을 돌리기 위해
비행기를 타고 지구 반대편까지 날아가기도 하고,
이별 후 그녀의 모습을 멀리서라도 지켜보려고
비를 맞고 집 앞에서 밤새워 기다리기도 하고,
사랑하는 사람을 위해 목숨을 내놓을 수 있다고 말하기도 하고,
누군가를 마음에 품고 오랜 시간 외로운 짝사랑을 하기도 하죠.

연애가 인생의 전부였던 시절이 있습니다.
사랑해서 행복하고 사랑받아서 행복하던 시절. 같이 숨 쉬고, 이야기하고,
입을 맞추던 애틋했던 그날의 추억.
그래서 아름답고, 아픈, 지난날의 내 청춘.

■ #9 세기말 로맨스

어떤가요 내 곁을 떠난 이후로
그대 아름다운 모습 그대로 있나요
아직까지 당신을 잊는다는 게
기억 저편으로 보낸다는 게 너무 힘이 드는데
_ 어떤가요 | 이정봉

1999년 12월 30일. 아시아나 비행기 비즈니스석에서 보라는 올해의 히트 가요를 들으며 책을 뒤적이고 있었다. 젝스키스의 〈커플〉, SES의 〈Dreams Come True〉, 유승준의 〈열정〉, 핑클의 〈영원한 사랑〉, 엄정화의 〈몰라〉.

보라는 타이어 CF를 찍기 위해 괌으로 가는 중이었다. 파트너는 잡지 모델 출신으로, 보라보다 네 살 어린 정민욱이었다. 그와는 화보촬영 때 몇 번 만나 안면이 있었다. 정민욱은 아침까지 마신 술이 깨지 않았다며 비행기에 오르자마자 수면안대를 하고 잠을 청했다. 이제 30분 후면 괌에 도착한다.

보라는 스튜어디스에게 스포츠 신문을 가져다 달라고 부탁했다. 활동이 뜸한 이후로는 TV도 잘 안 보고 스포츠 신문도 보지 않았다. 하지만 연말 시상식에서 어떤 가수가 상을 타고, 어떤 배우가 대상을 탔는지는 조금 궁금했다. 연예인이라면 누구나 멋진 드레스를 입고 연말 시상식에서 지난 1년간의 수고를 보상받고 싶어 하니까. TV로 함께 일했던 선배와 동료가 상 타는 모습을 지켜보는 건 씁쓸하고, 후배가 상 타는 모습을 지켜보는 일은 자존심 상했다.

스포츠 신문을 건네는 스튜어디스의 눈길이 어딘가 모르게 멋쩍다. 보라는 빈 와인 잔을 스튜어디스에게 주고 신문을 받아들었다. 바로 1면이 눈에 들어왔다. '톱스타 최진욱, 신인 여배우 김다영과 심야 데이트'

두 사람은 드라마를 촬영하면서 연인 사이로 발전했고, 강남 테크노클럽 〈타임 투 락〉과 〈파라 파라〉, 홍대의 테크노클럽을 자유롭게 출입하며 애정을 과시했다는 기사가 실려 있었다. 헤어진 연인의 소식을 이렇게 스포츠 신문 1면으로 알게 되는 기구한 팔자라니. 보라는 순간 먼 아프리카로 이민 갔으면 좋겠다는 생각을 했다. 스포츠 신문도 없고, 연예정보 프로그램도 없는 무인도 같은 곳에서 최진욱의 소식을 듣지 않고 살 수 있다면.

헤어진 이후로 벌써 세 번째 열애설이다.

'나쁜 자식. 어떻게 나랑 삼 년이나 사귀었지? 이렇게 다른 여자들 만나고 싶어서 어떻게 참았을까?'

보라는 아직도 진욱의 스캔들 기사를 보면 심장박동이 빨라지는 자신이 한심하고 분했다. 진욱은 이렇게 자유로운 연애를 즐기면서 행복하게 살고 있는데, 그의 스캔들에 질투나 하고 있는 이 한심한 꼬락서니 하고는.

그때 곧 착륙한다는 안내 멘트를 듣고 일어난 정민욱이 보라에게 말을 건넸다.

"술 깨서 배고프다. 누나, 호텔 가서 같이 컵라면 끓여 먹을까?"

보라는 정민욱을 한심하게 바라보며 비행기 창문으로 시선을 옮겼다. 그리고 저 멀리 내려다보이는 괌 공항의 반짝이는 불빛을 슬프게 바라보았다.

세기말의 마지막 날, 희재는 제임스와 홍콩에 있었다. 역사적인 밀레니엄을 희재와 좀 더 특별하게 맞이하고 싶었던 제임스가 준비한 이벤트였다. 피크 트램을 타고 빅토리아 피크에서 홍콩 야경을 바라보면서 2000년을 맞이하려는 계획이었지만, 전 세계에서 몰려든 인파로 줄만 몇 시간씩 서야 하는 난관에 부딪히자, 희재가 호텔 안에서 조용히 와인을 마시면서 새해를 맞이하자고 제안했다.

제임스와 희재는 2년 넘게 열렬한 연애 중이었다. 제임스는 IMF가 터진 직후 한국으로 아예 들어왔고, 한국 청년들이 취업난에 고통받을 때 외국계 은행에 안정적으로 취업했다. 미국에서 명문대를 졸업한 수재였던 제임스는 그렇게 엘리트 코스를 밟아가고 있었다. 희재 역시 제임스를 만나 좀 더 밝게 변해갔다. 안정적인 연애가 미치는 긍정적인 영향에 대해 주변 사람들이 더 놀라워하고 있었다. 희재는 말이 많아졌고, 예전보다 많이 웃었으며, 비관적이던 삶의 태도도 긍정적으로 변해갔다.

페닌슐라호텔에서 저녁을 먹고 호텔 방에서 와인을 마시면서, 두 사람은 서로의 어린 시절에 대해 이야기를 나누었다.

"희재는 어렸을 때도 참 예뻤을 것 같아."

"별명이 얼음공주였어. 친구도 없고, 말도 별로 없고."

"무용은 어떻게 시작하게 됐어?"

"중학교 때 우연히 엄마 때문에 무용학원에 가게 됐는데, 가르치는 선생님 여동생이 선화예고 무용 선생님이었어. 그 선생님이 좋아서 예고로 진학하게 됐고. 남자 선생님을 좋아해 본 적은 한 번도 없었는데, 그 선생님은 왠지 좋았어. 엄마보다 더."

희재가 어린 시절 이야기를 할 때 제임스는 계속 희재의 머리를 쓰다듬으면서, 그녀를 애틋하게 바라보았다. 사랑을 듬뿍 받고 자란 제임스의 눈에 희재는 사랑받고 싶어도 표현하지 못하는 가여운 여자였다. 제임스는 앞으로 희재를 절대 외롭게 만들지 않겠다고 그날 밤 결심했다.

두 사람에게 특별한 이야기도, 이벤트도 필요하지 않았다. 둘이 함께 있는 공간이 소중했고, 둘이 함께 보내는 시간이 행복했다.

"희재, I love you."

"나도 사랑해."

"내가 더 사랑해."

"내가 더, 더, 더 많이 사랑해!"

"나는 죽을 때까지 너만 사랑해!"

드디어 세기말은 과거가 되고, 새로운 밀레니엄 시대를 맞이하는 순간이다. 세계 곳곳에서 레이저쇼를 하고, 불꽃을 터뜨리며 희망찬 밀레니엄을 기다리는 사람들의 모습이 TV로 생중계되고 있었다. 카운트 5, 4, 3, 2, 1!

희재와 제임스는 역사적인 밀레니엄을 함께 맞을 수 있음에 짜릿한 전율을 느끼며 로맨틱한 키스를 나누었다.

그 시각, 꽘의 한 클럽에서도 카운트다운을 외치고 있었다. 촬영을 마치고, 보라와 정민욱, CF 감독 등 스태프들이 모여 밀레니엄 축하파티를 벌이고 있었다. 우울하고 불안했던 세기말이 끝나고 희망찬 밀레니엄이 다가온다는 설렘 때문이었는지, 진욱의 스캔들이 영향을 미쳤던 건지 보라는 주량을 넘어선 칵테일을 마시고는 한껏 기분이 들뜬 상태였다. 그리고 술 때문이었는지 들뜬 분위기 때문이었는지, 세련되게 리듬을 타며 춤을 추는 정민욱이 멋있어 보였다. 음악이 꺼지고 카운트다운을 외치기 직전, 정민욱이 보라의 뒤에서 그녀의 허리를 두 팔로 감싸 안았다. 목덜미에서 그의 거친 숨소리가 들려왔다.

'아……, 나 백허그에 약한 거 어떻게 알았지……?'

모두 새로운 밀레니엄을 축하하며 샴페인을 터뜨리던 바로 그때, 보라는 정민욱과 뜨거운 키스를 나누었다. 정민욱의 입술에서 달콤한 모엣 샹동의 맛이 느껴졌다.

지나간 사랑을 잊는 방법, 바로 새로운 사랑을 시작하는 것이라고 보라는 믿고 있었다. 보라는 진욱에 대한 증오심을 새로운 연애로 잊어보리라 결심했다. 그 타이밍에 그녀에게 다가온 남자는 바로 연하의 모델 정민욱이었다.

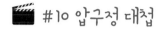 #10 압구정 대첩

보라는 CF 감독 차윤석 그리고 그의 지인들과 함께 강남의 나이트클럽에서 파티를 즐기고 있었다. 차윤석은 보라와 화장품 광고를 수년째 찍으면서 친분을 쌓아온 CF 감독이었다. 그 인연을 시작으로, 두 사람은 모델, 가수, 배우 등으로 구성된 연예인 모임을 만들었고, 그 모임을 통해 보라는 3개월 전 차윤석 감독과 연애를 시작했다.

"윤석이 형. 진짜 이러기야? 보라가 형이랑 사귀는 바람에 졸지에 형수님 됐잖아. 새까맣게 어린 후배가!"

보라의 선배인 배우 안진우는 모임에서 몰래 연애를 하는 건 반칙이라며, 생일의 주인공인 차윤석에게 벌칙으로 폭탄주를 따라주었다.

"좋다! 마시지 뭐. 대신 보라 술 먹이기만 해봐. 얘 술 못 마시는 거 알지?"

차윤석의 말에 야유가 쏟아졌다. 보라는 그런 차윤석을 바라보며 부끄러운 듯 미소 지었다.

보라는 꽘에서 술기운에 키스하고 연애를 시작했던 연하의 모델 정민욱과 8개월 연애 후 작년에 이별했다. 처음 한두 달은 정민욱과의 연애가 신기하고 재미있기도 했다. 그는 자유분방한 성격에 클럽과 술을 좋아했으며, 비트의 정우성을 롤모델로 삼아 오토바이를 타는 남자였다. 처음에 보라는 그의 즉흥적이고 열정적인 성격을 좋아했다. 일이 끝난 보라를 바로 차에 태우고 강릉으로 바다를 보러 가기도 했고, 즉흥적으로 일본 여행을 가자고 제안하기도 했다. 그는 생각하면 바로 실천에 옮겨야 하는 타입이었고, 그래서 애정표현도 적극적으로 했다. 늘 진욱의 사랑에 목말라 했던 보라는, 전화도 자주 하고 하루라도 안 만나면 미칠 것 같다고 말하는 정민욱과 불같은 연애를 했다.

하지만 열렬한 데이트도 잠시, 보라는 그의 집착에 점점 지쳐 갔고, 진욱과 정민욱을 비교하기 시작했다. 즉흥적이고 자유분방한 정민욱의 성격은 진욱과 비교했을 때 책임감 없는 남자로 느껴졌고, 자신의 하루 일과에 대해 시시콜콜 털어놓는 자상함은 어느새 남자답지 못한 어리광으로 그녀에게 인식되었다. 정민욱이 문제가 아니었다. 보라는 사소한 것 하나까지 그의 모든 면을 진욱과 비교하면서 실망했고, 여전히 과거의 사랑에 미련하게 갇혀 있었다.

진욱에 대한 마음이 아직 정리가 안 됐다는 것을 깨달았을 때, 보라는 정민욱에게 이별을 통보했고, 그는 그 사실을 받아들이지 못하고 하루가 멀다고 술을 마시고 전화를 걸어 그녀를 힘들게 했다. 보라는 정민욱의 모습에서 자신의 과거 모습을 보았다. 사랑에 집착하고 매달렸던 지난날의 못난 모습.

정민욱과 이별하고 외로운 연말을 보내던 보라는 석달 전 안부전화를 주고받던 차윤석과 우연히 영화를 보러 갔고, 음악과 영화에 대해 박식하고 세계 곳곳을 여행하며 느낀 점을 이야기해주는 자상하고 어른스러운 차윤석에게 마음을 열었다. 두 사람은 세 달째 연애 중이었다.

"형수님! 노래 한 곡 뽑아봐!"

안진우가 보라에게 노래를 하라고 요청했고, 보라는 발랄한 포즈로 자리에서 일어섰다. 보라는 노래 5곡을 연달아 쫙 예약했다. 엄정화의 〈초대〉, 이정현의 〈와〉, 그리고 SES, 핑클, 유승준 노래까지 선곡해놓고 요염하게 노래를 부르기 시작했다.

'아슬아슬하게 아찔하게 그대가 내 품에 들어오게.'

보라가 섹시한 안무까지 하자 남자 연예인들의 환호성이 터져 나왔고, 가수로 데뷔하라는 찬사가 이어질 때, 누군가 룸의 문을 벌컥 열고 들어왔다. 잔뜩 술에 취한 정민욱이었다.

"소보라, 너는 나랑 헤어진 지 얼마나 됐다고 남자들 끼고 앉아서 술을 마시냐?"

당황한 보라가 정민욱을 끌고 나가려고 했으나 술에 취한 그의 눈빛은 예사롭지 않았다. 안진우가 보라를 보호하기 위해 자신의 몸 뒤로 숨겼고, 정민욱의 말에 언짢아진 차윤석이 그에게 충고했다.

"술 마셨으면 곱게 집에 가서 잠이나 잘 것이지 왜 여기 와서 행패야?"

"감독님이 저 여자 새 애인이에요? 소보라 조심하세요. 싫증 나면 바로 차버리니까. 내가 차여봐서 잘 알거든요. 감독님 이용당하는 거예요."

그때였다. 차윤석이 정민욱에게 먼저 주먹을 날렸고, 곧 두 사람은 바닥에서 뒹굴며 몸싸움을 시작했다. 룸 안에 있던 동료들이 말렸지만, 두 사람은 더욱 격하게 몸싸움을 하면서 뒹굴었고, 보라의 비명 소리를 듣고 달려온 정민욱의 친구까지 합세해 그야말로 아수라장이 되었다. 곧 웨이터들이 달려왔고, 양복을 입은 나이트클럽 직원들까지 달려와 차윤석과 정민욱을 말릴 때 누군가 보라의 손목을 낚아채서 끌고 나갔다. 다른 룸에서 드라마 쫑파티를 하다가 웨이터에게 소식을 전해 들은 진욱이었다.

새벽 2시. 나이트클럽 앞은 술 취한 사람들과 외제 승용차로 번잡했다. 진욱은 무척 화가 난 듯 얼굴이 벌겋게 달아올라 있었고, 주위 사람들을 의식하지 않은 채 보라에게 소리를 질렀다.

"너 미쳤어? 제정신이야? 이 남자 저 남자 그렇게 막 만나고 다닐래?"

그의 말에 보라의 큰 눈에 눈물이 그렁그렁 맺혔고, 곧 그녀의 눈에서 눈물방울이 뚝뚝 떨어졌다.

"말 다했어?"

진욱은 보라의 눈물에도 흥분을 쉽게 가라앉히지 못했다.

"내가 본 건 뭔데? 저 자식들 지금 너 때문에 싸우고 있는 거 아니야? 어떻게 처신을 하고 다니면 저런 상황까지 만드는 거냐고! 나한테 보여주려고 너 이렇게 막 나가는 거야?"

진욱의 말에 수치심을 느낀 보라는 부들부들 떨면서 그의 뺨을 때렸다. 진욱이 놀라서 보라를 바라보았다.

"너는 여자들 막 만나고 다녀도 괜찮고, 내 연애는 모두 난잡한 만남이야? 말 함부로 하지 마. 아무것도 모르면서."

보라는 흐르는 눈물을 닦아내며 택시를 잡아탔다. 급하게 끌려 나오느라 가방도 없는 상태였다. 보라는 택시 기사 아저씨에게 휴대폰을 빌려 엄마에게 전화를 걸었다. 안진우에게도 전화해 뒷수습을 부탁했다.

다음날, 스포츠 신문 1면에는 '압구정 대첩'이라는 제목의 기사가 실렸다.

"지난밤, 압구정동의 J 나이트클럽에서 스타들의 심야난투극이 벌어졌다. 연예계에서 친분 관계가 두터운 것으로 알려진 S양과 A군, 그리고 S양의 새로운 연인으로 알려진 CF 감독 C씨가 지인들과 어울려 술을 마시던 시각은 새벽 1시. S양과 지난해 열애설이 났다가 이별한 것으로 알려진 모델 J군이 옆방에 S양이 와 있다는 제보를 입수, 만취한 상태로 찾아가 난동을 부렸고, 그 과정에서 CF 감독과 격한 몸싸움을 벌인 것으로 전해졌다. 그 광경을 목격한 대학생 이 모양은 모델 J군이 술이 많이 취해 있었고, 난동의 원인 제공을 한 S양은 멀쩡한 상태로 두 남자의 몸싸움을 바라보며 즐기는 분위기였다고 전했다. 그리고 곧 S양의 전 연인으로 알려진 톱스타 C군이 그녀의 손목을 잡고 클럽 밖으로 데리고 나갔으며, 사람들이 쳐다보는 데도 언성을 높이며 말다툼을 벌이다 S양이 C군의 뺨을 때렸다며 지난밤의 숨 막히는 난투극에 대해 상세히 설명했다. J군과 CF 감독 C씨는 난투극 이후 강남경찰서로 연행됐으며, 서로 맞고소를 한 상태로 알려졌다."

보라는 연일 쏟아지는 비난 기사 때문에 괴로웠다. 이니셜 기사이기는 했지만, 신문에서는 그녀를 세 남자와 난잡하게 연애를 즐기는 '황소개구리'라고 표현했고, 보라는 큰 상처를 받았다. 주위에서 걸려오는 전화도 일절 받지 않았다. 진욱과 이별한 후, 보라는 연애도 일도 안 풀리는 우울한 이십대 후반을 보내고 있었다.

사건이 일어난 지 한 달 만에 보라가 혜영의 집에 찾아왔다. 혜영은 수척해진 보라를 꽉 안아주었다. 그리고 따뜻한 유자차를 끓여주며 보라에게 마시라고 권했다.

"괜찮아. 너만 아니면 되는 거야. 연예인 팔자가 그런 거 몰랐어? 얼굴 팔린 사람들, 루머나 사람들이 수군거리는 이상한 말도 다 감수해야 하는 거야."

보라의 표정이 어두웠다. 그 날의 사건 이후 연일 쏟아지는 근거 없는 기사뿐만 아니라 진욱이 했던 말이 떠올라 마음이 괴로웠다.

"진욱 오빠……, 연락 안 왔어?"

혜영은 이 상황에서도 진욱의 상태를 궁금해하는 보라가 안쓰러웠다.

"너 진욱이 뺨 때렸다면서……."

혜영의 말에 보라가 고개를 떨궜다. 경찰서까지 간 정민욱과 차윤석은 크게 신경 쓰지 않았다. 오직 진욱의 뺨을 때린 그 장면이 자꾸 떠올라 괴로웠다.

"오빠가 나한테 많이 실망했을 거야."

"보라야, 사랑한 시간이 긴 만큼, 또 사랑했던 마음이 큰 만큼, 잊는 데도 시간이 오래 걸리는 법이야. 아직 사랑할 마음의 준비도 안 됐으면서 새로운 연애를 시작하는 건, 그 남자들한테도 못할 짓 아니니?"

혜영의 말에 보라는 가슴 밑바닥에서부터 부끄러움이 치밀어올라 눈물을 뚝뚝 흘렸다.

"술 취한 남자들이 싸우고 뒹구는 곳에서 너를 본 진욱이 마음이 오죽했겠어. 진욱이가 너 술 마시는 거 유난히 싫어하잖아. 기사 때문에 속상할 법도 한데, 너한테 쏟아지는 비난을 더 심란해하더라. 왜 둘이 헤어져서 이 난리인 건지……."

이별 후에도 진욱이 자신의 아름다운 모습만 기억하기를 바랐던 보라였다. 하지만 진욱에게 보이기 싫은 모습을 보였고, 정민욱과 차윤석에게는 상처를 줬다. 보라는 집으로 돌아오는 길, 차윤석에게 문자를 보냈다.

'감독님, 미안해요. 나 때문에 힘든 일 겪게 해서. 나는 아직 누군가를 만날 준비가 안 된 것 같아요. 감독님 마음은 고맙게 간직할게요. 정말 미안해요.'

그리고 보라는 망설이다가 진욱에게 문자를 보냈다.

'그날……, 미안했어. 오빠가 나를 오해한 게 너무 화나고 마음 아파서 오빠한테 못할 짓 했어. 이제 걱정하지 마. 오빠가 걱정 안 하도록 잘 살게. 정말 미안해.'

보라는 충분한 이별의 자숙기간이 필요하다는 것을 깨달았다. 지난 사랑에 대한 예의는 이별 후 충분히 아파하고 괴로운 시간을 보내는 것이다. 사랑했던 마음만큼 이별 후 마음고생을 해야, 그 아픔만큼 성숙해지는 것일지도 모른다고 그녀는 생각했다. 보라는 조급한 마음을 버리고 연애를 서두르지 말자고 결심했다. 대신 언젠가 새로운 사랑이 찾아올 거라고 믿어보기로 했다.

■ #11 연애만 오년째

나는 왜 이 길에 서있나
이게 정말 나의 길인가
이 길의 끝에서 내 꿈은 이뤄질까
_ 길 | god

2002년의 새해가 밝았다. 어렸을 때는 2000년대가 되면 하늘로 자동차가 날아다니고, 밥 대신 알약 하나만 먹어도 살 수 있을 줄 알았는데, 예전과 달라진 것은 없었다. 늘 그렇듯 봄, 여름, 가을, 겨울은 찾아왔고, 스물한 살에 만났던 보라와 희재는 스물아홉 살이 되었으며, 혜영과 예준은 삼십대 중반을 넘어서고 있었다.

그들의 삶에 큰 변화는 없었다. 똑같이 숨 쉬고, 밥 먹고, 술 마시고, 연애하거나 헤어지고, 누군가는 외로워하고, 누군가는 권태로움을 느끼며 모두 그렇게 평범하거나 조금은 지루할지도 모르는 일상을 살아가고 있었다.

겨울바람이 매서운 날씨였다. 특히 한남동에 접어들자, 날도 궂고 흐린 하늘이 스산한 느낌이 들게 했다.

혜영은 드라마 〈겨울연가〉를 보고 난 뒤 배용준을 너무나 사랑하게 되었다. 휴대폰에 예준의 이름을 '우리 준상 씨'로 저장해놓았으며, 청담동의 최지우가 다닌다는 미용실에 찾아가 최지우의 바가지 머리를 했다. 얼추 얼굴 작고 피부 흰 것까지는 최지우와 비슷했지만, 혜영의 광대뼈가 최지우와 다르다면 한참 다른 점이었다.

"이 광대뼈를 깎으면 내 팔자도 좀 달라질까?"

혜영은 계단을 오르면서 숨이 차올라 헉헉거리는 목소리로 희재에게 물었다. 희재와 혜영은 한남동에 유명하다는 깃발 꽂힌 점집을 찾고 있었다. 혜영은 예준과 자신이 삼재라 이렇게 쫄딱 망한 거라며 용하다는 점집을 찾아다녔고, 희재는 혜영의 손에 이끌려 어쩔 수 없이 따라가는 중이었다.

"언니, 진짜 이런 데 가면 무슨 도움이 돼?"

희재는 차가 올라갈 수 없는 후미진 뒷골목 계단을 힘겹게 올라가며 혜영에게 물었다.

"너 아홉수 맞다니까. 제임스 엄마가 너 못 잡아먹어서 난리잖아. 연애 오 년이나 했으면 결혼할 때 됐어. 얼마 전에 우리 언니가 여기서 굿했는데, 집 나가서 딴 년이랑 산다고 난리 치던 우리 형부가 글쎄 얌전한 강아지처럼 집에 기어들어와서 애들이랑 놀아주고 그런대."

이태원에서 성공을 거둔 레스토랑 〈낸시 아줌마〉의 무리한 확장과 체인 사업으로 혜영은 빚에 쪼들리고 있었다. 엎친 데 덮친 격으로 IMF 이후 은행의 대출은 제한되었고, 계속되는 대출금 상환 독촉에 시달려야 했다. 빚은 빚을 낳았고, 이태원지점을 제외하고는 매출도 시원치 않았다. 결국, 보증금을 좀 더 받고 이태원 레스토랑까지 팔아 빚을 일부 정리한 혜영은 마음이 심란하기 이를 데 없었다. 지금 혜영에게 필요한 건, 다시 재기할 수 있다는 확신의 말과 끊임없는 위로였다.

"그나마 금전적 손해를 다행으로 알아. 잘못하면 자네 남편 해외에서 거지꼴로 객사할 뻔했는데, 돈으로 때운 거야. 오히려 내년은 괜찮아. 강남 쪽에서 다시 시작해. 언니는 쇳복 있어서 다시 일어나."

그녀는 한남동의 후미진 골목을 내려오면서 무당이 한 말 중 희망적인 말만 떠올리며 미소를 지었다. 하지만 희재는 화난 얼굴로 애꿎은 땅에 화풀이하며 신경질적인 발걸음을 내딛고 있었다.

"스물아홉 범띠라……. 언니는 이 결혼 안 돼. 고집부리면 누구 하나 죽어. 이 사람은 인연이 아니야. 그리고 결혼 늦게 해. 범띠는 늦게 할수록 좋아. 특히 언니는 새벽에 태어난 범이야. 부모 복 없고 평생 외롭다. 서른 한참 넘어서 마흔 무렵 되면 좋은 인연 나타나니까 그때까지는 연애만 해. 결혼은 꿈도 꾸지 마."

스물아홉의 희재에게 마흔이라는 나이는 와 닿지 않았다.

'결혼하지 말라는 얘기야?'

희재의 얼굴에 우울한 그림자가 번졌다.

희재는 제임스와 오 년째 연애 중이었다. 연애전선은 맑음이었지만, 그녀는 직업도 없고 내밀 명함도 없었다. 다시 무용을 시작하기에도 늦은 나이였다.

희재가 제일 무안할 때는 제임스의 회사동료를 만날 때였다. 모두 희재에게 무슨 일을 하냐고 물었고, 그녀는 딱히 할 말이 없어 자존심이 상했다.

그럴 때마다 제임스는 희재가 공부 중이라고 대답해서, 그녀의 자존심을 더 다치게 했다.

"왜 공부 중이라고 말해? 내가 백수인 게 창피해?"

"지금 너는 인생 공부 중이잖아. 네가 뭘 하고 싶은지 찾아가는 과정이고. 그런데 희재, 왜 너는 직업이 없다고 솔직하고 당당하게 말하지 못해?"

그의 말에 희재는 할 말을 잃었다. 부끄러웠고 자괴감이 밀려왔다. 제임스에게 화가 난 게 아니라, 무능한 자신에게 화가 났다.

'아무것도 아닌 나를 이렇게 사랑해주는 남자가 바로 내 곁에 있는데……'

희재는 이제 더는 제임스의 연인이라는 것만으로는 행복할 수 없다는 사실을 깨달았다. 쓸데없이 자존심만 계속 내세울 때가 아니라는 생각이 들었다.

그녀는 고등학교 때 선생님을 찾아갔다. 김수경 선생님은 희재에게 무용의 꿈을 처음으로 갖게 해준 분이었다. 선화예고에서도 이대 진학반이었던 재능있던 희재가 아무 일도 안 하고 시간을 허비하는 게 누구보다도 안타까웠던 김수경 선생은, 그녀와 오랜 상담 후에 지인인 대학교수 한 분을 소개했다. 그리고 희재는 그 교수님을 통해 스포츠 심리학이라는 학문에 대해 알게 되었다.

그녀가 선뜻 편입을 결정하고, 스포츠 심리학을 전공하겠다고 결심하게 된 건 단지 교수님의 추천 때문만은 아니었다. 대학 다닐 때 유일하게 빼먹지 않고 들었던 수업이 심리학이었다. 교양과목이었던 심리학에 희재는 흥미를 느꼈고, 엄마의 교통사고로 무용을 포기했을 때 심리치료만 잘 받았어도 어쩌면 지금 무용을 계속하고 있을지도 모른다는 생각이 들었다. 자신처럼 한순간의 사고나 좌절 때문에 운동이나 무용을 포기하려고 하는 사람들에게 심리적인 조언을 해주고, 다시 일어나게 도와주고 싶다는 생각이 희재의 학구열에 불을 지폈다. 자신이 잃어버린 꿈과 시간을, 다른 사람은 잃지 않기를 바랐다.

"난 찬성이야. 돈 걱정 하지 마. 장사도 잘되고, 엄마 보험금 하나도 안 쓰고 다 저축해놨어. 네가 하고 싶은 일을 찾고 공부해서 박사 된다면, 나 죽어서 너희 엄마 만나도 떳떳해. 집에 웅크리고 있는 것도 꼴 보기 싫고, 가게 나와서 청승 떨고 앉아 있는 것도 마음에 안 들었는데, 잘됐다! 나이 서른 되는 거 별거 아니야. 공부라도 해야 제임스 엄마 앞에서도 좀 떳떳하지."

이모의 적극적인 지원과 친구들의 응원 덕분에 그녀는 용기를 냈다. 내년이면 희재 나이 서른. 편입해서 대학원 마치고 박사과정까지 마치려면 10년 혹은 그 이상을 공부해야 할지도 모르지만, 그녀에겐 시간과 노력을 투자할 동기가 충분했다. 소속감을 느끼는 것, 매일 해야 할 일이 생기는 것, 그리고 제임스의 스펙에 어울리는 떳떳한 연인이 되는 것.

오랜 시간 고민하던 희재는 이제 허물을 벗고 날아오를 준비를 할 때라고 결심했다. 그녀는 오랜 방황에 마침표를 찍고 편입시험 준비를 시작했다.

#12 뉴욕, 그리고 두 남자

"선배는 기억도 못 하는 만년필을
누군가는 7년째 고이 간직하기도 한다고요."

이십대 후반이 되자 보라는 지루한 현실에서 벗어날 도피처를 찾고 있었다. 5년 전, 일일극 〈초원의 집〉에서 준비되지 않은 보라의 연기밑천이 전국민에게 보기 좋게 까발려진 덕분에, 보라는 딱 하나의 대표작만 가지고 이십대 후반을 맞이했다. 기다리다 보면 또 다른 기회가 찾아올 거라고 믿었던 보라는 그 한 작품을 끝으로 캐스팅 제의가 더는 들어오지 않자, 오디션을 보러 다니는 대신, 자신은 CF 모델에 더 적합하다고 위로하며 간간이 광고만 찍으며 보냈다. 하지만 백수생활이 길어지고 동네 아줌마들이 "이제 TV에 안 나와?"라고 지겹게 물어보는 바람에 위기의식이 커진 보라는, 진욱의 소개로 송정호 대표를 만났다. 진욱이 겪어본 매니저 중 가장 믿을 만하고, 인간성이 좋다는 게 추천 이유였다.

진욱이 보라에게 송 대표를 소개해줬다는 말에 가장 놀란 건 혜영과 희재였다. 두 사람이 헤어진 후, 혜영은 진욱과 보라를 따로 만나며 어색한 두 사람의 관계 사이에서 피곤해했다.

"너희 둘도 정말 인연 질기다. 그렇게 두 번 다시 안 볼 것처럼 굴더니, 송 대표를 소개해줬다고?"

"그럼 우리가 원수처럼 지내면 좋겠어? 그리고 나 소속사 옮긴다는 거 언니가 진욱 오빠한테 말한 거 아니야? 시치미 떼기는. 지난번 김 작가님 사진전에서 만났는데 앞으로 연락하고 지내자고 하더라."

혜영은 진욱과 보라 사이에서는 입이 가벼웠다. 서로의 소식을 간간이 전하며 질투심을 유발했다. 다분히 의도적이었다. 두 사람이 헤어져서 불편한 게 한두 가지가 아니었으니까. 하지만 희재는 헤어진 연인이 친구처럼 만나는 것에 대해서 이해하지 못했다.

"넌 진욱 오빠 꼴 보기 싫어서 아프리카로 이민 간다고 할 때는 언제고, 소속사를 소개받아? 정말 두 사람은 쿨해서 좋겠다. 사랑 따로 일 따로."

애증은 미련이 남아 있을 때만 생긴다. 진욱의 스캔들에 보라가 민감하게 반응한 것처럼, 보라의 스캔들이 터질 때마다 진욱도 발끈했었다. 하지만 압구정 대첩 사건 이후로 보라는 연애를 자제한 채 진욱에 대한 증오심도 버린 상태였고, 진욱도 마음속으로 보라를 애틋하게 걱정했다.

연애도 일도 뭐 하나 잘 풀리는 것 없는 우울한 이십대 후반이었다. 불투명한 미래와 착잡한 현실에 대해 위기의식을 느끼며 스물아홉을 맞았을 때, 보라는 뉴욕행을 결심했다. 이유는 어린 시절부터 꿈꿔왔던 스물아홉의 판타지를 실현하기 위함이었다. 송 대표는 이제 겨우 다시 시작인데 어딜 가냐고 말렸지만, 그녀는 고집을 굽히질 않았다.

"스물아홉은 다시 오지 않잖아요. 제가 서른아홉에 뉴욕으로 떠날 수 있을 것 같지는 않거든요. 딱 6개월만 뮤지컬도 보고, 사람 구경도 하고, 어학연수하고 올게요. 그렇게 서른을 맞으면 제 인생이 좀 더 달라질 것 같아요."

보라에게 연기재능은 없었지만 인복은 있었다. 진욱이 소개한 송 대표는 이 바닥에서 인간성이 꽤 좋기로 소문난 사람이었고, 보라를 어떻게든 띄워보려고 갖은 노력을 기울였다. 보라는 송 대표를 만나 뭔가 체계적으로 일이 풀리는가 싶었다. 곧 사극에 들어갔고, 단아한 여배우들만 출연한다는 사극에서 통통 튀는 연기를 선보이며 그런대로 좋은 평가를 들었다. 작품이 크게 성공한 건 아니었지만, 그 작품으로 보라가 자신감을 되찾았다는 긍정적인 효과는 있었다. 하지만 보라는 여전히 위기감을 느끼고 있었다. 이제 그녀는 이십대 후반의 배우였고, 어렸을 때처럼 실수해도 애교로 넘어갈 수 없었다. 스태프들은 보라에게 경력에 맞는 연기나 매너를 기대했고, 나이만 먹었지 연기력 향상을 위해 노력하지 않았던 보라는 현장에서 점점 더 주눅 들고 마음이 힘들 수밖에 없었다.

현실에서 도피하기 위해 보라는 철없이 막연한 기대와 희망을 품은 채 뉴욕에 간다고 고집을 부렸고, 어차피 들어갈 작품이 없어 몇 개월은 쉬어야 하는 보라에게 송 대표는 쿨하게 뉴욕행을 허락해주었다.

하지만 뉴욕 생활은 보라가 생각한 대로 낭만적이지 않았다. 소호에 위치한 낡은 아파트의 월세는 '악!' 소리가 날 만큼 비쌌고, 영어 울렁증 때문에 거리를 나서는 것도 겁이 났다. 뉴욕은 TV에서 봤던 것만큼 화려하거나 시크하지 않았다. 거리는 더럽고 지하철에서는 냄새가 났으며 사람들도 모두 불친절했다.

보라는 부모님과 송 대표의 반대에도 고집부려 뉴욕에 온 것을 후회하고 있었다. 고집부리지 말걸, 현실 도피를 위해 무모하게 선택하지 말걸, 바쁘고 잘 나가는 척하지 말걸. 여배우로서 스물아홉의 나이보다 초라한 건, 비참함도 숨겨야 하는 거지 같은 자존심이었다.

처음 한 달을 뉴욕의 낡고 좁은 아파트에 거의 갇혀서 지낸 보라는 이럴 거면 미국에 왜 왔나 싶었다. 그래서 작정하고 뮤지컬이라도 보겠다고 브로드웨이를 찾아 나섰을 때, 하필 소매치기를 당했고, 누구에게 도움을 요청해야 할까, 어디로 전화를 걸어야 할까 패닉 상태에 빠진 순간, 누군가 그녀에게 말을 걸었다.

"보라 선배……, 아니에요?"

'내 이름을 아는 낯선 이 남자는 누구지?'

보라는 말을 건 남자를 기억해내려 노력했다. 촬영장에서 만난 스태프인가? 광고 찍을 때 만났나? 선배라고 하는 걸 보면 학교에서 봤나? 어떻게든 기억을 떠올리려 애쓸 때, 그 남자가 웃으면서 말했다.

"기억 못 할 줄 알았어요. 저 95학번 이민재예요. 학교 다닐 때 한두 번 술도 마셨었는데."

'아……, 기억났다. 촌스러운 뿔테 안경을 벗었으니 당연히 기억을 못 하지.'

보라는 그를 찬찬히 바라보았다. 가죽 재킷에 낡은 청바지를 입고 비니를 쓰고 있었다. 뿔테안경에 촌스럽기만 하던 후배가 시크한 뉴요커로 변해 있었다.

민재는 1학년을 마치고 군대에 다녀와서 복학했고, 졸업한 뒤 뉴욕으로 유학을 왔다고 했다. 민재는 군대에서 보라가 출연했던 〈초원의 집〉을 빼먹지 않고 챙겨봤다고 말해, 그녀를 당황하게 했다.

보라는 몰랐었다. 민재가 학교 다닐 때 꽤 유능한 인재였는지. 민재는 재능이 뛰어난 학생들에게 주는 〈예술의 빛〉 상을 두 번이나 수상했고, 학교 지원으로 뉴욕대학에서 영화공부를 하고 있었다. 남들은 다 자신의 미래를 설계하면서 멋지게 살고 있는데, 목표 없이 겉멋으로 뉴욕에 온 보라는 갑자기 부끄러워졌다. 꿈을 이뤄가고 있는 후배를 만나자 자신의 상황이 더 초라하게 느껴졌다.

민재와 보라는 함께 뮤지컬을 봤고, 뮤지컬을 본 후 레스토랑에서 저녁을 먹었다.

"선배가 나 만년필 줬던 거 기억나요?"

"만년필?"

보라는 기억이 나지 않는다는 표정으로 물었다.

"파카 클래식 만년필이요. 이제 그 모델 단종 돼서 안 나오던데."

보라는 어렴풋이 기억난다는 듯 고개를 끄덕거렸다.

"선배는 그게 단점이에요. 친절에 의미를 담지 않고 누구에게나 베푼다는 거. 선배는 기억도 못 하는 만년필을 누군가는 7년째 고이 간직하기도 한다고요."

민재는 뽀로통한 표정을 짓다가 이내 다정한 미소를 지으면서 보라 접시에 샐러드를 덜어주었다. 식사하는 내내 음식을 접시에 덜어주는 민재를 보면서 보라는 오랜만에 누군가에게 보살핌을 받는다는 느낌이 들어 잠시 울컥했다. 이상하게 심장이 두근거렸다. 보라는 먼 뉴욕에서 느끼는 낯선 감정의 정체가 무엇인지 갑자기 혼란스러워졌다.

설렘 감정을 느낀 건 보라뿐만이 아니었다. 민재도 여자친구의 전화를 받지 않았다. 그는 학교에서 집으로 가는 길에 우연히 보라를 만나 뮤지컬을 보고 저녁을 먹느라 유진과의 저녁 약속을 잊어버렸다. 아니, 알면서도 그녀의 전화를 받지 않았다. 첫사랑인 보라와의 시간을 방해받고 싶지 않았다.

"집까지 데려다 줄게요. 안 추우면 우리 좀 걸을래요? 택시 타는 것보다는 뉴욕의 밤거리를 걷는 게 조금 더 낭만적이지 않아요?"

민재가 웃으면서 보라의 코트 깃을 세워주었다. 불친절하고 우울했던 뉴욕의 밤이 한 남자 때문에 두근거릴 수 있다니.

"선배는 요즘 만나는 사람 없어요?"

"지금은 없어. 너는?"

보라의 말에 민재가 멈칫했다. 그리고 그는 곧 보라에게 물었다.

"진욱 선배랑은 왜 헤어진 거예요? 유명한 분들이다 보니 이별 소식도 신문을 통해 알게 되네요."

그에게 솔직한 이별 스토리를 털어놓기에는 자존심이 상했던 보라는 쓸쓸하게 웃으며 말했다.

"흔한 성격차이. 그리고 오랜 시간 연애에 따른······ 감정 온도의 변화?"

보라가 떠올리고 싶지 않은 이별의 기억에 대해 최대한 포장해서 말하고 있을 때 두 사람은 소호에 위치한 그녀의 아파트에 도착했고, 그 앞에 거짓말처럼 진욱이 서 있었다.

'보라 너, 지금 다른 남자와 눈 맞추고 웃고 있는 거니?'

진욱은 매서운 눈빛으로 보라와 민재를 쳐다보았다.

#13 2002년, 축제의 밤

챔피언! 소리 지르는 네가
챔피언! 음악에 미치는 네가
챔피언! 인생 즐기는 네가 챔피언!
_챔피언 | 싸이

이탈리아 산 와인은 다혈질이지만, 매력이 넘치는 여자와 데이트 할 때
의 느낌이라고 진욱이 말했다. 예준도 고개를 끄덕이는 걸 보니 진욱의 말
에 공감한 것 같았다. 하지만 이탈리아 축구는 사납고 얄미웠다. 거칠게 몸
싸움하는 이탈리아 선수들 때문에 진욱과 예준은 쿠션을 샌드백 삼아 두드
렸다. 보라와 희재는 이탈리아 선수들이 공을 잡을 때마다 두 손으로 얼굴
을 가리고 고함을 질렀고, 혜영은 파스타를 만들고 새 와인을 딸 때마다 와
인 잔을 씻어오느라 중요한 장면을 놓치기도 했다.

16강전에서 안정환의 골든골로 이탈리아를 2대 1로 이겼을 때, 예준은

보라와 희재를 얼싸안고 볼에 뽀뽀를 쪽쪽 해줬다. 그런 기회를 놓칠 혜영도 아니었다. 운동으로 탄탄하게 다져진 몸매의 진욱과, 젠틀한 제임스의 목에 대롱대롱 매달려 승리의 기쁨을 맛보고 있었다. 축구광인 진욱은 두 팔을 벌리고 소리 지르며 혜영의 집을 뛰어다녔다.

"오빠! 나도 반지 키스! 안정환처럼 반지키스 해줘!"

"소보루! 오빠는 반지 따위에 키스하지 않아! 네 입술에만 한다. 이리와!"

진욱이 보라의 허리가 휘도록 그녀를 끌어안고 키스를 퍼부었다. 소보루. 보라는 싫어했지만 진욱이 그녀를 부르는 애칭이었다.

혜영은 냉장고에 가득 채워둔 맥주를 꺼내와 테이블에 놓으며 말했다.

"진욱이랑 보라랑 다시 만나니까 참 좋다. 우리 처음 만났던 94년으로 돌아간 것 같지 않아? 캠퍼스 커플은 이게 안 좋아. 헤어지면 친구들도 다 눈치 보면서 따로 만나야지, 소식도 전하지 말아야지, 모임도 깨지지. 이렇게 다시 만나니까 얼마나 좋으니? 오랜만에 모여서 2002년 한일월드컵의 역사적인 순간을 함께하고 말이야!"

말 수 없던 제임스가 혜영의 말에 진욱에게 아는 척을 했다.

"희재한테 얘기 많이 들었어요. 학교 다닐 때부터 유명한 커플이었다면서요. 제가 처음 보라 씨를 본 날이 두 분이 이별한 날이었다고 하더라고요."

제임스의 말에 모두 소리 내어 웃었고, 보라는 그날의 기억을 떠올리고 싶지 않다는 듯 쿠션에 얼굴을 묻었다.

"그런데 너희 둘 어떻게 갑자기 다시 만나서 뉴욕에서 살림을 차린 거냐? 역시 분칠한 것들은 재회도 시크하다니까!"

버드와이저 한 모금을 마시고 땅콩을 집어먹던 예준이 물었다.

"에이, 형! 살림을 차리다니. 룸메이트지. 사랑도 하는 룸메이트?"

진욱의 말에 보라가 눈을 흘겼다. 둘만의 은밀한 이야기를 떠벌리지 말라는 경고였다.

"이 여자 저 여자 다 만나 봐도 보라만 한 여자가 없었나 보지. 안 그래, 최진욱? 아니면 혹시 너희 그거니? 속궁합이 너무 잘 맞아서?"

혜영의 노골적인 질문에 보라가 민망해하며 쿠션을 던졌다.

"나 계속 슬럼프였잖아. 드라마 두 개 말아 먹고, 완전히 의욕 없을 때였는데 그때 혜영 누나가 그러는 거야. 나 너무 재수 없었다고. 잘나간다고 어찌나 으쓱대던지 못 봐줄 뻔했다고 말하는데, 처음으로 누나 말에 수긍이 되더라고."

"알긴 아는구나?"

희재가 버드와이저 맥주 캔 뚜껑을 따서 진욱에게 주며 말했다. 모두가 알지만 말할 수 없는 진실이라는 것도 있다. 진욱이 몇 년간 톱스타로 지내면서 본인은 부인했지만, 많이 변해 있었다. 어쩌면 변하는 게 당연한 건지도 몰랐다. 정상의 위치에 있으면 당연히 교만해질 수밖에 없다. 모든 걸 누릴 수 있고, 누리는 그 모든 것들이 당연해지니까.

"뒤늦게 안 거지. 드라마 몇 개 말아먹고, 광고도 떨어지고, 인기도 떨어지니까 그때는 알겠더라. 돈이나 인기 말고도 내 주위 사람들이 떨어져 나간다는 걸. 그러고 나니까 내가 보라한테도 너무 했었구나, 미안해지더라고. 보라가 제일 힘들 때 헤어진 거잖아."

"맞아. 오빠 그때 참 못됐었어."

'자존심 상하는 얘긴데, 저 아이는 어쩜 저런 백치 같은 반응을 보일까?'

희재는 보라 머릿속에 나사가 두 개쯤 풀렸다고 생각하고 혀를 끌끌 찼다.

"어느 날 송 대표를 만나서 보라 안부를 물었는데 뉴욕에 갔다는 거야. 얘기 들을 때만 해도 '우리 소보루, 생각보다 용감한데?' 하고 기특해했거든. 그런데 보라가 너무 외로워하고, 전화했을 때 울더라는 얘기를 들으니까 욱하더라고."

송 대표에게 오랜만에 보라의 안부를 물을 때만 해도 진욱은 그녀에게 전혀 애틋한 감정이 남아있지 않다고 생각했다. 그런데 그에게 보라가 뉴욕에 갔다는 소식을 전해 듣고, 보라가 외로워서 울더라는 얘기를 들을 때 알 수 없는 질투심이 차올랐다. 송 대표가 보라를 좋아하는 것 같은 의심도 지울 수 없었다. 소속 배우를 걱정하는 매니저의 눈빛이 아니라, 마음에 품고 있는 여자를 걱정하는 눈빛이었기 때문이다. 다른 사람이 그녀를 더 걱정하고 챙긴다는 사실에 갑자기 질투심이 차오르면서, 진욱은 그때 처음으로 보라에게 얼마나 잔인했었는지를 떠올렸다. 힘들다고 투정하던 보라에게 진욱은 냉정한 말로 충고만 했었다.

'우리 소보루……. 그 어리숙한 게 혼자 뉴욕에 있단 말이지…….'

예전 기억을 떠올리다 보니 헤어진 몇 년간의 시간이 무색해질 만큼 보라와 열렬히 연애를 하던 그때의 감정으로 돌아갔고, 갑자기 그녀가 그리웠다. 보라의 미소, 보라의 입술, 보라가 재잘재잘 떠들 때의 목소리, 깊은 눈망울, 살결의 감촉까지 모두 떠오르면서 갑자기 그녀가 보고 싶어졌다.

"왜 갑자기 욱했는데? 설마 욱해서 뉴욕에 따라갔다고?"

희재가 이해할 수 없다는 표정으로 물었다. 하지만 진심을 말하기엔 진욱은 자존심이 강한 남자였다. 그래서 전혀 진심이 아닌 말을 내뱉었다.

"이 자식이 나한테 말도 안 하고 뉴욕에 갔다잖아. 아무리 헤어졌어도 옛 남자친구한테 그런 중대사는 보고를 하고 갔어야지!"

진심이 아닌 말을 하면서 진욱은 미안함의 표현으로 보라의 머리를 쓰다듬었다. 그리고 보라를 끌어안고 그녀의 이마에 키스하고 입을 맞췄다. 그것이 미안함의 표시라는 걸 보라는 알 수 있었다. 희재는 그 모습을 바라보며 두 사람의 입맞춤이 참 예쁘다고 생각했다. 사랑하는 사람과 나누는 아름다운 입맞춤.

오랜만에 한자리에 모인 멤버들은 밤늦게까지 술을 마시고 음식을 먹으면서 지난 추억을 이야기하기도 하고, 미소를 떠올리며 그녀의 소식을 궁금해하기도 했다. 몸이 멀어지면 마음도 멀어진다고, 가끔 주고받던 편지도 뜸해지고, 누구 하나 자기 사는 게 바빠 적극적으로 미소에게 연락을 하지 못했다. 미국에 가면 미소와 꼭 만날 거라고 다짐했던 보라도 막상 뉴욕에 가니 LA까지 갈 엄두가 나지 않아 전화통화만 하고 돌아온 것이 내내 마음에 걸렸다. 한국에 돌아와서 미소에게 전화했을 때, 그녀는 애인과 함께 텍사스로 갈 것 같다고 하이톤의 목소리로 말했고, 그날 이후로 연락이 완전히 끊겼다.

2002년 월드컵의 흥겨운 분위기 때문이었는지, 보라와 희재 곁에 진욱과 제임스가 있어서였는지, 두 사람은 스물아홉의 불안한 사춘기 없이 무난하게 서른을 맞이했다.

'서른, 별거 아니네 뭐.'라고 생각하면서.

#14 서른, 파티는 시작됐다

우후훗 아름답게 빛나라 청춘아
우후훗 신나게 넘어져본 그만큼
우후훗 눈물일랑 거둬라 청춘아
우후훗 그대로 그냥 폼이 난단다
_ 청춘 | 토마스쿡

보라는 싸이월드 미니홈피에 사진을 업데이트하고 있었다. 진욱과 찍은 사진도 공개적으로 올리고 싶지만, 둘 다 연예인이고, 재결합인 만큼 조심해야 했다.

"오늘의 방문자 수 238명. 어제보다 조금 늘었네. 오늘은 무슨 사진을 올리지?"

보라는 싸이월드에 푹 빠져 있었다. 미니홈피에 사진을 업데이트하고 도토리로 미니홈피를 꾸미느라 밤늦게까지 컴퓨터를 들여다보고 있었다. 보라의 미니홈피는 전체 공개였다. 팬들이 파도를 타고 들어와 방문자 수가 증가하면 신이 났고, 자신의 일상에 관심을 보이고 댓글을 달아주면 기분이 좋았다. 진욱의 미니홈피에도 하루에 두 번 이상은 방문했다. 두 사람의 미니홈피에는 열애의 단서도 있었다. 같은 장소, 같은 배경에서 서로 찍어준 사진을 올리면서 두 사람은 스릴 있는 비밀연애를 즐기고 있었다.

진욱에게 댓글 남긴 여자들의 미니홈피를 파도 타고 들어가서 살펴보고 있을 때 문자 메시지가 도착했다.

'아직도 소보라 휴대폰이 맞는 거면 연락 바람. -허종태'

보라를 6년 전 미니시리즈 〈초원의 집〉 여주인공으로 덜컥 캐스팅한 문제의 감독이었다. 6년 만에 여의도의 카페에서 만난 허종태는 머리가 좀 더 벗겨지고 늙어 있었다.

"감독님, 잘 지내셨어요? 어쩐 일로 저를 보자고 하셨어요?"

보라는 생글거리는 목소리로 말했다.

"드라마 끝났다고 연락 한 통도 없냐! 하여튼 분칠한 것들이란."

"감독님, 저 오늘 화장 안 했는데요?"

보라의 말에 허종태 감독이 웃었다.

"감독님이 무서우니까 전화 안 했죠. 그리고 못 나가는 배우가 전화하면, 또 배역 달라고 할까 봐 감독들 부담스러워 하잖아요."

마흔다섯 살이지만 머리가 하얗게 세고 이마가 벗겨져서 오십이 넘어 보이는 허종태는 담배에 불을 붙이고 한쪽 팔로 자기 가슴을 주물럭거렸다. 말하면서 자기 가슴을 만지는 게 허종태의 특징이었다. 그 습관은 일종의 마인드 컨트롤 같은 행위였다. 불안하거나 어색할 때 항상 허 감독은 자신의 가슴을 만졌다.

"나랑 작업할 때가 몇 살이었지?"

"스물네 살이요."

보라는 말하면서도 그때 참 어렸구나, 생각했다.

"핏댕이였네. 지금 나이가 서른이라 이거지. 여배우 나이 서른이면 볼 거 없어. 결혼이나 하지 왜?"

"감독님, 저 중매 서주시려고 오랜만에 연락하신 거예요?"

"소보라도 나이 먹네. 말대답도 꼬박꼬박 하고 말이야. 저거 봐라. 웃으니까 눈가에 주름도 생기는 거!"

보라가 두 손으로 눈가를 잡고 고양이 눈으로 허 감독을 노려볼 때, 그는 보라가 전혀 예상하지 못했던 말을 꺼냈다.

"이번에 미니 하나 들어가는데, 같이 하자. 여자 주인공이야."

"켁! 네?"

허 감독은 이런 반응을 예상이라도 했다는 듯 별로 놀라워하지 않았다.

"왜요?"

"'왜요'라니, 인마! 일본 요가 왜요다!"

쌍팔 년도식 허 감독의 유머에 보라는 깔깔 웃었다. 웃고 나니 긴장이 좀 풀어진 것 같았다.

"물론 너를 1순위로 캐스팅한 건 아니야. 바로 다음 달에 첫 촬영인데, 같이 하기로 했던 여배우가 영화 들어간다고 한 달 남겨놓고 고사했어. 너는 대타야. 하지만 너한테 좋은 기회일 거야."

대타라는 말에도 서운하지 않았다. 보라에게는 주인공 제의를 받은 것 자체가 아이러니한 상황이었다.

"저 연기 못 한다고 싫어하셨잖아요. 지금도 연기 잘 못 해요."

"그래서 못 하겠다는 거냐?"

보라는 이 상황을 어떻게 받아들여야 할지 몰라서 멍하니 허 감독을 바라보았다.

"네 문제가 뭔지 아냐? 남들이 널 봐주는 가능성만큼 너는 열정도 끈기도 없다는 거야. 부모가 준 좋은 유전자 갖고 태어나서 그 얼굴만 들이대면 다 배우고 연예인이냐? 노력은 하나도 안 하면서?"

보라는 부끄러워서 허 감독의 커피잔에 시선을 계속 고정한 채, 그의 말을 경청했다.

"그리고 신인 때는 연기를 못 하고 잘 모르니까 혼나는 거야. 너만 혼나는 줄 알아? 나도 처음에 조연출할 때는 뒤지게 욕먹고 그랬어."

허 감독은 담배를 하나 더 피워 물면서 말을 이어갔다.

"네 문제점은 근성이 없다는 거야. 잘하라고 혼내는 건데, 너는 혼내면 그대로 무너지고 포기하잖아. 혼내면 탁구공처럼 통통 튀어 올라야 발전도 하고 쑥쑥 연기도 느는데, 너는 질질 짜기나 하고 말이야. 그땐 어리기라도 했지, 이제 어디 가서 그러면 너 연예인해서 밥 못 먹고 산다."

조언에 악의가 없다는 건 알겠는데, 보라는 허 감독의 말에 명치끝이 아팠다. 자신의 콤플렉스와 단점을 누군가 콕 짚어서 얘기해주면 더 부끄럽고 초라해지는 법이다.

"못난 거, 저도 알아요. 그런데 어떡해요. 잘 고쳐지지도 않고 이렇게 생겨먹은 걸. 그래서 자신 없어요."

허 감독은 답답한지 담배를 재떨이에 끄고, 자신의 가슴을 만지면서 말했다.

"여배우 나이 서른이면 이제 내려갈 일만 남은 거야. 기회는 여러 번 오지 않아. 배우한테는 세 가지 운명만 있다. 첫 번째는 운이 찾아오면 그 운을 어떻게든 잡아서 성공하는 배우, 두 번째는 운이 찾아왔는데도 그 운을 잡지 못해서 이 바닥에서 아예 사라지는 배우야. 그리고 세 번째가 뭔지 아니? 평생 기다려도 단 한 번의 운이 찾아오지 않는 배우다. 너는 어떤 케이스인 것 같니?"

허 감독의 말에 보라는 처음으로 일에 대해 진지해지는 자신의 모습을 발견했다. 앞으로 이런 행운이 두 번 다시 찾아오지 않을지도 모른다. 광고도 언젠가는 끊기겠지. 일에 대한 열정이나 욕심이 많지 않은 보라도 이번 기회를 반드시 잡아야 한다는 걸 본능적으로 깨달았다.

"그래서 하기로 했어?"

혜영은 가로수길에 새로운 카페 오픈 준비 중이었다. 화랑이 많은 가로수길에 예준의 사진도 전시할 수 있는 아트 카페를 만든다는 계획이었다. 공사가 진행 중인 현장에서 보라와 혜영은 먼지를 마셔가며 수다 중이었다.

"잘 모르겠어. 감독은 나한테 딱 맞는 역이니 하자고 하고, 나는 자신이 없고."

이미 마음으로 99% 결정을 했지만, 단 1%의 확신이 부족했던 보라는 혜영에게 확답을 듣고 싶었다.

"뭘 망설여? 이런 기회가 두 번 다시 올 줄 아니? 인생 좀 더 산 내 말 들어. 사람한테 기회는 여러 번 오지 않아. 그냥 열심히 하면 돼."

허 감독도 했던 말이다.

"오빠 곧 미니시리즈 들어가는데, 하필 편성이 붙어. 오빠랑 라이벌이 된다고."

혜영은 눈으로는 공사 인부 아저씨가 기둥 세우는 걸 예민하게 쳐다보며 보라에게 말했다.

"너만 생각해. 진욱이 걱정하지 말고. 진욱이는 네가 배려 안 해줘도 알아서 잘나가. 그리고 네가 진욱이 드라마 시청률 잡아먹는다는 보장 있어? 네 작품이나 안 말아먹으면 다행이지?"

"언니!"

보라가 꽥하고 소리를 질렀다.

'조언을 해달라고 했지 언제 남의 속을 후벼 파랬냐고!'

"계집애, 깜짝 놀랐잖아. 어쨌든 해. 그냥 무조건 열심히 하겠다고 말하라고! 너는 연애하듯이 일 좀 해봐. 그러면 심은하, 이영애 금방 될 거니까!"

혜영의 말이 맞다. 그냥 무조건 열심히 하면 된다. 기회는 또 다시 안 찾아올 수도 있으니까. 그렇게 결정하고 나니 마음이 편해졌다. 어쩐지 앞으로 펼쳐질 삼십대가 근사할 것 같다는 생각에 가슴도 두근거렸다.

보라는 혜영과 헤어지며 나오는 길에 진욱에게 전화를 걸었다.

"오빠! 나 미니시리즈 여주인공으로 캐스팅됐어. 〈가을빛 추억〉. 허종태 감독님 작품이야. 긴장해! 이제 오빠랑 라이벌 되는 거니까!"

📋 #15 안녕, 내 사랑

7년을 만났죠
아무도 우리가 이렇게 쉽게 이별할 줄은 몰랐죠
그래도 우리는 헤어져 버렸죠
긴 시간 쌓아왔던 기억을 남긴 채
_7년간의 사랑 | 화이트

　　희재는 휴대폰의 안테나를 길게 뽑았다 넣기를 반복하면서 휴대폰을 뚫어져라 응시하고 있었다. 빈집에서 희재는 불을 켜지도 않고, 어둠 속에서 휴대폰만 바라보았다. 하지만 온종일 그녀의 휴대폰은 울리지 않았다.

　　제임스와 헤어졌다. 긴 연애가 끝났다. 희재는 죽을 만큼 고통스러운 시간을 견디고 있었다. 햇수로 7년을 만난 사람과 헤어진다는 것은 하루에도 몇 번씩 전화통화를 하고, 키스를 나누고, 섹스를 하던 사람을 잃는 그런 차원이 아니었다. 삶의 한 부분이었다. 황량하고 되고 싶은 것도 없는 우울한 이십대에 희망처럼 다가온 사랑이었고, 꿈이 없던 희재에게 꿈을 갖게 도와준 남자였다. 그런 제임스가 이제 떠났다.

　　희재 인생에 신파는 엄마가 죽었을 때 끝난 줄 알았다. 열아홉에 엄마를 잃고 고아가 된 자신에게 그 이상의 불행은 없을 거라고 확신하던 그녀였다. 그런데 제임스와의 이별은 희재가 감당하기 힘든 고통이고 좌절이었다. 엄마가 죽었을 때보다 제임스와 헤어졌을 때 더 힘들었다. 나이 들면 고통에도 무뎌진다고 누가 그랬던가?

제임스와 희재의 결혼을 반대하고 나선 건 제임스의 어머니였다. 한국에 있던 누나의 제보로 미국에서 비행기를 타고 날아오신 그의 어머니는 제임스를 미국으로 데려가 버렸다. 다 큰 성인이, 서른세 살 된 남자가 어떻게 마마보이처럼 엄마 손에 이끌려 6년을 사귄 애인을 버리고 미국으로 가버릴 수 있는지 혜영과 보라가 의아해했지만, 제임스의 어머니는 그걸 가능하게 만든 여인이었다.

"나는 아가씨 그 불행한 팔자 때문에 우리 아들까지 불행해지는 꼴을 보고 싶지 않아요. 이유는 말 안 해도 알겠지요?"

"말씀 낮추세요."

"나는 모르는 사람에게 말을 낮추지 않아요."

희재는 심장이 너무 뛰어서 이러다 자신이 심장마비로 죽는 것은 아닌지 잠시 걱정했다. 이럴 줄 알았으면 모두 모여앉아 맞선을 보는 호텔 라운지에서 만나지 말걸. 사랑하는 남자의 어머니에게 모욕을 듣기에는 적합하지 않은 장소라고 그녀는 생각했다. 샤넬 트위드 재킷과 에르메스 백, 화려한 메이크업으로 희재를 기죽이던 제임스의 어머니는 눈빛으로 말하고 있었다. 우리 아들은 너 같은 박복한 아이의 짝이 아니라고.

제임스의 어머니를 만난 이후, 희재는 절대로 그녀를 이길 수 없다고 생각했다. 오십이 넘게 거친 풍파를 헤치고 살아온 아줌마의 눈빛에는, 아이도 낳아보지 않은 미혼인 희재가 당해낼 수 없는 아들에 대한 집착과 강인함이 보였다. 그렇게 제임스는 새처럼 날아서 자신의 둥지로 돌아가 버렸다. 다시 돌아오겠다는 약속도 하지 않은 채.

 가로수길 혜영의 카페 〈집〉에서 희재는 소리를 죽이고 끅끅거리며 울고 있었다. 차라리 소리 내어 엉엉 울면 좋으련만 가슴에 한이 맺힌 듯 흐느끼는 희재를 바라보며 혜영은 함께 눈물을 흘렸다.

 카운터에서 두 여인을 바라보던 예준이 와인 한 병과 냅킨을 들고 다가왔다. 그리고 말없이 희재의 눈물과 콧물을 닦아주었다.

 "나쁜 자식. 내가 그놈 그렇게 안 봤는데 우리 예쁜 희재를 왜 울리냐!"

 혜영도 예준이 가져온 냅킨으로 눈물을 닦고 코를 풀었다.

 "희재야, 괜찮아. 지금은 내 말에 공감을 못 하겠지만 시간이 지나면 다 잊혀져. 그깟 사랑보다 중요한 게 인생에는 훨씬 많거든."

 희재는 혜영의 말에 더 측은하고 가엽게 끅끅거리며 울고 있었다.

 "그런 걸 위로라고 하냐! 차라리 비행기 타고 날아가서 제임스 엄마랑 담판 짓고 그 자식을 데려와. 당신 싸움 잘하잖아! 지금 희재한테 제임스 말고 더 중요한 게 뭐가 있어? 얘가 직업이 있어서 일을 하면서 잊을 수 있나, 감싸줄 부모가 있나, 위로해줄 형제자매가 있나?"

 맞는 말이라도 전혀 상황에 맞지 않는 위로일 때는 얄밉다. 혜영은 눈을 흘기며 예준을 노려보았다.

 "안 가?"

 예준은 혜영의 카리스마 넘치는 한마디에 움찔해서 와인 잔을 들고 카운터 쪽으로 슬금슬금 사라지며 말했다.

"당신도 나이 헛먹었어. 희재가 서른 살밖에 안 됐는데 인생에 중요한 일이 더 많다는 말을 어떻게 공감하겠냐? 살아보지도 않은 인생을 어떻게 이해하겠냐고. 가슴이 찢어지는 애한테 위로 같은 말을 해라. 그냥 술이나 더 먹여."

시간이 조금 흐른 후에야 희재는 예준의 이 말을 이해할 수 있었다. 그리고 생각했다. 살아봐야 이해되는 인생의 진리들이 있다고. 살아보지 않고는 알 수 없는 치유의 방법이 인생에는 보물처럼 숨겨져 있다고 말이다.

서른 살이었던 희재는 딱 서른 살의 분량만큼만 찾아온 고통에 대해 좌절하며 그 괴로움에 몸부림쳤다.

🎬 #16 너만 행복한 게 질투나

보라는 드라마 촬영으로 바쁜 나날을 보내고 있었다. 드라마가 인기를 얻자 7년 전에 3년 동안 전속모델로 활동했던 화장품 회사에서 다시 전속계약을 하자는 요청을 해왔다. 연기력 논란에 시달리기는 했지만 상처를 받을 만큼은 아니었다. 인기를 얻고 광고를 찍으면서 보라는 제2의 전성기를 맞이한 것 같아 기뻤지만, 반대로 연애는 잘 안 풀리는 아이러니한 상황을 맞이했다.

진욱은 보라를 은근히 피하고 있었다. 보라는 평소에는 다정한 연인처럼 굴다가 일 문제만 얽히면 냉정하게 조언하는 선배로 변하는 그가 서운했다.

"보라야. 너한테 이런 기회 두 번 다시 안 올지도 몰라. 작품에만 집중해. 지금은 일이 중요할 때야."

진욱은 자격지심과 질투심을 잘 숨길 줄 아는 남자였다. 겉으로는 보라를 응원하는 척했지만, 그는 그녀를 경계하고 있었다. 자신이 출연한 드라마보다 보라의 드라마 첫 회를 모니터해줄 만큼 여유를 가졌던 진욱은, 화면 속에서 긴 생머리를 쓸어 넘기며 남자 주인공을 향해 밝게 웃는 보라 얼굴을 보자 경계심이 들었다.

'보라가, 브라운관 속에서 빛나고 있다.'

10년 차 배우 정도가 되면 어떤 배우의 운이 지금 차오르는지 바닥이 보이는지, 첫 회를 보고도 이 드라마가 잘 될지 안 될지 감으로도 알 수 있는 내공이 생긴다. 최근 몇 년동안 진욱의 운은 내림세였기 때문에 좋은 시나리오를 받아도 드라마가 엎어졌으며, 촬영 도중 연출가와 작가가 싸워 방송이 중단될 뻔하기도 하는 등, 악재란 악재는 다 겪고 있었다. 대신 보라에게는 좋은 운이 찾아왔다. 연기를 못 해도 보라는 탄탄한 연출력과 스토리에 묻어갈 수 있었고, 여주인공으로 빛났다. 배우들과의 호흡도 좋았다. 시청자의 마음은 이미 보라의 드라마로 옮겨가고 있었다.

한 번도 자신의 경쟁상대가 될 거라고 생각하지 못했던 보라가 인기를 얻자 진욱은 시청률에 대한 중압감과 연인이면서 후배인 보라에게 경쟁심과 질투를 느껴야 한다는 자격지심, 이 두 가지 힘든 마음 때문에 고통받아야 했다. 슬럼프가 길게 이어질 것 같다는 불길한 예감과 함께.

냉랭한 진욱의 태도때문에 마음이 무거웠던 보라는 혜영의 전화를 받고 가로수길로 향했다. 세 달 만이었다. 각자 바쁘다는 이유로 소원하게 지내는 시간이 길어지자 혜영이 모임을 주선했다.

혜영의 카페에는 제법 사람이 많았다. 역시 사업수완이 좋은 그녀다.

"〈가을빛 추억〉의 히로인 소보라 양 아니야. 보라야, 사인 좀 하고 가. 여기다 좀 걸게!"

"당연하지! 사진도 찍어. 언니 가게엔 초상권 없이 사진 걸게 해줄게."

혜영과 수다를 떨면서도 보라는 내심 희재가 신경 쓰였다. 희재는 제임스와 이별 후, 안 그래도 마른 몸이 더 앙상하게 말라 있었다. 그녀를 보면서 잠시 마음이 짠해졌던 보라는 희재에게 카고팬츠가 든 쇼핑백을 건네며 말했다.

"내 거 사면서 하나 더 샀어. 요즘 이효리 때문에 카고팬츠 난리잖아. 네가 입어도 예쁠 것 같아서. 그리고 이건 언니 거! 나 다시 화장품 전속모델 계약 한 거 알지? 그 회사 화장품이야. 주름 기능성이래."

혜영은 보라가 준 쇼핑백을 열어보고 기초제품과 파운데이션, 립스틱 같은 색조화장품을 꺼내보며 좋아하고 있었다. 하지만 희재는 쇼핑백 봉투를 열어보지도 않고 의자 밑으로 내려놨다. 혜영은 희재의 배려 없는 행동이 마음에 걸렸지만 잔소리를 하지 않았다.

"공부하는 거 재밌어? 나이 들어서 하려니까 힘들지?"

악의없이 던진 보라의 말이 희재 귀에는 거슬렸다. 공부를 재미있어서 하는 사람이 몇이나 될까?

희재는 무용과 3학년에 편입해서 학교에 다니고 있었다. 학사과정을 끝내고 대학원에 진학해서 본격적으로 스포츠 심리를 전공할 예정이었다. 제임스와 헤어진 후 공부에 대한 의지가 한풀 꺾이긴 했지만, 그녀는 성실하게 학교에 나가며 수업을 듣고 있었다. 학교라도 가지 않으면 견딜 수 없을 것 같았다. 희재는 학교를 계속 다니는 일이 제임스와 연결된 보이지 않는 끈을 놓지 않는 길이라고 생각했다. 그녀도 바랐지만, 그가 더 바라고 원했던 희재의 꿈.

"공부하는 게 재미있는 사람도 있어? 너는 나이 들어 연기하려니 힘드니?"

희재의 말에는 가시가 돋쳐 있었다.

"응? 하하하. 그럼 나이 들어서 연기하려니 힘들지. 주름 때문에 조명도 더 신경 쓰이고. 그래도 여유는 좀 생긴 것 같아. 예전보다는 수월해."

희재도 오랜만에 만난 보라에게 시비를 걸거나 트집을 잡는 자신의 비뚤어진 모습이 마음에 들지 않았다. 하지만 자신의 상황이 편안하고 행복해야 친구의 행운에도 박수를 쳐줄 수 있다. 희재는 하루하루 악으로 버티며 살아가는 자신에 비해 보라에게 다시 찾아온 봄날이 부러웠다. 보라의 잘나가는 얘기를 들어줄 만큼 착하고 이해심이 넓지 않았다. 보라는 나이 서른에 미니시리즈 주인공을 다시 맡았고, 진욱도 곁에 있다. 하지만 희재는 언제 끝날지도 모르는 공부를 이제 막 시작했고, 제임스도 곁에 없다. 세상은 불공평하다.

"너처럼 평생 운 좋은 애는 뭐든 그렇게 쉽게 생각하지."

조금 취한 희재가 드디어 본심을 드러냈다. 보라는 그때까지만 해도 희재의 말에 담긴 가시를 발견하지 못하고, 길게 늘어뜨린 머리를 한쪽 어깨로 쓸어내리면서 미소 짓고 있었다. 위험 신호를 먼저 알아챈 건 혜영이었다.

"오랜만에 모였는데 우리 한잔하자. 언니가 모엣 샹동 하나 쏜다. 나머지는 보라 너 돈 잘 버니까 네가 내."

"오케이! 희재야, 맘껏 마셔. 오늘은 내가 낼게!"

'쳇. 돈 지랄하고 있네.'

희재는 속으로 생각했다.

"언니 들어봐. 이런 신파 얘기로 시청률을 올리는 게 말이 돼? 완전 억지 설정이야. 10년 사귄 남자가 욕망 때문에 날 떠나고, 나는 임신을 했는데도 그걸 비밀로 하고 혼자 애를 낳는다? 우리 부모님은 또 그 애를 같이 키워. 누구 하나 그 남자한테 복수하라고 하지 않아. 나중에는 병에 걸려서 남자가 돌아온대. 그래서 나는 아이랑 그 남자를 데리고 시골로 가서 병간호하면서 살고. 이게 말이 돼?"

보라의 수다에 혜영이 추임새를 넣어가며 맞장구를 치고 있을 때, 희재가 더는 따분해서 못 듣겠다는 투로 말했다.

"야, 소보라! 뭔 불평이 그렇게 많아? 실력에 비해서 과분하다는 생각 안 해봤어? 연기도 못 하는데 시청률이라도 잘 나오니 고맙다는 생각은 안 해봤냐고. 너한테 주어진 걸 감사하게 생각하면서 살아. 평생 너한테 찾아오는 행운, 백 분의 일도 못 가진 사람도 있어."

희재는 화나는 감정을 다스릴 수 없었다. 보라는 희재의 독설을 들으며 눈물이 그렁해졌다. 혜영은 사태가 더 심각해질것을 걱정했지만, 말을 끊으면 보라 편든다고 할까 봐 한숨을 쉬며 의자에서 일어나 카운터로 갔다.

"무슨 말을 그렇게 해? 내가 얼마나 상처받을지 그런 생각은 안 해?"

보라가 화나서 울먹이는 목소리로 말했다.

"상처받으라고 일부러 하는 말이야. 좋은 부모님에, 남자친구에, 미모에, 일에. 네가 얼마나 많은 걸 가졌는지 넌 평생 알지 못하잖아."

"그거 나를 질투하는 네 자격지심처럼 들리거든?"

보라의 목소리에도 독기가 묻어났다. 보라가 희재에게 직언을 한 건 그들이 만난 10년 동안 단 한 번도 없는 일이었다.

"그래? 이제야 너도 마음속에 담아둔 말을 하네. 그러니까 훨씬 인간적이다. 소보라, 네가 천사야? 가식만 떨지 말고 어디 한번 진심을 말해보시지?"

살다 보면 세상이 비딱하게 보이고 모든 사람이 밉고 적으로 느껴지는 순간이 있다. 희재에게는 지금 이 순간이 바로 그랬다.

"그렇게 네가 못되고 비뚤어졌으니까 제임스도 떠난 거야. 너는 너무 차갑고 이기적이야."

보라는 욱하는 마음에 말을 뱉어놓고는 이내 후회했다. 희재의 얼굴이 백지장처럼 하얗게 변해 있었다.

희재는 먼저 싸움을 걸고 보라에게 못난 질투심을 보인 것을 자학하면서도 그녀에게 받은 상처의 말을 잊지 못했다. 그리고 아무리 친한 친구라도 서로 예민하고 다른 컨디션일 때는 만나지 않는 게 좋겠다고 생각했다. 하지만 보라는 희재에게 미안하다는 문자를 수시로 보내면서 그녀에게 상처 준 것을 크게 후회하고 있었다.

일과 연애의 행복지수는 항상 반비례하는 것일까? 보라는 드라마의 성공 이후 광고 섭외가 이어지는 등 제2의 전성기를 맞이했지만, 남자친구인 진욱과는 냉랭한 사이가 됐고, 친구인 희재도 그녀를 피했다. 일과 사랑 그리고 우정. 이 모든 것을 한꺼번에 다 가질 수 없다는 것을 보라는 서른 살이 됐을 때 깨달았고, 행운의 불균형이 가져다주는 외로움과 스트레스를 견뎌야 했다.

 # #17 You've Got Mail 1

보라야. 나는 아직도 우리가 〈아이리스〉 앞에서 다시 만났던 1994년의 그 설레는 봄 햇살을 기억해. 우리가 수없이 지나다녔을 명동 뒷골목의 풍경, 바람, 공기. 너를 생각할 때면 항상 떠올라. 내 추억 속에서 이십대 초반이던 우리는 참 싱그럽고 예뻤는데 말이야.

너는 그때 햇살이 눈 부셔서 눈을 찡긋거리고 있었어. 켈빈 클라인 청바지에 연 핑크색 니트를 입고 있었지. 한 손으로는 책을 가슴에 껴안고 또 한 손으로는 햇볕을 가리고 있는 너를 발견한 순간, 나는 그 자리에 멈춰 설

수밖에 없었다.

이게 꿈인가 싶은 날이었어. 너와 잡지 촬영을 한 이후 나는 가끔 너를 떠올렸었고, 어느 대학에 지원했을까, 합격은 했을까, 사귀던 남자친구와 잘 만나고 있을까 종종 생각했거든. 기억력 안 좋은 내가 너의 얼굴을 가끔 떠올렸던 걸 보면 아마 우리는 만날 운명이었는지도 몰라. 그래서 기자 누나에게 일부러 너의 전화번호를 묻지 않았어. 언젠가 다시 만나게 될 것 같았거든. 그리고 우리가 만나게 될 그날을, 막연하게 기다렸지.

나는 너의 긴 갈색 생머리가 좋았어. 너의 머리에서 나는 더블리치 사과 샴푸냄새도 좋았고, 웃을 땐 눈동자가 안 보이는 그 주름진 반달 눈도 좋고, 항상 콧노래를 부르는 네 발랄함이 좋고, 오빠라고 불러주는 다정한 네 목소리도 좋았지. 네가 오빠라고 부를 때 그 목소리가 너무 좋아서 가슴이 뭉클한 적도 많았는데……. 네가 옆에서 재잘재잘 떠들어대던 그 순간을 내가 얼마나 좋아했는지 너는 아마 모를 거야.

울보라고 놀렸지만 눈물이 많은 너를 사랑했단다. 햇살과 바람이 좋고, 노래가 너무 좋아서 눈물이 날 것 같다는 엉뚱한 네가 좋았고, 내 드라마를 보면서 감정이입해서 질투하고 눈물을 흘릴 때는 귀여웠어. 그리고 다툴 때면 속 좁은 나에게 항상 먼저 사과해주는 착한 네가 고마웠단다.

보라야. 나는 너의 이런 모든 면을 사랑해. 한 번도 네가 미운 적은 없었어. 그래서 너와의 이별은 늘 부끄럽고 나를 작아지게 만들었지. 이렇게 사랑스러운 네게 나는 늘 못난 자격지심을 숨기고 거짓말을 해야 하니까.

보라야. 우리 소보루. 네가 어느 덧 서른이 되고, 어엿한 배우가 돼서 연말 시상식에서 우아하고 사랑스러운 자태를 뽐내다니. 오늘 시상식에서 줄리아 로버츠보다 우리 보라가 훨씬 아름다웠음을 인정할게. 네가 옆에 앉은 윤이안이랑 다정하게 눈 맞추고 귓속말 속닥거릴 땐 좀 질투가 났지만 말이야! (그 녀석 아무래도 너를 좋아하는 것 같아.) 드라마에서 키스할 때도 사심이 듬뿍 담겼다는 느낌이 들었거든. 혹시 네가 그의 눈빛에 설레진 않을까, 그와 키스할 때 혹시라도 찌르르 전기가 통하지 않을까……. 내가 내심 조바심내고 있었다는 걸 너는 모르겠지? 너는 너한테 관심 갖는 다른 남자들은 잘 안 보이고, 항상 내 주변에 있는 여자들만 신경 쓰니까 말이야. 바보처럼.

보라야, 그런데 너는 모르는 게 있어. 오빠는 이제 네가 불안해할 만큼 멋진 남자도 아니고 잘 나가는 배우도 아니거든. 오히려 네가 반짝반짝 빛나고 있다는 걸, 너만 모르는 것 같구나.

바보 같은 우리 소보루. 나보다 훨씬 빛나고 있으면서 빛나고 있는 줄도 모르는 바보. 욕심 없고 야망 없는 게 때로는 얄미운 소보라. 그래서 나는 가끔 네가 밉고, 너를 시기하고, 너를 질투한다. 애써 노력하지 않아도, 높이 올라가려고 발버둥치지 않아도 너는 그 자리를 향해 가고 있고, 이미 충분히 빛나고 있으니.

그리고 네 옆엔 그런 너를 질투하는 못난 남자친구, 시들어가는 배우 최진욱이 있지. 야망은 가득한데 더 뻗어 나가지 못하는 자격지심 가득한 남자친구. 아기 취급하던 여자친구가 잘나가는 게 나에게는 견딜 수 없는 자괴감을 안겨준다고, 네가 톱스타가 되고 너를 좋아하는 사람이 많아질수록, 나는 점점 더 못난 남자가 돼간다고 내가 어떻게 말할 수 있을까?

그래서 보라야, 이렇게 못난 모습을 숨기고 너에게서 떠나가는 나를 용서하지 마라. 네게 솔직한 이별의 이유조차 말하지 못하는 나를 용서하지 마. 하지만 내가 아무리 못나고 비겁한 남자라고 느껴도……, 나보다 더 멋진 남자는 만나지 마. 그리고 내가 쳐다볼 수도 없을 만큼 톱스타는 되지 마라. 끝까지 이런 말 하는 나도 참……. 보라야, 그런데 어쩔 수 없이, 이게 내 솔직한 진심이야. 미안하다 정말.

2003년 12월 31일, 못난 남자의 솔직한 고백.

p.s. 보라야, 내가 이 메일을 너에게 보낼 수 있을까…….

희재의 다이어리

어느덧 내 나이 서른. 오늘 학교에서 만난 선배가 나에게 몇 살이냐고 물을 때, 서른이라고 대답하면서 부끄러움을 느꼈다. 내 나이가 벌써 서른이라니. 스물아홉 살까지만 살겠다는 오래전 결심은 어디로 사라지고, 나는 이렇게 대책 없이 서른 살까지 살아있을까?

무엇을 위해 공부를 하고, 왜 학교에 다녀야 하는지 또 안갯속이다. 처음에는 목표가 분명했던 것 같은데, 시간이 지날수록 미궁 속으로 빠져든다. 대학원은 언제 가고, 박사과정은 또 언제 시작해야 할지 생각할수록 우울해진다. 그 긴 공부를 마치면 내 인생이 달라질 수 있을지도 모르겠고, 불투명한 나의 미래에 해답은 있는 건지 온통 불안한 마음뿐이다.

내 인생은 열아홉 살 때부터 어긋났다. 아니 애초부터 나는 행복하지 못한 아이였다. 불공평한 인생 앞에서 때로는 참을 수 없을 만큼 분노가 치밀어 오른다. 세상을 향해 화를 내는 내가 싫다. 자격지심 덩어리인 내가 싫다.

보라는 무슨 복을 타고 태어난 걸까? 누가 봐도 인자하고 좋으신 부모님, 보라를 못 잊어서 일도 내팽개치고 뉴욕까지 쫓아간 진욱 오빠, 그리고 다시 찾아온 일의 행운까지, 그녀는 일과 사랑을 다 가진 채 서른을 맞이했다. 아무리 보라가 이십대 후반에 슬럼프를 겪으면서 힘들었다고 해도, 그건 그녀의 배부른 투정이다. 사랑해달라고 조르지 않아도 사랑을 받는 보라는 백 번 죽었다 깨어나도 내 심정을 이해할 수 없다. 보라가 살면서 인생의 큰 절망을 만나게 된다면 또 모를까. 나처럼 부모도 없고, 애인도 떠나가고, 직업도 없이 공부를 해야 하는 이 우울한 인생을 보라가 살게 된다면, 그때는 내 마음을 이해할 수 있겠지. 당분간은 보라를 만나지 않을 것이다. 그녀를 만날 때마다 비교되는 내 불행한 처지와 거지 같은 인생을 마주할 자신이 없다.

며칠 전 살고 싶지 않다는 내 말에 혜영 언니가 철없는 소리 그만 하라면서 내 인생의 행운과 불행에 대해 종이에 써보라고 했다. 그리고 그것을 보고 내가 살아야 하는 이유에 대해 생각해보라고 조언했다. 과연 내가 살아야 할 이유가 더 많을까? 조심스레 내 30년 지난 시간을 돌아보기로 했다.

내 인생에 닥친 불행

1. 엄마가 내 동의도 없이 나를 낳은 일.

2. 아빠라는 작자가 아이까지 낳은 엄마를 버린 일.

3. 학교에서 돌아와 보면 엄마가 늘 낯선 아저씨와 우리 집에서 어색한 미소로 나를 반겼던 일. 내가 기억하는 아저씨만 해도 다섯 명.

4. 학교에서 가족관계 조사할 때 선생님께서 아빠 없는 애 손들어 보라고 아이들 보는 앞에서 시킨 일. 사생아라고 놀림당했던 기억.

5. 매일 밤 술 마시면서 우는 엄마를 보고 자란 일.

6. 교통사고인 줄 알았던 엄마의 죽음이 사실은 자살일지도 모른다는 걸 장례식장에서 우연히 듣게 된 일.

7. 엄마에게는 자식인 나보다 사랑이 더 중요했다는 걸 알고 엄마가 죽은 후 자살을 시도했던 일.

8. 이대 진학을 포기하고 무용을 그만둬야 했던 일.

9. 제임스가 떠나버린 일.

내 인생의 행운

1. 이모.

2. 보라, 혜영 언니, 미소.

3. 제임스

　내 인생에 찾아온 행운보다 불행이 10배, 아니 100배쯤은 많은데, 그 어디에서 살아야 하는 이유를 찾아야 하는지 모르겠다. 정말 보라 말대로 내가 모든 것을 삐딱하게 생각하고, 착하지 않아서 불행한 일이 계속 벌어지는 걸까?

　미소도 말했었다. 너는 왜 모든 것을 비뚤어지게 바라보고, 비관적으로 생각하냐고. 나라면 그 큰 가슴이 창피해서 죽어버리고 싶었을 텐데, 미소는 자신의 가슴을 자랑스러워했다. 나는 단점이라고 생각하는 것들을 미소는 장점이라고 생각했다.

　결국, 어떻게 생각하고, 이 세상을 어떻게 바라보느냐에 따라서 행복과 불행이 결정되는 것일까. 하지만 나는 이 자격지심과 비뚤어진 마음을 어떻게 없애야 하는지 모르겠다. 상처받은 마음을 어떻게 치유해야 하는 건지 잘 모르겠다.

　내 인생에 희망은 있는 건지……. 서른 살의 내 나이가 징그럽다.

　스물아홉 살까지만 살았어야 했는데.

35

서른하나에서
서른다섯 시절

Fall [가을]

연애는 좌절이다

OPENING

사랑이 버거워지는 순간이 있죠.
사랑하는 사람에게 맛있는 것을 사주고
좋은 선물을 해주고 싶은데 주머니가 초라할 때.
괜찮다고, 힘내라고 격려해주는 연인의 말이
위로가 아니라 부담으로 느껴질 때.
축하한다고 말하지만 연인의 행복과 성공이 나에게 자괴감으로 다가올 때.
돌아서려는 그 사람을 잡고 싶지만 행복하게 해줄 자신이 없을 때.

내 인생의 무게가 너무 무거워서 사랑이 버겁고,
그래서 놓아버리고 싶은 순간이 있습니다.
용기가 없어서 미안하다고 비겁한 나를 용서해달라는
솔직한 고백 대신 사랑해서 보내준다는 말로
내 자존심을 지켜야 하는 거지 같은 순간.

#18 한 남자와 한 여자

오늘 서울은 하루 종일 맑음.
밤새 켜뒀던 TV 소리 들려
햇살 아래 넌 늘 행복한 기억.
넌 지금 뭘 하고 있을까?
너의 웃는 얼굴 보고 싶은데
_오늘 서울은 하루 종일 맑음 | 토이

하늘에 떠 있는 구름이 토실토실한 갓난아이 엉덩이같이 폭신하고 기분 좋은 가을날이었다. 한가한 브런치 타임인 오전 11시에, 보라는 청담동 〈74〉 카페에서 하트가 동동 떠 있는 카페 라테를 마시며 송 대표에게 투정을 부리고 있었다.

"나도 김정은처럼 연기 잘할 수 있어. 이제 출생의 비밀이 있고 청승 떠는 연기는 안 하고 싶단 말이야. 파리의 연인 감독이랑 작가한테 가서 내 얘기 좀 잘 해봐요. 다음 작품에 출연시켜 달라고. 나도 말랑말랑한 트렌디 드라마 하고 싶어."

송 대표는 보라의 이야기를 듣다가 담배 연기와 한숨을 한꺼번에 내뱉으면서 말했다.

"김정은이잖아. 비씨카드 김정은. '부자 되세요!' 그 김정은. 지금 김정은은 뭘 해도 시청률 삼십은 나와. 시나리오 한 백 개쯤 쌓여 있을걸? 자, 우리 소보라도 그렇게 되어야지? 본론으로 들어가서, 겨울에 촬영 들어가는 16부작 미니시리즈인데 삼각구도야. 이미지 변신하기도 딱이고. 지난번에 청순가련 역할 했으니까 이번에는 악역 한번 하자. 연기 스펙트럼 넓혀야지. 지난번 드라마 잘 돼서 국장님이 특별히 주신 역할이야."

보라는 송 대표의 말을 귀담아 듣지 않고 〈74〉 카페 테라스에서 건너편에 있는 〈고센〉을 바라보았다. 진욱과 자주 가던 카페인데. 진욱이 중국으로 떠나버린 후, 보라는 〈고센〉에 한 번도 가지 않았다. 그와 새벽에 자주 누룽지 백반 먹으러 갔던 〈목련식당〉에도 안 갔고, 청담동 〈S〉 바에도 가지 않았다.

아직도 그에 대한 원망을 멈출 수 없었다. 잊자고 생각하면서도 독한 감기에 걸렸을 때 시도때도없이 기침이 쏟아져나오듯 그에 대한 원망이 수시로 터져 나왔다. 진욱이 그렇게 갑자기 중국으로 떠나지 않았다면, 이해 가능한 이별 이유라도 말해줬다면, 보라 속이 이렇게 답답하지 않았을 것이다. 진욱은 그냥 좀 떨어져서 두 사람의 관계를 생각해보자는 말로 보라를 중국까지 쫓아가게 했고, 호텔까지 찾아간 보라에게 이러는 너한테 정말 질린다는 말로 모멸감을 줬다. 그 충격적인 이별 사건이 없었다면 보라는 〈가을빛 추억〉 드라마 성공 이후 바로 다음 작품을 촬영했거나 영화 시나리오를 검토하고 있을지도 몰랐다. 그가 떠난 후 6개월이 넘게 보라는 일에 대한 의욕도 잃어버린 채 이별의 상처를 다독여야 했다.

송정호 대표는 항상 진욱에게 약자이고 사랑 앞에서 무너지는 보라가 안타까우면서도 한심했다. 그는 여동생을 걱정하는 오빠의 심정으로 충고했다.

"할 거야 말 거야? 너 이번에 이 작품 안 들어가면, 이제 난 다른 배우한테 신경 쏟으려고. 다른 배우들은 한 작품 뜨면 그거 탄력받아서 바로 다음 작품 들어가. 네가 톱스타야? 겨우 작품 하나로 반짝 뜬 게 6개월 넘게 아무것도 안 하고 쉬는 애가 어디 있냐고. 무조건 이 작품 들어간다, 알았어?"

보라는 이제 어쩔 수 없다는 걸 안다. 진욱도 곁에 없고 이제 보라 나이 서른한 살이고, 딱히 다른 재주가 없으니 연기를 열심히 해야 한다는 걸 안다. 기회가 많지 않다는 말에도 이제 수긍이 간다. 송 대표의 충고대로 그냥 열심히 하면 된다. 그러다 보면 이별의 상처는 잊힐 테고, 보라는 또 아무렇지 않게 살아갈 테니까.

모처럼 송 대표가 밝게 웃는 얼굴을 본 보라는 자신의 흰색 벤츠 승용차에 시동을 걸고 〈74〉 카페 언덕길을 내려왔다. 씨네시티 극장을 지나 도산공원 사거리를 향해 가면서 보라는 길 건너 씨네하우스 극장이 있던 자리를 바라보았다. 한 달에 한두 번은 진욱과 씨네하우스에서 영화를 봤었는데…….

3년 전 추석 연휴에 진욱과 보라는 씨네하우스에서 영화 〈봄날은 간다〉를 보았다. 이기적인 이영애가 미웠고, 순진한 유지태가 불쌍했다. 그 영화를 보고 난 뒤 진욱과 보라는 한동안 말이 없었다. 그리고 그날 밤 두 사람은 진욱의 집에서 밤새도록 와인을 마셨다. 보라는 사랑이 어떻게 변할 수 있냐고 말하는 유지태가 가여웠고, 진욱은 현실적인 이영애에게 공감했다. 영화 속 이영애를 두둔하는 진욱에게 서운해서 말다툼을 하다가 보라는 와인 석 잔에 눈물을 흘렸다.

이토록 진욱과의 추억이 많은 씨네하우스 극장이 문을 닫았을 때, 보라는 서울예전이 안산으로 이전했다는 소식을 들었을 때만큼이나 속상했다. 추억의 장소가 하나둘 사라지는 게 왠지 싫었다.

'이렇게 모든 것이 변해 가는데……. 사람 마음이 변하는 건 어쩌면 당연한 걸까?'

보라는 운전을 하면서 문득 진욱이 떠올라 쓸쓸한 기분이 들었다.

"사랑이 어떻게 변하니!"

보라는 버럭 소리를 질렀다. 사랑이 변하는 건 슬프다. 마음이 변하는 것도 쓸쓸하다. 그런데 뽀송뽀송하고 청량한 가을 하늘은, 우울하게도 예쁘다.

송 대표와 10시 30분에 만났는데 아직 낮 12시밖에 안 됐다. 이런 날씨에는 무조건 일광욕도 좀 해주고, 선선한 가을바람을 즐겨야 한다. 보라는 스킨케어실 예약을 오후 3시로 미루고, 가로수길로 차를 돌렸다.

점심시간인데도 신사동으로 가는 대로변은 막힌다. 적막이 싫었던 보라는 라디오를 켰다. 라디오를 켜자 고등학교 때 이어폰 끼고 점심시간에 가끔 들었던 익숙한 시그널 음악이 흘러나왔다. '빰빰빠 빰빰빠 빰빠빠바밤~~' 보라는 시그널 음악을 흥얼거린다.

"안녕하세요? 정오의 희망곡, 정선휩니다."

보라는 재치 있게 말을 잘하는 사람이 부러웠다. 방송으로 흘러나오는 DJ 정선희의 말에는 재치를 넘어선 그 무엇이 있었다. 쓰는 단어도 독특했고 언어구사력이 예사롭지 않았다. 단순히 웃긴 개그우먼이 아니었다. 방송을 들을 때마다 참 똑똑하고 재미있다는 생각이 들었다. 라디오에서 그녀가 한 멘트에 깔깔 소리 내어 웃던 보라는 하마터면 정차해 있던 앞차를 들이받을 뻔했다.

"보라, 오랜만이다? 너 얼굴에 뭐 했니? 피부가 더 탱탱해졌는데?"

삼십대 후반인 혜영의 얼굴에는 이제 주름이 보였다. 요즘 혜영의 최대 관심사는 성형수술과 보톡스였다.

"언니는 좀 피곤해 보이는데? 다크 서클도 턱까지 내려오고? 푸하하! 농담이야. 라디오 들으면서 오는데 정선희가 그러더라고. 다크 서클이 턱까지 내려왔대."

"나도 가끔 듣는데 너무 웃기더라. 자기 입이 B컵이란다. 진짜 대박 아니니?"

보라는 생수를 마시다 혜영의 얼굴을 향해 물을 뿜었다.

아르바이트생이 테이블에 놓아준 로얄 밀크티 향이 좋다. 보라는 로얄 밀크티를 별로 좋아하지 않았지만, 가끔 여행을 떠나고 싶을 때 마셨다. 왠지 유럽에서 우아하게 차를 마시는 듯한 기분이 들었다. 분위기를 마시는 셈이었다.

"송 대표 만났어. 겨울부터 들어가는 미니시리즈인데, 그 작품 안 하면 나랑 계약 파기할 거래. 반 협박 수준이야."

보라의 말에 혜영은 손뼉을 치며 축하해줬다.

"그래 보라야. 일 년 가까이 쉬었으면 됐어. 이제 다시 시작해봐. 네가 김정은 되지 말라는 법 있니? 대장금 이영애 되지 말라는 법 있어?"

"나도 그렇게 될 수 있을까?"

"당연하지! 네가 이영애보다……, 인물은 뭐 조금 딸리지. 그런데 너는 너만의 매력이 있잖아. 박신양, 장동건, 지진희, 이동건! 이름만 불러도 심장이 막 떨린다. 멋진 남자배우들이랑 같이 연기하고 얼마나 좋니? 난 요즘 박신양이 그렇게 좋더라. 카리스마 있는 성격이 꼭 진욱이 같아.”

혜영은 말을 내뱉어놓고 보라의 안색을 살피지만, 보라는 화를 내거나 어색해하지 않는다. 진욱은 보라의 남자친구 이전에 혜영과도 오래전부터 우정을 나눈 돈독한 관계니까.

“이 입이 방정이지! 그런데 진욱이는 연락 없어?”

보라는 그녀가 진욱과 연락하면서 자신을 떠보는 것을 안다. 혜영이 궁금한 건 작년 연말에 헤어진 두 사람의 관계에 최근 어떠한 변화가 없었는지 하는 점이다. 보라는 이런 주위 사람들의 질문이 점점 부담스러웠다. 진욱이 중국으로 떠나면서 보라에게 이별통보를 했는데, 친한 사람들마저도 보라가 뜨고 변했다며 오해했다. 항간에는 〈가을빛 추억〉 작품을 함께 했던 남자배우 윤이안과 그렇고 그런 사이가 돼서 진욱을 버렸다는 황당한 추측과 오해도 난무하고 있었다.

“왜 나한테 연락을 하겠어. 연락 한 통 없이 중국 간 게 누군데.”

“진욱이도 갑자기 결정하고 간 것 같더라. 박 대표라는 그 여자 있지? 부동산도 하고 쇼핑몰 사업한다는 그 여자. 그 여자가 중국에서 사업하는 모양인데, 진욱이 드라마가 그곳에서 인기 있는 거 알고 매니지먼트랑 연결해준 거래. 광고계약 건도 도와주고. 진욱이도 광고 계약 때문에 갔다가 얘기가 잘 돼서 바로 드라마 계약한 거던데 뭘.”

혜영이 말이 모두 사실이라는 것도 알고, 진욱이 나쁜 의도로 자신에게 이별을 통보했다고 생각하지는 않지만, 아무리 그렇더라도 보라는 중국까지 찾아간 자신에게 했던 진욱의 차가운 한마디를 잊을 수 없었다.

'너 이러는 게 이제 질려.'

다른 여자가 생겼다는 말보다 훨씬 잔인하고 아픈 말이었다.

혜영의 카페를 나와 자신의 애마에 올라탄 보라는 시계를 보았다. 1시 35분. 시동을 걸자 다시 자연스럽게 라디오에서 정선희 목소리가 흘러나왔다.

"자, 정선희의 정오의 희망곡 함께 하고 계시는데요, 노래 한 곡 듣고 올게요. 김종국입니다, 〈한 남자〉."

보라는 볼륨을 키우고 노래를 감상한다.

'한 남자가 있어 널 너무 사랑한 한 남자가 있어 사랑해 말도 못하는 네 곁에 손 내밀면 꼭 닿을 거리에 자신보다 아끼는 널 가진 내가 있어.'

로맨티스트고 항상 사랑이 최우선이던 보라는 노래를 들으면서 시니컬한 미소를 지었다.

'거짓말.'

그 시각, 인천공항에 도착해 청담동 집으로 가던 진욱은 올림픽대로 위에서 라디오를 듣고 있었다. 그는 김종국의 〈한 남자〉를 들으며 한 여자를 떠올렸다. 그는 말없이 노래를 들으며 창밖으로 9개월 만에 돌아온 서울의 익숙한 풍경을 바라보고 있었다.

📽 #19 되돌리고 싶은 시간

세상은 어제와 같고 시간은 흐르고 있고
나만 혼자 이렇게 달라져 있다
바람에 흩어져버린 허무한 내 소원들은
애타게 사라져간다
_바람이 분다 | 이소라

"푸켓의 관광지인 파통 비치에 8.9 규모의 쓰나미가 덮쳤습니다. 한국 정부와 대사관은 지금 한국 교민과 관광객의 실종자 및 사망자의 규모를 파악 중입니다."

희재는 라디오에서 흘러나오는 뉴스 속보를 듣다 브레이크를 밟았다. 뒤따라오던 차가 희재의 차를 들이받았다. 희재는 창백해진 얼굴로 차에서 내렸고 뒷목을 잡고 내리는 아저씨에게 욕설을 들어야 했다. 하지만 희재는 죄송하다는 말 대신 벌벌 떨리는 손으로 휴대폰의 버튼을 눌렀다. 희재가 전화한 곳은 보험회사가 아니라 혜영의 카페였다.

"희재야 웬일이야? 먼저 전화를 다하고?"

혜영은 어느 때보다도 반갑게 희재의 전화를 받았다.

"언니, 뉴스 봤어?"

혜영은 "무슨 뉴스?" 하며 호기심 가득한 목소리로 물었다.

"푸켓에……, 지금……, 쓰나미가 덮쳐서…… 사, 사람들이 다 죽었대."

"뭐라구? 쓰나미? 잘 안 들려 희재야!"

사차선 도로 한복판에서 희재는 거의 절규에 가깝게 지진해일이라고 소리를 지르다 도로에 주저앉았고, 혜영은 시끄러운 소음 때문에 희재의 목소리를 제대로 들을 수 없었다.

"보라 혼자 푸켓 간 거 아니겠지? 언니가 보라랑 같이 크리스마스에 푸켓으로 여행 가자고 했잖아!"

희재의 통화 내용을 옆에서 듣고 있던 남자는 뒷목을 잡았던 손을 스르륵 내리고 심란한 얼굴로 그녀를 바라보았다. 이 여자의 말이 사실이라면 크리스마스가 하루 지난 이 들뜬 연말에, 지구 어느 쪽에서는 최악의 인명사고가 발생했을 테니까.

희재의 전화를 받은 혜영은 떨리는 손으로 보라의 휴대폰으로 전화를 걸었다. 통화 중이었다. 이런 제기랄. 다시 전화를 걸었다. 또 통화 중이었다. 혜영은 자신이 서울에 온 것을 그 누구에게도 알리지 말라고 전화했던 진욱의 휴대폰 번호를 눌렀다. 진욱은 혜영의 전화를 받고 자신의 BMW를 거칠게 몰고 청담동 집을 나서면서 송 대표에게 전화를 걸었다.

"보라, 어디 있어!"

송 대표는 진욱의 휴대폰 번호를 확인하고 반갑게 전화를 받았지만, 느닷없이 소리치는 진욱의 목소리에 당황했다.

"뭐? 보라는 왜?"

"빨리 말해! 보라 어디 있냐고! 푸켓 갔어?"

"보라가 푸켓에 왜 가. 내일모레가 드라마 첫 촬영인데. 대신 보라 부모님께서 여행가셨어. 무슨 일이야? 왜 그래?"

진욱은 송 대표의 말이 끝나자마자 갤러리아백화점 명품관 앞에 차를 세웠다. 연말이라 갤러리아백화점 주변도로는 혼잡했다. 뒤에서는 갑자기 정차한 진욱의 차를 향해 클랙슨을 울려대고 난리였다. 진욱은 크게 심호흡을 했다. 그리고 송 대표에게 낮은 목소리로 차분하게 말했다.

"보라 있는 곳 빨리 말해. 그리고 형도 지금 빨리 그곳으로 와. 지금 푸켓에 쓰나미 덮쳤대. 보라 부모님 돌아가셨을지도 모른다고!"

푸켓 파통 비치에 쓰나미가 덮치는 화면이 TV 곳곳에서 흘러나왔다. 크리스마스를 맞아 푸켓으로 여행을 떠난 연인부터 휴가를 즐기러 간 가족까지 한국인 희생자도 엄청났다. TV 화면에서 보는 파통 비치는 끔찍했다. 크리스마스를 따뜻한 해변에서 보내고 싶었던 사람들이 한순간에 공포 속에서 목숨을 잃었다.

보라는 그 시각, 지구 저편에 무슨 일이 일어났는지 알지 못한 채 압구정동 〈캘리포니아 피트니스〉에서 운동 중이었다. 이틀 후면 드라마 첫 촬영이었기 때문에 크리스마스나 연말의 들뜬 분위기를 즐길 때가 아니었다. 보라는 피트니스 창문 앞에 있는 러닝머신 위에서 음악을 들으면서 운동 중이었다. 연말 분위기가 물씬 풍기는 창밖의 거리 풍경을 바라보면서.

그리고 곧 자신을 찾아온 송 대표에게 쓰나미 소식을 전해 듣고 그 자리에서 기절했다. 송 대표가 119를 불러달라고 주위 사람들에게 소리쳤을 때 진욱이 도착했고, 진욱은 보라를 들쳐업었다. 진욱에게서 자동차 키를 넘겨받은 송 대표가 먼저 밖으로 뛰어나갔고, 두 사람은 보라를 안세병원에 입원시켰다.

입원실에는 송 대표, 진욱, 혜영, 희재가 있었다. 보라 외할머니도 옆 병실에 입원 중이었다. 보라 이모와 외삼촌이 번갈아 외할머니 병실과 보라 병실을 오갔고, 송 대표는 대사관에 연락해 TV에 나오는 한국인 사망자 명단을 확인하느라 분주했다. 오열하고 절망할 시간이 없었다. 당장 누군가 푸켓으로 날아가 보라 부모님의 생존을 확인해야 했고, 만약 사망했다면 시신이라도 수습해와야 할 터였다.

"아무래도 지금 보라를 푸켓으로 보내는 건 아닌 것 같아. 일단 생존 여부부터 확인하고, 그리고 시신을 수습해야 하면 그때……."

진욱이 말을 멈추었다. 그 어떤 상상을 하든 공포가 밀려왔다.

"일단 보라 외삼촌이랑 내가 푸켓으로 갈게. 가서 시신을 찾든 보라 부모님께서 살아계시는 걸 눈으로 확인하든 그러는 게 낫겠어. 보라 이모님은 외할머님 잘 돌봐주세요. 혜영 씨랑 희재 씨는 보라를 부탁해요. 진욱아, 항공권 좀 구해줘. 나도 여행사 통해서 알아볼게."

이 바닥에서 보기 드문, 의리 있고 인간적인 송 대표였다.

보라는 깨어나서 계속 엄마와 아빠를 부르다 오열했고 의사는 진정제와 수면제를 투여했다. 진욱이 수면제를 놔달라고 부탁했다. 절대 TV를 켜는 일은 금물이었다. 괜찮을 거라고, 살아계실 거라고 안심을 시키는 수밖에 없었다. 그게 친구들이 할 수 있는 최선의 위로였다. 보라가 잠든 병실에서 진욱은 평생 처음으로 기도했다.

"하나님. 하나님이 정말 계신다면 보라 부모님께서 어디엔가 꼭 살아계시도록 해주세요, 제발."

진욱의 기도는 허공에 흩어졌다. 제발 살아있게만 해달라는 수많은 사람의 바람이 절망으로 변했다. 전 세계인의 재앙이었고 슬픔이었다. 보라를 대신해 푸켓으로 떠났던 송 대표는 돌아와서 한참 동안 정신과 상담을 받아야 했다. 시체 썩어가는 냄새와 쓰나미로 폐허가 된 파통 비치의 악몽 같은 장면이 계속 꿈에 나타났기 때문이었다.

보라는 정신과 치료를 거부했다. 그 누구도 만나려고 하지 않았다. 보라는 졸지에 부모님을 잃었다는 충격과 부모님께서 자기 대신 죽었다는 죄책감에 시달리고 있었다. 푸켓은 보라가 갈 예정이었다. 보라가 모델로 활동해서 친분이 있던 여행사 대표가 푸켓 리조트 여행권을 선물했고, 보라는 혜영에게 크리스마스에 희재와 함께 여행을 가자고 제안했다. 하지만 미니시리즈 촬영이 앞당겨지면서 여자 셋의 크리스마스 여행은 취소되었고, 보라는 부모님께 여행권을 선물로 드렸다.

딸은 촬영을 앞두고 있는데 집에서 먹고 노는 부모들이 무슨 염치로 해외여행을 가냐며 한사코 거절하던 엄마와 아빠를, 보라는 강제로 비행기에 태웠다. 보라의 엄마는 냉장고에 딸이 먹을 멸치볶음과 콩나물 무침, 들기름 발라 소금 솔솔 뿌려 구운 김과 된장국, 샐러드를 밀폐용기에 가득 넣어놓고 '우리 딸, 라면 먹지 말고 밥 꼭 챙겨 먹어. 다녀올게' 라는 메모를 남기고 푸켓으로 떠나셨다.

보라는 부모님의 마지막 모습을 떠올리며 울다가 혼절했고, 깨어서 멍하니 허공을 바라보고 앉아 있기도 했다. 되돌리고 싶은 시간이었고, 붙잡고 싶은 부모님과의 마지막 순간이었다.

📋 #20 내 손을 잡아줘

"네가 아는 척하고 위로했으면 나는 더 싫었을 거야.
마음이 삐딱한 나는, 누군가의 위로도
진심으로 받지 못하는 못난 사람이거든."

청초하고 분위기 있던 한 여배우의 자살소식을 인터넷 뉴스로 접하면서 희재는 심장이 덜컥 내려앉음을 느꼈다. 새 학기를 준비하며 도서관에서 시간을 보내고 있던 희재는 인터넷으로 안 좋은 뉴스를 접할 때마다 보라가 떠올라서 불안했다. 도서관에 더 앉아 있어도 공부가 될 것 같지 않다는 판단에 희재는 가방을 챙겨서 도서관을 나왔다. 그리고 이모에게 물려받은 소나타에 올라타 혜영에게 전화를 걸었다.

한 시간 뒤 가로수길 혜영의 카페 〈집〉에는 두 사람이 아메리카노 커피를 놓고 마주앉아 있었다.

"형부는? 형부는 요즘 어디 여행 중이야?"

예상하지 못했던 푸켓의 쓰나미 재앙 이후, 그들은 만날 때마다 가족의 안부를 습관적으로 물었다. 늘 여행을 떠나고, 당연히 돌아오는 예준이라고 생각했지만, 어느 날 갑자기 무슨 일이 벌어질지 아무도 예상할 수 없는 게 인생이었다.

"지금 케냐에 가 있어. 잡지에 기고할 야생동물 사진 찍으러. 그런데 희재야. 인간이란 게 참 간사하지? 보라는 부모님 잃고 저렇게 슬퍼하는데 난 그걸 보면서 우리 남편이 그때 마침 푸켓에 가 있지 않은 게 얼마나 다행인가, 그런 생각을 했어. 보라는 제정신이 아닌데, 나는 엄마랑 언니네랑 친한 친구들한테 다 전화했어. 혹시 푸켓에 여행간 거 아닌가 하고."

혜영의 말에 희재의 마음이 괴로웠다.

'언니. 나는 보라에게 불행한 일이 일어나길 바랐어. 어쩌면 보라가 힘든 일을 겪는 게 나 때문인지도 몰라. 나……, 보라한테 미안해서 어떡하지?'

희재는 어두운 얼굴로 커피를 마시고 있었다. 살이 안 찌는 체질인 줄 알았던 희재의 몸은 불어 있었다. 키 162cm에 48kg의 마른 몸매였던 희재는 54kg으로 몸무게가 늘어 있었다. 희재가 최근에 가장 많이 듣는 인사는 살이 왜 이렇게 쪘냐는 말이었다.

학교와 집을 오가면서 공부에 매진하다 보니 스트레스는 우울증을 불렀고, 식욕이 없던 희재가 음식을 먹게 했다. 초콜릿이 가득 묻은 다이제스트 과자를 매일 밤 먹으면서 희재는 끝이 보이지 않는 미래를 불안해하기도 했고, 과연 서른이 넘은 나이에 석사과정을 마치고 박사과정도 할 수 있을까, 막연한 두려움에 휩싸이기도 했다. 밤마다 불안한 마음에 과자와 초콜 릿을 먹은 희재는 점점 몸이 불었고, 정신도 피폐해졌다. 펑퍼짐한 니트나 후드티셔츠에 레깅스는 언젠가부터 희재의 유니폼 같은 의상이 되었다.

"보라는 좀 어때?"

희재가 커피와 함께 마시라고 혜영이 내놓은 쿠키를 집어 먹으며 물었다.

"진욱이 말로는 집에 그냥 멍하니 정신 놓은 애처럼 있다더라."

"진욱이 오빠는 뭐야? 그럴 거면 보라랑 왜 헤어졌대?"

희재는 남의 일에 관심을 갖고 참견하는 스타일은 아니었지만, 마음대 로 떠났다가 또 마음대로 돌아와서 보라를 제일 걱정하는 척하는 진욱을 보면 화가 났다. 어쩌면 언젠가는 돌아올 거라고 믿고 있는 제임스에게 연 락 한 통 없는 상황이 짜증 나서 진욱에게 감정이입을 한 건지도 몰랐다. 미 국으로 떠난 제임스는 이메일이나 전화 한 통이 없었다. 무심한 사람.

"몇 년을 사귀었는데 나 몰라라 할 수 있겠니? 둘이 나쁜 일로 헤어진 것 도 아니고."

희재는 아무리 그렇다 해도 진욱이 이기적이라고 생각했지만, 어쩌면 지금 이 순간 보라에게 가장 힘이 될 사람은 진욱일지도 모른다는 생각도 들었다. 친구도 가족도 아닌 바로 사랑하는 사람.

"그런데 걱정이야. 지난주에 보라 집에 갔을 때 이모님이 그러시더라고. 보라가 자꾸 외할머니한테 집에 가시라고 한다고. 혼자 있어도 괜찮다고 그런다는데, 그 큰 집에서 덩그러니 혼자 무슨 생각을 하겠냐고 말이야. 그렇다고 진욱이랑 같이 있으라고 할 수도 없고.”

혜영이 근심 가득한 얼굴로 담배를 피웠다.

“내가 보라한테 좀 가 있을까?”

혜영은 희재의 말에 눈이 동그래졌다.

“네가? 진짜 그럴래? 그럼 나도 마음이 좀 놓이지.”

“내가 보라한테 위로가 되는 사람인지 그게 걱정이지.”

압구정동 한양아파트. 보라가 부모님과 함께 살던 집이다. 벨을 누르면서도 희재는 보라가 문을 열어줄지 확신이 서지 않았다. 잠시 후, 긴 머리를 빗지 않아 부스스한 모습으로 보라가 문을 열었다. 보라의 트레이드마크인 건강하고 밝은 미소가 사라졌다. 빛나던 눈동자도 초점을 잃었고, 생글거리던 표정에도 그늘이 졌다.

“휴대폰도 꺼져 있고, 집전화도 안 받아서, 걱정돼서 와봤어.”

희재는 말을 내뱉어놓고도 이런 살가운 안부는 자신에게 어울리지 않는다는 생각에 조금은 쑥스러웠다.

“귀찮아서 집 전화 코드 빼놨어. 커피 마실래? 그런데 어쩐 일이야?”

10년 동안 보라를 봐왔지만, 이렇게 죽 한 그릇도 못 얻어먹은 듯이 힘없는 목소리로 말하는 그녀를 본 적이 없다.

“아니. 혜영 언니네에서 마셨어. 나 여기 좀 있으려고. 짐 싸온 거 보이지?”

희재는 발랄한 손짓으로 캐리어를 가리켰다.

“너하고 안 어울려. 왜 그래, 낯간지럽게.”

보라가 피식 웃었다. 어떻게 하면 보라를 웃게 할 수 있을지 고민했는데, 그녀가 웃었다!

"그러게. 진짜 안 어울리지? 그런데 내가 여기까지 짐 싸서 올 땐 어떤 마음인지 알 거 아니야. 그래도 가?"

보라는 희재를 멍하니 쳐다보다 말했다.

"와인 마실래? 술이나 한잔하자. 술 마시고 싶어."

희재와 보라는 초저녁부터 취해 있었다. 보라는 소리 내지 않고 눈물만 주룩주룩 흘리고 있었다. 몇 시간째 우는 바람에 눈두덩이 부어 있었다. 희재는 소리 없이 흐느끼며 우는 게, 그 모습을 바라보는 사람을 얼마나 고통스럽게 만드는지를 측은한 보라의 부은 눈을 보며 깨달았다.

"내가 죽일 뻔했어. 너도 혜영 언니도."

희재는 보라가 얼마나 심한 죄책감에 시달리면서 괴로워하고 있는 지가 느껴져 마음이 아팠다.

"아니야. 왜 그런 생각을 해? 만약 셋이 여행을 갔다 해도 우리 셋이 같이 죽었을 거니까 상관없어. 쓰나미에 너만 살았을 거 아니잖아."

"나 때문에 엄마랑 아빠가 돌아가셨어."

한참 동안 침묵이 이어졌다. 희재는 보라의 부은 눈을 보며 미소가 떠나기 전 〈가스등〉에서 송별회 했을 때를 떠올렸다. 그때도 보라는 많이 울어서 눈이 부어 있었다. 보라는 잘 울고 잘 웃는, 감정이 풍부한 아이였다.

"나는 네가 어떤 슬픈 일을 겪었고, 어떤 상처를 안고 살아가는지 몰랐어."

희재는 냉장고에서 안줏거리를 찾다 그녀의 말에 냉장고 문을 닫고 거실에 웅크리고 앉아 있는 보라를 바라보았다.

"너는 열아홉 살에 엄마가 돌아가셨잖아. 듣고도 그렇구나 했지 이 세상에 혼자 남겨진 게 어떤 건지 실감하지 못했어. 엄마라고 부를 수 있는 사람이 이 세상에서 사라진다는 게 어떤 느낌인지 말이야. 네가 많이 웃지 않고 내성적인 것도 어쩌면 당연한 건데, 나는 네가 너무 까칠하다고 생각한 적이 많았어. 이해한다고 말하면서도 이해하지 못했어. 네가 겪은 슬픔과 네 마음속에 뿌리 깊게 자리 잡고 있는 외로움에 대해서 전혀 알지 못했어, 나는."

'내가 열아홉 살 때 겪었던 슬픔을 지금 서른두 살의 보라가 겪고 있다.'

흐느끼는 보라를 바라보면서 희재는 마음이 아팠다.

"너한테 일어나지 않은 일인데 어떻게 내 상황을 이해하고 내 마음을 알겠어. 네가 아는 척하고 위로했으면 나는 더 싫었을 거야. 마음이 삐딱한 나는, 누군가의 위로도 진심으로 받지 못하는 못난 사람이거든."

보라는 희재의 말에 희미하게 웃었다. 그리고 말했다.

"여기서 자고 갈 거지? 솔직히 나 혼자 있는 거 무섭거든."

그 순간, 희재는 태어나서 처음으로 자신이 의미 있는 존재라고 느꼈다. 왠지 모를 뿌듯함이 느껴졌다. 그리고 괜찮다는 말 대신 혼자 있기 무섭다고 솔직하게 말해준 보라가 참 고마웠다. 자신 같으면 같이 있어달라는 말을 절대로 하지 못했을 테니까.

때로는 누군가의 위로를 악의없이 받아들일 줄 아는 사람이 더 큰 감동을 주는 법이다. 자격지심이 많은 사람은 진심이 담긴 위로도 동정으로 오해할 때가 있다. 희재는 잠든 보라의 야윈 얼굴을 보면서 어쩌면 보라가 자신보다 훨씬 성숙하고 어른스러운 아이일지도 모른다고 생각했다. 그리고 이제 자신도 힘들 때 누군가가 내미는 손을 잡을 수 있었으면 좋겠다고 소망했다.

📽️ #21 마음, 또 다시 추운 겨울

제법 쌀쌀함이 느껴졌지만 3월 중순을 넘어가자 확실히 2월과는 체감 온도가 달랐다. 새 학기가 시작돼 낮 시간대에 거리를 지나다니는 사람은 줄었지만, 그 한가로운 여유가 혜영은 싫지 않았다. 카페에 들어오는 사람들의 가벼워진 옷차림을 보면서 지난겨울의 악몽이 하루 빨리 지나가길 빌었다. 혜영은 우울한 기분을 달래려고 일에 더 집중했다. 삼청동에 카페 〈집〉 2호점을 내려고 신중하게 검토 중이었다. IMF 때 무리하게 레스토랑을 확장해 힘든 위기를 겪었지만 그때의 실패로 많은 것을 배웠다. 실패든 성공이든 그 경험을 통해서 배우는 것은 반드시 있었다.

그때 문자 한 통이 도착했다. 희재였다.

'언니, 보라네 집으로 빨리 좀 와줘. 상의할 일이 생겼어.'

문자 한 줄에서 심상치 않은 기운을 느낀 혜영은 아르바이트생에게 카페를 맡기고 자신의 렉서스에 시동을 걸었다. 목적지는 보라의 집이었다. 희재와 보라가 함께 지낸 지 한 달이 다 돼간다. 성격적으로 부딪힐 줄 알았던 보라와 희재는 의외로 잘 지냈다. 보라 곁에 희재가 있기로 한 날부터 진욱과 송 대표, 보라의 외갓집 식구들도 모두 안심했다.

가로수길에서 한양아파트까지 10분이면 충분했지만, 현대백화점 앞부터 차가 막혔다. 불안한 마음을 진정시키기 위해 혜영은 라디오를 켰다. 하지만 DJ의 멘트도, 노래도 귀에 들어오지 않았다. 혜영은 다시 라디오를 껐다. 가슴이 요동치고 이상하게 기분이 안 좋았다. 이런 불길한 예감은 항상 틀린 적이 없다. 혜영은 바로 그 점이 불안했다.

보라의 집에 압류통보 서류가 날아왔다. 혜영이 도착했을 때는 이미 송 대표가 서류를 보고 있었다. 송 대표에게 서류를 넘겨받아 살펴보던 혜영의 얼굴빛이 변했다. 송 대표는 방으로 들어가서 서류를 보낸 은행 담당자와 자신의 엔터테인먼트 회사 일을 봐주는 변호사와 통화를 하고 있었다.

"언니, 이게 무슨 일이야? 왜 집으로 압류통보 서류가 온 거야?"

희재가 불안한 표정으로 혜영에게 물었다. 혜영은 심각한 얼굴로 서류를 살펴보고 있었고, 오랜 침묵을 깬 뒤 보라에게 물었다.

"아버지가 이 아파트 담보로 대출받은 거 알고 있었어?"

보라는 고개를 저었다. 혜영은 아차 싶었다. 보라가 넋 놓고 있을 때 현실적으로 일어날 수도 있는 문제점을 체크했어야 하는 건데.

"너 부모님 사망신고 언제 했지? 혹시 재산 포기 신청 같은 거 안 했니?"

보라는 혜영의 말을 알아들을 수 없었다. 바깥일은 모두 송 대표가 알아서 해줬고, 집안일은 부모님 몫이었다. 보라는 서른두 살까지 온실 속의 화초로 자란 셈이었다. 그런데 재산 포기 신청은 뭐고 이 서류는 다 뭐란 말인가?

보라 아버지는 은행원이었다. 평생 성실하게 직장생활을 하면서 보라를 키웠고, 10년 전 대장암 수술을 받고 회사를 퇴직했다. 보라가 광고나 드라마를 찍어 돈을 벌기도 했지만, 퇴직금을 잘 관리하면 두 분이 노후를 보내는 건 어렵지 않았다. 하지만 직장을 그만둔 보라 아버지는 재테크에 신경을 곤두세웠다. 보라의 슬럼프가 길어질 때는 특히 더 심했다. 사랑하는 딸에게 가장으로서의 책임감을 안겨주기 싫어서였다.

퇴직금과 보라의 광고 수입을 모아 그녀의 아버지는 삼선교에 작고 낡은 건물을 샀다. 그리고 보라가 드라마 〈가을빛 추억〉 이후 광고 몸값이 올라가면서 수입이 많아졌을 때 지금의 한양아파트로 이사를 왔다. 그런데 갑자기 아파트를 담보로 대출을 받았다니? 대출서류에는 보라의 인감도장이 버젓이 찍혀 있었다.

송 대표가 방에서 오랜 통화를 마치고 거실로 나오면서 말했다.

"보라 아버님이 사고로 돌아가신 걸 모르고 대출이자 납입기한이 한참 지났는데도 연락이 안 되니까 압류 들어온 거래요. 이 아파트랑 삼선교 건물에 모두 압류가 걸려 있어요. 은행이랑 제2금융권, 그리고 사채 쪽도 있는 것 같아요. 대출금도 상당하고. 원래는 불법이지만 당사자 없이도 인감도장만 있으면 요즘 은행에서 대출해주기도 하니까."

"뭐라고요? 사채?"

혜영의 얼굴이 파랗게 질렸다. IMF 때 은행 대출이 어려워서 사채를 쓸수밖에 없었다. 더 큰돈을 빌렸다면 재기도 어려웠을 것이다. 이자 내다가 인생 끝나겠구나 싶은 생각에 몸도 마음도 피폐했던 시절이었다.

이 소식을 접하고 한걸음에 달려온 보라의 이모에게서, 이 사태와 관련된 자세한 이야기를 들을 수 있었다.

"형부 친구가 건물 사고 땅 사는 것보다는, 앞으로 주식 하는 게 큰돈 벌거라고 했나 봐. 곧 상장될 벤처 회사에 미리 투자해서 주식을 갖고 있으라고. 일단 예금이랑 건물 대출받은 돈으로 아이티 회사 주식을 샀는데, 그게 잘 안 된 것 같아. 그때 손해 보고 말았어야 하는데, 날린 원금도 아깝고 대출이자 내는 것도 벅차니까 형부가 욕심낸 거지. 그래서 만회할 생각에 이 집 담보로 대출을 또 받은 거야. 그 돈으로 게임 회사 주식을 샀는데 그건 사기당한 것 같더라고. 작년에 뉴스에도 나왔지 왜."

"그래서 사채까지 쓰신 겁니까?"

송 대표가 깊은 한숨을 내쉬며 말했다.

"어디 사채뿐이야? 일단은 우리 식구들 돈도 갖다 썼지. 보라야, 내가 이 상황에서 이런 말 하면 좀 그렇지만……, 아란이 결혼자금으로 모아놓은 5천만 원도 네 엄마한테 빌려줬어. 이모 이제 어떡하니? 이모부가 알면 이모 이혼당해."

기억을 더듬어보니 엄마와 아빠 얼굴에 근심이 서리고, 늘 사이좋던 두 분이 언성을 높이고 다투는 날이 많아진 지 오래됐다. 대장암 수술 이후 끊었던 담배를 다시 피우는 아빠의 모습을 보면서 보라는 잔소리를 했었다. 그리고 여행은 무슨 여행이냐며 도리질하는 아빠에게 딸이 보내준다는데 그냥 갔다 오면 안 되겠냐고 철없는 소리를 했다. 집과 건물을 담보로 대출받아 투자했던 주식은 휴지조각이 되고, 그 사실을 보라에게 털어놓지도 못해 속이 새까맣게 타들어 가는 부모님께 여행 다녀오라고 부추겼던 것이다. 보라는 다시 한 번 억장이 무너지는 심정을 느끼며 오열했다.

부모님께서 돌아가신 뒤 재산은 커녕 빚만 고스란히 그녀에게 넘어왔다. 보라 통장에 남아있는 잔액은 1천만 원이 전부였다.

"건물이랑 아파트 정리하면 빚은 어느정도 해결되요. 그런데 당장 보라가 있을 곳이 없네요."

송 대표는 보라의 현실적인 상황에 대해 설명해줬고, 혜영은 자신의 집에 와 있으라고 권유했다. 하지만 보라의 이모는 사촌동생 적금 얘기를 하며, 집이 팔리면 제일 먼저 돈부터 갚아 달라고 부탁했다. 그런 보라의 이모에게 누구하나 너무 심하신 거 아니냐는 말은 할 수 없었다. 큰돈을 선뜻 빌려주면서, 부모 잃고 전 재산을 잃은 아이에게 이 무슨 이기적인 행동이냐고 말할 수 있는 사람이 아무도 없었기 때문이다. 희재는 이모에게 학비 받아 공부하는 학생이었고, 카페를 운영하며 사업을 한다고 했지만 혜영 역시 대출 잔뜩 낀 카페와 집을 가지고 있는 빛 좋은 개살구였으니까.

보라는 졸지에 무일푼 집도 없는 신세가 됐다. '어떻게 세상에 이런 일이?' 라고 좌절하고 있을 틈이 없었다. 차용증을 위조해 보라 아버지가 더 많은 빚을 졌다고 협박하는 사채업자도 있었고, 보라가 연예인임을 이용해 빨리 빚을 갚지 않으면 방송사며 신문사에 제보하겠다고 설치는 사람들도 있었다.

보라는 부모님의 갑작스러운 죽음만으로도 남들이 쉽게 겪지 못하는 큰 시련을 겪었다고 생각했는데, 이것이 끝이 아닐 수도 있다는 걸 깨달았다.

목 놓아 울고 하늘을 원망해봤자 그 어디에서도 돈은 떨어지지 않았다.

아무도 없는 빈집에서 보라는 온종일 거실 소파에 누워 있었다. 어디선가 쓸쓸한 바람 소리와 빗소리가 들렸다. 보라는 자리에서 일어나 베란다로 나갔다. 그리고 창밖을 한참 바라보았다. 바깥세상은 온통 회색빛이었다. 희망이 보이지 않는 잿빛.

보라는 엄마와 손잡고 아장아장 걸어가는 여자아이의 모습을 보면서 베란다에 쪼그려 앉아 흐느꼈다. 너무나도 엄마가 보고 싶었다. 그리고 그 순간, 완벽하게 이 세상에 혼자 남겨졌음을 깨달았다. 혼자 남겨졌다는 두려움이 공포로 다가오는 순간이었다.

# #22 너의 키다리 아저씨가 될게

한 여자가 있어 이런 날 모르는
사랑받으면서 사랑인 줄도 모르는
나만큼 꼭 바보 같은 슬픈 널 두고
이 순간도 눈물이 나지만 행복한 걸
니가 곁에 있기 때문이야
_한 남자 | 김종국

진욱은 중국에서 보라의 싸이월드 미니홈피를 들여다보고 있었다. 보라의 미니홈피엔 그녀에게 불행이 찾아오기 전 해맑은 모습만이 담겨 있었다. 열애설을 의식해 함께 찍은 사진을 올리지 않았지만, 그가 찍어준 보라 사진이 많았다.

〈사랑하는 우리 엄마 아빠랑〉이란 제목 밑 사진에는 보라가 부모님과 하얏트호텔 풀 사이드 뷔페에서 다정하게 식사를 하는 모습이 보였다. 보라 부모님 얼굴을 보자 진욱은 목구멍으로 무엇인가 울컥 치밀어오름을 느꼈다.

진욱은 보라의 졸업식에서 그녀의 부모님을 처음 뵈었다. 보라는 아버지와 어머니를 반반 섞은 얼굴이었다. 얼굴형과 목소리, 상냥한 성품은 엄마를 닮았고, 쌍꺼풀진 눈과 오뚝한 코 등 전체적인 선은 아빠를 닮았다. 진욱은 가끔 보라의 아버지와 술자리를 가졌었다. 그녀의 아버지가 노량진에서 회를 떠 와 소주나 한잔하자고 연락을 하셨고, 진욱은 아들 노릇을 하며 살갑게 굴었다. 보라에게 많은 상처를 줬어도 다독여주시던 분들이었다. 사이가 안 좋아 1년에 한 번 얼굴을 볼까 말까 한 진욱의 부모님과는 너무도 다른, 따뜻한 정을 느끼게 해준 분들이었다.

진욱은 보라 부모님의 장례식을 치르고 한 달 뒤 다시 중국으로 돌아와 드라마 촬영 중이었다. 그는 1년의 거의 대부분을 중국에서 보냈다. 드라마를 촬영하고, 지방을 돌면서 콘서트를 하다 보면 1년이 금방 지나갔다.

중국에서도 보라가 걱정돼서 여러 번 전화했지만, 그녀는 전화를 받지 않았다. 진욱에게 기대고 싶어 하지 않았다. 10년을 넘게 보라를 봐왔지만, 그렇게 차가운 모습을 본 적이 없었다. 그녀가 진욱을 밀쳐내고 멀리할수록 그는 더 마음이 아팠다. 보라가 더 불행해지는 걸 지켜볼 수만은 없었다.

송 대표에게 보라가 처한 위기상황을 모두 듣게 된 진욱은 한국으로 돌아갈까 고민했지만, 보라의 자존심을 위해 나서지 않기로 결심했다. 대신 혜영에게 전화를 걸었다.

"누나, 내가 가진 현금 전부 모으면 2억 정도 마련할 수 있어. 그 돈으로 일단 보라 작은 아파트라도 얻어줘. 누나네 집 근처로. 그리고 절대 이 얘기는 비밀이야. 누나가 빌려주는 걸로 해. 희재랑 송 대표한테도 비밀이야. 물론 예준형한테도."

혜영은 잠시 망설였지만, 자신이 빌려줄 수도 없는데 보라를 위해 진욱의 돈을 받는 게 낫겠다고 판단했고, 그날 밤 진욱과 은밀한 비밀을 만들었다.

그리고 며칠 후 보라는, 혜영이 나중에 활동하면 벌어서 갚으라고 빌려준 돈으로 성수대교 건너편 응봉동에 아파트를 전세로 구했다. 혜영의 권

유대로 그녀가 사는 아파트 바로 옆 동이었다. 2억의 빚이 생겼으니 마음이
편치 않았다.

평생 대출이자가 뭔지 전세를 계약할 때도 어떤 서류들이 필요한지 그
절차도 몰랐던 보라는, 부동산 중개소 사람을 만나 서류에 도장을 찍고, 새
집으로 들어가기 전에 이삿짐센터를 알아보면서 팍팍한 세상의 현실과 만
났다. 이제 보라는 혼자다. 이 모든 것을 혼자 해결하면서 살아가야 한다.

 # 23 You've Got Mail 2

엄마. 오늘은 엄마가 하늘나라로 간 지 꼭 1년째 되는 날이네. 그곳에서도
아빠랑 함께 있어? 아빠랑 같이 있으면 외롭지 않겠다. 정말 다행이야, 엄마.

엄마, 생각나? 어릴 때 내가 엄마 가슴에 난 큰 점을 만지면서 잠들 때마
다 엄마가 농담처럼 그랬지.

"혹시라도 전쟁 같은 거 나서 우리가 이산가족이 되고, 엄마를 잃어버렸
을 때는 이 점을 보고 엄마를 찾는 거야. 알았지 보라야?"

엄마. 나는 그때 정말 엄마랑 헤어지면 어쩌나 두려운 마음에, 어둠 속에
서도 엄마 얼굴을 뚫어지게 바라봤어. 엄마가 어디 있든, 어떤 모습이든,
나는 꼭 엄마를 찾을 수 있을 거야.

엄마. 혼자 지내는 게 참 무서워. 그런데 어느새 이 외로움에 익숙해져

가. 사람이 간사한 게 뭔지 알아? 부모가 안 계시고, 그래서 혼자 남겨진 게 제일 슬프고 마음 아파야 하는데, 시간이 얼마나 흘렀다고 나는 이제 밥 해먹을 일을 걱정해. 알잖아. 나 엄마가 해준 음식밖에 못 먹는 거. 그런데 아무리 이모한테 물어보고 외할머니한테 물어봐도 엄마 손맛이 안 나. 엄마가 끓여주는 김치찌개랑 사골 국물에 된장 풀어 끓여준 우거지 된장국이랑 엄마가 해준 갈비찜이랑 잡채, 어느 날은 그런 게 정말 먹고 싶은 거야. 밥 한술 넘기기 힘들 때도 있었는데, 엄마가 해준 음식이 벌써 그리워지다니, 이래서 산 사람은 어떻게든 산다는 말을 하나 봐, 엄마.

　나한테 가르쳐주지 그랬어. 언젠가 이렇게 내가 혼자 남겨질 수 있으니 엄마한테 음식도 배우고, 세탁기 돌리는 법도 배우고, 어떻게 저축하고 어떻게 인생을 살면 된다고 가르쳐주지 그랬어, 엄마. 내 나이 서른둘인데, 이제 며칠 뒤면 서른셋이 되는데, 재활용 쓰레기를 분류하는 방법도 모르고, 전기세, 수도세가 얼마인지도 몰라. 나는 왜 이렇게 바보처럼 살았을까?

　엄마. 엄마한테만 말하는 건데, 나 솔직히 아빠가 왜 그러셨는지, 왜 욕심 부리고 이렇게 일을 크게 벌이셨는지……, 밉고 원망스러워. 엄마는 왜 말리지 않았어?

　나는 참 못된 딸이야. 두 분이 나 대신 돌아가셨다고 그렇게 자책감에 시달렸으면서, 집이랑 건물 잃고 내 수중에 돈 한 푼 남지 않았다고 엄마랑 아빠를 원망하잖아. 자식 키워봤자 다 소용없지? 두 분이 이 세상에 안 계신 게 제일 속 상하고 슬퍼야 하는데, 나는 카드 값 낼 돈이 없고, 주차장에

덩그러니 세워진 차에 넣을 기름값이 없다는 게 지금은 가장 서글프고 속
상해. 내가 생각해도 참 못되고 철없다. 그렇지 엄마?

　엄마. 나는 앞으로 어떻게 살아가야 하는지 모르겠어. 예전에는 이런 고
민을 해본 적도 없는데 말이야. 그냥 저절로 살아가게 되는 게 인생인 줄 알
았는데 요즘은 사는 게 참 두려워. 평생 그 누구에게도 짐이라는 생각을 해
본 적이 없는데, 요즘 나는 혜영 언니나 희재를 만날 때도 눈치가 보여. 점
점 이렇게 외로워지고, 혼자가 되고, 그럼 나는 어쩌지 엄마?

　엄마 나를 지켜줘. 두려워하지 말고, 외로워하지 말고, 잘 살 수 있다고
내게 말해줘. 그리고 가르쳐줘. 내가 앞으로 어떻게 살아가야 하는지.

🎬 #24 불편한 현실도 마주보기

삶은 계속되니까 수많은 풍경 속을
혼자 걸어가는 걸 두려워했을 뿐
하지만 이젠 알아
혼자 비바람 속을 걸어갈 수 있어야 했던 걸
_ 삶은 여행 | 이상은

혜영은 삼청동에 카페 〈집〉 2호점을 내고 보라에게 삼청동으로 한 번 놀러 오라는 문자를 보냈다. 어느덧 푸켓 쓰나미 사고가 일어난 지도 1년 반이 지났다. 보라도 점차 안정을 되찾았고, 혼자 지내는 생활에도 익숙해진 듯 보였다.

삼청동 카페에도 손님이 가득했다. 가로수길에 이어 삼청동이 새롭게 쇼핑과 문화의 거리로 떠오르고 있었다. 혜영의 트렌드를 읽어가는 감과 능력은 역시 탁월했다. 아무도 관심을 두지 않던 2천 년대 초반에 가로수길에 터를 잡았고, 삼청동으로 눈길을 돌려 카페 2호점도 냈다. 삼청동에는 어느새 디자이너의 의류 숍과 구두 숍, 카페가 많이 생겼고, 트렌디한 거리로 입소문 나고 있었다.

보라는 트루릴리젼 부츠 컷 청바지에 하늘하늘한 보헤미안 풍의 블라우스를 입고, 자신의 몸매처럼 아찔한 하이힐을 신고 카페에 찾아왔다. 긴 생머리는 살짝 웨이브 펌을 해 오히려 더 분위기 있어 보였다. 마음고생을 한 흔적이 얼굴에 많이 드러나지 않은 보라를 보면서 혜영은 다행이라고 생각했다. 아무리 배우의 주름은 연륜이라지만, 연륜의 흔적과 마음고생으로 생긴 시름의 흔적은 다르다.

"보라야, 나 보톡스 맞았다! 얼굴 좀 팽팽해진 것 같지 않아?"

혜영은 마흔 살 된 기념으로 앞으로 보톡스를 정기적으로 맞기로 했다며 보라에게 팽팽해진 자신의 이마와 팔자 주름 부위를 보여주었다.

"진짜 이마 주름이 없어졌네?"

"다섯 살은 어려 보이지 않니? 이젠 네 형부가 나보다 나이 많아 보이지 않아?"

"중독될 만큼 맞지는 마. 많이 맞으면 나중에 웃지도 못한대."

"너도 내 나이 돼봐라. 보톡스가 남편보다 더 좋지. 참! 지난주에 나영이 왔다 갔는데 치아 교정해서 5kg 빠졌대. 교정 다이어트가 짱이라더라."

나영은 스무 살 때부터 결혼을 꿈꿨지만, 아직도 이상형을 만나지 못해 결혼을 못하고 있는 혜영의 친한 친구다.

"나영 언니는 아직도 시집 못 갔어?"

"말도 마. 이십대 때 치아 교정하라고 했더니 언제 시집갈지 모르니까 안 한다고 하더라고. 치아 교정하고 웨딩 촬영을 할 수는 없다면서 말이야. 교정하면 이삼 년은 해야 하잖니. 그런데 마흔까지 시집 못 가서 자기 돈으로 이에 철심 박고 온 거 보니까 짠하더라고."

혜영의 말에 보라가 손뼉을 치면서 웃었다. 몇 년 전에 광고 홍보 대행사를 운영하는 잘나가는 골드 미스 나영의 집에 초대받아 혜영과 함께 간 적이 있었다. 고가의 그릇이며 해외에 나갔을 때 하나둘 사모은 장식품까지 나영의 집에는 혼수품이 넘쳐났다. 남자만 없을 뿐이었다. 왜 지금 쓰지도 않을 걸 미리 사서 모으냐고 보라가 물었을 때 나영이 대답했다.

"당장 내일이라도 운명적인 상대를 만날지 어떻게 알아? 내가 다음 달에 결혼 할 수도 있는 거잖아. 그래서 혼수품 미리 준비해둔 거야. 모든 게 완벽해. 이제 남자만 만나면 돼."

아이러니하게도 스무 살 때부터 결혼을 꿈꾸고 혼수까지 마련해둔 나영은 식스팩에 송승헌 닮은 외모를 포기 못 해 나이 마흔 살까지 싱글이었다.

"참 어리석어."

보라는 커피 한 모금을 마시며 말했다.

"누구? 나영이?"

"아니. 나 말이야. 나도 스물한 살 때부터 진욱 오빠랑 결혼할 생각만 했거든. 우리는 결혼하면 어디에서 살고, 아이는 몇 명 낳고 그런 상상 말이야. 오빠랑 결혼하는 거 말고는 내 미래를 구체적으로 상상해본 적이 없어."

혜영은 지금 보라 곁에 진욱이 있어준다면 얼마나 좋을까 하는 생각이 들어 마음이 아려왔다. 보라는 커피잔에 시선을 고정하고 씁쓸한 목소리로 말했다.

"참 바보 같았어. 왜 내 인생을 구체적으로 생각해보지 않았을까? 이렇게 서른세 살 될 때까지 나는 결혼도 못하고, 돈도 없고, 잘나가지 못하는 배우로 살아갈 수도 있는 건데……. 왜 내가 마냥 어리고 잘나갈 거라고 생각했을까?"

화사하게 빛났던 스물한 살의 보라가 뒤늦게 성장통을 겪고 있었다.

"그걸 알면 인생이 재미없게? 내가 마흔 이후의 삶을 상상이나 해봤겠니? 나도 당황스럽게 마흔이 된 거야. 나 아직은 만으로 서른아홉이라고 우기고 다녀."

보라와 혜영은 마주보고 웃었다. 생각해보니 그랬다. 이십대의 보라는 삼십대의 삶을 구체적으로 상상해보지 않았고, 삼십대이던 혜영도 사십대의 삶에 대해 진지하게 고민하지 않은 채 마흔을 맞이했다.

혜영은 며칠 전 진욱이 카페에 다녀갔다며, 그가 중국에서 얼마 전에 돌아왔고 곧 한국에서 드라마 들어간다는 근황을 전했다.

"진욱이가 너 잘 지내는지 궁금해하는데……. 한번 볼래?"

혜영은 큰돈을 선뜻 건네며 키다리 아저씨를 자처한 진욱의 진심을 알기에 두 사람의 소원한 관계가 답답했다.

"아니. 싫어. 나중에 잘되면 볼래."

한 번 만나보라는 혜영의 말에 보라는 고개를 저었다. 진욱에게 동정을 받는 것 같아서 자존심이 상했다. 잘나가면 모를까, 상황이 좋지 않을 때 헤어진 연인을 만나는 건 초라한 자신의 현실을 마주 보게 한다.

"희재는 다녀갔어? 통화만 하고 요새 통 얼굴을 못 봤네?"

"보라야, 희재 남자 만나야겠더라. 공부하느라고 스트레스받는지 살도 찌고 더 어두워졌어. 제임스랑 헤어진 지 4년이나 지났는데, 아직도 미련이 있는 건지 소개팅하래도 싫다고 하고."

희재가 제임스와 헤어진 지도 벌써 4년이 흘렀다. 시간이 지나고 나면 분명해지는 것들이 있다. 그녀가 쿨하게 제임스를 미국으로 보낸 건, 그가 곧 돌아올 거라고 믿어서였다. 어머니를 못 이기고 따라갔지만, 희재는 제임스가 자신을 못 잊어 곧 돌아올 것으로 생각했다. 하지만 제임스는 미국으로 떠난 뒤 전화 한 통이 없었다. 혹시나 메일을 보내지 않았을까 해서 6개월 넘게 매일 이메일을 체크했다. 그런 시간이 반복되고 길어지면서 희재는 제임스가 자신에게만 다정하고 따뜻한 남자가 아니었다는 사실을 깨달았다. 제임스는 그의 어머니에게도 다정하고 따뜻한 아들이었다. 엄마의 뜻을 꺾을 수 없는 순한 아들.

보라는 새로 들어가는 주말 드라마 때문에 감독과 미팅이 있다며 자리에서 일어섰다. 비중은 작지만 도도한 커리어우먼 역에 캐스팅됐다며, 그녀는 당분간 바빠서 카페에 오지 못할 거라고 말했다.

부모님께서 푸켓 쓰나미 사고로 갑자기 돌아가시면서 드라마 출연을 포기했던 보라는 1년 넘게 원치 않는 공백기를 가져야 했다. 보라가 포기한 배역에 대타로 들어갔던 신인 여배우는 잘나가는 톱스타가 됐고, 사람들의 기억에서 보라는 잊혀갔다. 누군가의 불행이 누군가에겐 기회가 된다.

고통의 시간 속에서 그녀가 깨닫게 된 건, 현실을 부정할 수 없는 순간이 언젠가는 온다는 거였다. 보라는 또 한 번 불편한 현실과 마주했고 고통스럽지만 받아들여야 했다.

■ #25 그녀가 돌아왔다

더운 여름에는 뭐니뭐니해도 말랑말랑한 로맨틱 드라마가 최고다. 습도가 높을 때는 작은 일에도 짜증이 많아지기 때문에, 설레는 로맨틱 드라마를 보면서 감정이입하는 게 엔돌핀을 솟구치게 하는 최고의 방법이라고 세 여자는 철석같이 믿고 있었다.

습도가 높아 짜증 나던 여름밤, 각자의 집에서 보라와 희재와 혜영은 드라마 〈커피 프린스 1호점〉을 보고 있었다. 톰보이로 완벽하게 변신한 윤은혜도 귀여웠지만, 세 여인은 남자 주인공에게 영혼이라도 팔 기세로 TV 모니터에 집중하고 있었다. 특히 드라마에 관심 없던 희재가 〈커피프린스 1호점〉을 본다고 할 때, 보라와 혜영은 '공부가 어지간히 힘들고 지루한가 보다'라고 생각했다. 희재는 석사과정을 무사히 마치고 박사과정을 준비 중이었다. 하지만 희재가 〈커피 프린스 1호점〉에 몰입하는 이유는 공유 때문이었다. 보라가 어쩌다 드라마를 보게 됐냐고 물으면 희재는 그냥 '공유 등판이 넓고 멋있어서'라고 대답했다. 몇 해 전 드라마 〈내 이름은 김삼순〉이 방영됐을 때도 그랬다. 희재는 다니엘 헤니의 넓은 어깨와 등판이 마음에 든다고 했었다. 그녀가 좋아하는 건 공유도 다니엘 헤니도 아니었다. 희재는 제임스의 등을 그리워하고 있었다. 제임스의 등에 업혀서 처음으로 따뜻함을 느꼈던 그때의 기억을, 희재는 그리워하고 있었다.

드라마가 끝나고 11시가 넘은 늦은 밤, 희재의 번호가 뜨자 보라는 의

아해하며 휴대폰을 집어들었다. 희재는 이렇게 늦은 밤 좀처럼 전화를 하는 일이 없다.

"보라야! 케이블! 22번 틀어봐. 어서!"

흥분한 희재 목소리에 보라는 무슨 일인가 싶어 급하게 채널을 돌렸다. 화면에는 가슴이 큰 여자가 현란한 클럽의 조명 아래서 화끈하게 춤을 추고 있었다.

"클럽 나오는 거? 그런데 왜?"

"미소야, 민미소! 저기 클럽에서 춤추는 가슴 큰 애, 미소가 틀림없어!"

보라는 희재의 말을 듣고 화면을 좀 더 유심히 살펴보았다. 노출이 심한 S라인 몸매의 여자들이 부비부비 댄스를 추고 있었다. 그 중 가슴이 큰 여자가 유독 눈에 띄었다. 가만히 보니 쌍꺼풀이 생기고 헤어스타일이 달라지긴 했지만, 입 옆에 까만 점과 큰 가슴이 미소가 맞는 것 같았다.

"이름이 미소라고 나와?"

"아니 사라. 사라 민이래. 그런데 미소가 틀림없어! 목소리도 맞고 LA에서 왔다고 소개했거든."

다음날 송 대표가 케이블 프로그램 PD를 수소문해 미소의 전화번호를 받아주었다. 미소와 연락이 끊긴 건 2002년이었다. 하지만 미소가 미국으로 떠난 95년 이후로 얼굴을 보지 못했으니, 거의 12년 만에 〈아이리스〉 삼총사가 만나게 되는 셈이었다.

12년 만에 미소를 만날 생각에, 가로수길 혜영의 카페에서 보라와 희재는 약간은 어색하고 초조한 모습으로 앉아 있었다. 혜영만 연신 '텔미 텔미' 콧노래를 흥얼거리며 어색하게 어깨까지 들썩였다.

"언니, 주책없어 보여. 좀 앉아. 나이 마흔한 살에 '텔미'가 뭐야?"

희재의 지적에 혜영은 얄밉다는 듯 주먹으로 희재의 머리를 콕 쥐어박았다.

"보라야, 너 원더걸스 실물 봤니? 난 소희가 그렇게 예쁘다! 우리 어렸을 때도 그렇게 깜찍하고 예뻤니?"

"언니 소희 92년생이야. 언니 86학번 아니야? 언니가 애를 낳았다면 소희만한 딸이 있을 나이지."

"너희도 영원히 삼십대일 것 같지? 나이 금방 먹어. 너희도 곧 사십 된다고. 이것들이 몇 살 어리다고 잘난 척은."

혜영이 눈을 흘기면서 커피 값 다 내고 가라고 말하는 순간, 보라가 가방 안에서 비비크림 두 개를 꺼내 혜영과 희재에게 건넸다.

"내가 다니는 스킨케어실에서 파는 건데, 한번 써봐. 파운데이션보다 훨씬 가볍고 바르면 피부가 화사해져. 파우더 안 하고 이거 하나만 바르면 돼."

"네 피부의 비결이 이 비비크림이야? 좋아. 언니가 내일부터 물광 피부로 거듭나겠어. 너희 들었어? 전도연 칸에서 상 받고 귀국할 때 맨얼굴인데 반짝반짝 빛났잖아. 그게 생얼인 줄 알았는데 물광 화장을 한 거란다. 요즘 물광 피부가 유행이라면서."

평소 화장품이라면 시니컬하던 희재도 전도연 물광 피부란 말에 비비크림을 유심히 들여다보고 있었다. 모두 전도연이 칸 영화제에서 이룬 쾌거보다 공항에서 찍힌 사진 속 피부 얘기에 열을 올리고 있을 때, 입구 쪽에서 범상치 않은 여인의 포스가 느껴졌다.

'반갑다, 친구야!'라고 외쳐야 할 것 같았지만, G컵 사이즈의 큰 가슴이 세 여자를 위축시켰다. 미드 〈위기의 주부들〉에 나오는 야시시한 여배우가 걸어 들어오나 싶어 모두 눈이 둥그레졌을 때, 미소가 특유의 하이톤으로 인사를 했다.

"반갑다, 이년들아! 보고 싶었어, 혜영 언니!"

미소가 돌아왔다. 미소는 세 여자를 격하게 끌어안았다. 그녀와 포옹했을 때 가슴에 닿는 폭신한 쿠션 감에 놀라 보라와 희재의 얼굴이 빨개졌다.

"야! 우리 미소 더 글래머 됐네. 미국 사람 다 됐다. 그나저나 어떻게 지낸 거야? 왜 연락은 끊긴 거고? 결혼했다며? 남편이랑 같이 나온 거야?"

혜영은 반가움의 표시로 쉴 새 없이 미소에게 질문을 퍼부었다. 하지만 미소는 눈썹을 찡긋거리며 귀찮은 질문을 받은 톱스타 같은 표정을 지었다.

"나 결혼 안 했는데? 텍사스로 간다고 했지 결혼한다고는 편지에 안 썼을 걸? 같이 좀 살다가 헤어졌어."

친구들에게 미소가 결혼해서 텍사스로 갔다고 얘기한 장본인인 보라는 순간 편지의 내용을 되짚었다. 정말 결혼한다는 말이 없었나? 함께 텍사스로 간다는 말을 보라가 결혼한다는 말로 정말 착각한 걸까? 기억은 자신의 위주로 편집된다는 걸 새삼 깨달은 보라가 화제를 돌려 미소에게 물었다.

"한국 많이 변했지?"

"세상 변하는 거야 변하는 거지만, 너희가 더 많이 변했네. 희재는 왜 이렇게 살쪘어? 혜영 언니는 왜 이렇게 늙었고? 그나마 보라만 그대로네. 역시 연예인은 관리해서 다르구나!"

너무 솔직한 미소의 발언에 희재와 혜영의 얼굴에 언짢은 기색이 확 번졌다. 미소는 보라와 희재가 결혼했는지 안 했는지 따위는 전혀 관심이 없는 듯 보였다. 어떻게 한국에 오게 됐고, 어떻게 TV까지 출연하게 됐는지, 자신의 이야기를 할 때 미소 목소리는 더 높은 톤으로 들떴다.

미소 엄마의 네일숍은 LA에서 너무 유명해져서 할리우드 스타들이 단골손님이었다. 대학에 다니던 미소는 공부가 적성에 맞지 않는다며 때려치웠고, 엄마 네일숍에서 네일아트 기술을 배웠다. 애교 넘치는 미소에게 네일관리를 받으러 오는 손님이 많았지만, 남자친구와 텍사스로 떠나는 바람에 엄마와 사이가 나빠졌고, 함께 살던 남자와 헤어져 다시 LA로 돌아와서는 따로 네일숍 2호점을 운영했다고 했다. 하지만 사업도 잘되고 일에 재미를 느낄 무렵, 그녀는 또 한 남자를 만났다. 그 남자는 자신을 한국에서 온자수성가한 돈 많은 사업가라고 소개했다. 미소는 그와 빠른 속도로 가까워졌고, 뜨겁게 사랑에 빠졌다. 그는 미소에게 한국으로 가서 네일숍을 차려주겠다고 했고, 결혼식을 올리자고 했다. 미소는 엄마의 허락도 없이 그남자와 함께 한국행 비행기에 몸을 실었다. 미국생활이 지루해졌을 무렵이었고, 그녀에겐 다시 코리안 드림의 환상이 생겼다.

하지만 그의 말만 믿고 한국에 온 미소가 행복했던 건 잠시였다. 신라호텔에서 머문 숙박비도 그녀가 다 계산해야 했고, 청담동에 얻었던 오피스텔 월세도 미소가 내야 했다. 미소는 그 남자와 한국에 온 지 6개월 만에 가지고 온 돈을 다 뜯긴 채 그 사기꾼과 이별했다.

내용만 들으면 드라마 사랑과 전쟁에 나오는 혼인빙자 사기 스토리와 똑같았지만, 미소가 담배를 피우면서 너무나 심플하게 얘기해서 듣고 있던 세 사람도 '아, 그랬나 보다' 하고 고개를 끄덕이는 걸로 끝이었다. 미소는 신파 같은 구구절절한 이야기를 별일 아닌 일로 심플하게 포장하는 대화의 기술을 가지고 있었다.

"리처드랑, 아, 그 개새끼 미국 이름이야. 한국 이름은 김춘식. 어디서 이 이름 들으면 나한테 알려줘. 달려가서 죽여놓게. 그런데 어쨌든 그 개자식이랑 헤어지고 우울해서 클럽 갔는데, 오 마이 갓! 한국 클럽도 너무 좋은 거야. 멋진 남자들도 많고. 게다가 한국 남자들이 내 가슴에 환장하는 거 있지? 한두 달 전인가? 미국 갈 비행기 티켓 끊어놓고 마지막으로 청담동 클럽에 가서 술 마시고 춤추고 있는데, 케이블 TV PD라고 하면서 클럽 소개하는 프로그램인데 출연하라고 하더라고. 처음엔 거절했는데, 그 피디가 너무 큐트한 거야. 그래서 그날 그 남자랑 잤어."

미소는 남자 PD가 귀여웠다는 말을 하면서 눈을 반짝였다. 한 달 만나고 헤어진 남자 얘기를 할 때도 눈에서 빛이 나다니. 역시 미소의 연애세포는 블링블링하게 살아 있구나.

미소가 너무나 큰 목소리로 한국에 와서 만난 남자들을 열거하고, 그들과의 잠자리에 대해 솔직하게 말할 때, 오히려 그녀의 말을 듣고 있던 세 여자의 얼굴이 뜨거워졌다. 하지만 미소는 12년간의 어색함을 시종일관 유쾌하고 솔직한 언변으로 날려버렸고, 보라의 부모님 이야기를 듣고는 눈물을 글썽이며 그녀를 따뜻하게 안아주기도 했다.

미소의 등장 덕분에 어쩐지 심심하고 무료했던 인생에 활력이 생길 것만 같은 예감이 들었다. 미소는 바로 다음날 호텔생활을 정리하고 보라의 집으로 들어갔다. 그리고 혜영의 카페에서 아르바이트하면서 1주일 만에 완벽하게 그녀들의 삶 속으로 들어왔다.

🎬 #26 골드 미스 전성시대

연애는 어떻게 하는 거였더라
새까맣게 다 잊어버렸네
아직도 피부가 너무 좋다고 삼십대처럼 안 보인다고
사람들 나를 보아주지만 내 마음속 외로움도 보일까나
_ 연애는 어떻게 하는 거였더라 | 요조

MTV에서 방송되는 〈써니 싸이드〉란 프로그램에서 섭외전화를 받은 건 놀랄만한 사건이었다. 게다가 연예인인 보라에게 들어온 섭외가 아니라 미소에게 먼저 섭외전화가 왔다니.

미소가 출연한 케이블 프로그램의 파장은 컸다. 미소는 LA에서 온 G컵녀로 방송계의 뜨거운 관심을 받았다. 방송계에서 미소가 상품성이 있었던 건 그녀의 육중한 가슴과 글래머러스한 몸매 때문이기도 했지만, 지나치게 솔직하게 자신의 사생활을 드러내는 당당함에 있었다. 골드 미스가 사회적인 키워드로 떠오르고 있던 분위기에, 서른네 살 LA에서 온 미소의 등장은 새로운 화제의 인물을 찾고 있던 방송계에 신선한 자극이었다.

미소가 클럽에서 한 뼘 길이의 미니스커트를 입고 G컵 가슴을 흔들며 섹시 댄스를 춘 방송이 나간 이후, 미소는 바로 강남과 홍대 일대의 핫한 클럽을 소개하는 프로그램의 보조 MC로 데뷔했다. 물론 그녀의 배경도 그녀를 알리는 데 한몫했다. 엄마가 LA에서 유명한 네일숍을 운영하고 있고, 할리우드 스타들이 단골손님이라며 함께 찍은 사진을 TV나 잡지에 공개해서, 그녀의 미국 생활을 더 파헤치기 위해 방송요청이 쇄도했다.

보라와 미소는 함께 예대 동기로 인터뷰하기도 했다. 잡지에는 "과거 최진욱의 연인 탤런트 소보라 & LA 럭셔리녀 사라 민의 우정. 그녀들이 골드 미스로 살아가는 법", 주로 이런 내용의 인터뷰가 실렸다. 서른네 살 두 싱글녀의 럭셔리 라이프 스타일에 대해 다루길 원했고, 골드 미스로 당당하게 살아가는 두 여자의 노하우를 듣고 싶어 했다.

보라는 처음에는 미소와 함께하는 잡지 인터뷰와 방송 출연을 망설였다. 5년 전만 해도 보라는 잘나갔고, 톱스타 최진욱의 연인이었지만, 지금은 영화와 드라마에 조연으로 출연하며 내세울 게 없는 처지였기에, 자격지심만 커져 갔다. 게다가 전혀 럭셔리하지 않은 삶을 럭셔리한 골드 미스의 삶으로 포장하는 게 거짓말하는 것 같아서 꺼려졌다. 하지만 미소의 생각은 달랐다.

"왜? 미국에서는 톱스타랑 하룻밤만 자도 가십 지에서 거액을 받고 인터뷰해. 클린턴이랑 스캔들 났던 모니카 르윈스키 봐봐. 요즘은 자기 PR 시대야. 나를 얼마나 잘 포장해서 알리는지가 중요하다고."

미소의 추진력과 보라 연예활동에 색다른 돌파구를 찾고 있었던 송 대표의 설득으로 보라는 〈써니싸이드〉의 출연을 결심했다. 사실 송 대표의 설득보다 진행자가 정선희라는 말에 보라는 마음을 굳혔다. 라디오로 자주 듣던 친근한 언니 같은 그녀를 꼭 한번 만나보고 싶어서였다.

송 대표는 이십대 때, X세대 발랄함의 상징이었던 통통 튀던 보라를 골드 미스로 잘 포장할 좋은 기회라고 생각했다. 이십대에는 연애에 올인했다면, 삼십대에는 일에 올인하는 게 요즘 추세라며, 보라에게 그런 당당함을 드러내라고 요구했다. 송 대표는 〈써니 싸이드〉 제작진에게 삼십대 여성들의 우정과 라이프 스타일에 대해 다루면 어떻겠냐고 제안을 했고, 송 대표와 친분이 있던 PD와 작가는 회의 끝에 각자의 분야에서 멋지게 사는 삼십대를 묶어 골드 미스 특집을 하자고 제안했다. 방송 출연을 안 하겠다는 희재를 설득하기 위해 세 여인의 멘토로 혜영까지 출연하게 되면서 네 사람의 역사적인 방송녹화 날짜가 잡혔다.

녹화가 있는 금요일 낮, 청담동 보라의 단골 미용실에 모여서 네 사람은 헤어와 메이크업을 받고 있었다. 보라의 스타일리스트가 방송의상을 협찬 받아 왔다. 희재는 지성미가 돋보이도록 심플한 흰색 와이셔츠에 블랙 팬츠를, 보라는 러블리한 시폰 원피스를, 미소는 몸매가 다 드러나는 블랙 미니 원피스를 입었다. 혜영은 방송 첫 출연인데 유일한 유부녀가 초라하게 보여서야 되겠느냐며, 협찬 옷 대신 돌체 앤 가바나 매장으로 달려가 호피 재킷을 구매했다.

"나도 메이크업이랑 헤어, 연예인 DC 해주는 거야?"

방송 출연에 가장 들뜬 사람은 미소였다. 미소는 갑자기 자신이 스타가 된 것 같은 착각에 요즘 하루하루 구름 위를 둥둥 떠다니는 기분이었다.

"사람이 죽으란 법은 없는 거야. 돈 다 잃고 미국 돌아갔으면 엄마한테 쫓겨났을지도 모르는데. 이 가슴이 나를 먹여 살릴 줄 누가 알았겠어?"

미소가 자신의 가슴을 사랑스럽다는 듯 움켜쥐었고, 그 모습을 본 세 여자는 폭소를 터뜨렸다. 맞는 말이긴 했다. 기회가 언제 누구에게 찾아올지는 아무도 모른다. 중요한 건 미소 말대로 기회가 찾아왔을 때 잘 잡고, 그 기회를 충분히 활용해야 하는 것인지도 모른다.

MTV 녹화장인 충무로 명보극장 건물에 도착했을 때 희재는 감옥으로 끌려가는 사람처럼 불안함과 초조함을 감추지 못해서 안색이 안 좋았다. 미소는 육중한 G컵 가슴을 과도하게 흔들며 오버스럽게 걸어서 주위 사람들 시선을 모았고, 혜영은 프로그램의 진행자인 정선희를 실제로 만나게 됐다며 좋아했다. 대기실에서 대본을 보며 PD, 작가와 회의를 하고 있을 때, 〈써니 싸이드〉 MC인 정선희가 들어와서 인사했다.

"안녕하세요! 오늘 출연하는 분들이구나. 아, 보라 씨, 반가워요!"

진행자가 먼저 브라운관에서만 보았던 보라에게 인사를 건네자, 보라는 특유의 눈웃음을 지으며 살갑게 정선희와 악수했다.

"저 언니 팬이에요. 정오의 희망곡도 굉장히 자주 듣는데……. 언니 프로그램에 나오게 돼서 정말 기뻐요! 제 친구들도 언니 팬이거든요."

"다들 삼십대지? 징글징글해, 여자들 애정표현! 하하하."

라디오에서 듣던 대로 그녀의 성격은 쾌활하고 친근했다. 프로그램의 MC가 먼저 출연자 대기실에 찾아와 편안하게 분위기를 풀어주고 인사를 건넨 것만으로도 네 사람의 긴장은 조금 풀렸다. 희재의 표정도 한결 밝아졌고, 혜영은 그녀의 에티튜드에 감동하며 방송이 끝난 후 전화번호를 따야겠다고 들떠 있었다. 녹화는 30분 후 시작되었다.

"자, 오늘은요, 예대 동기와 선후배로 만나 십 년 넘게 우정을 간직하고 있는 세 분의 잘나가는 골드 미스와, 와, 저보다 언니가 한 분 계셔서 마음이 놓입니다. 이분은 유부녀세요. 네 명의 미녀들 모셔볼게요. 탤런트 소보라 씨, 이슈 방송인 사라 민, 그리고 윤희재 씨, 유혜영 씨입니다. 안녕하세요!"

MC 정선희는 특유의 친화력으로 처음부터 긴장한 네 사람의 딱딱한 표정을 편안하게 만들어주었다. 녹화는 예대 동기와 선후배로 만나 〈아이리스〉 카페에서 친해지게 된 이야기부터, 혜영의 이십대 때 용기 있었던 결혼과 성공적인 카페 창업 스토리로 이어졌다.

"네 분이 모두 예대 출신이지만, 배우로 활동하고 있는 분은 소보라 씨 한 분뿐이에요. 맏언니 유혜영 씨도 영화과 출신인데 왜 배우를 안 하시고 카페 사업을 시작한 건가요?"

"지금 같았으면 개성 있는 제 얼굴이 충무로에서 통했을 텐데, 그 시절에는 주인공 친구 역할이나 향단이 같은 역할만 시키더라고요. 그래서 자존심 상해서 그만뒀어요."

혜영의 솔직한 발언에 진행자와 카메라맨, 작가까지 폭소를 터뜨렸다. 자신감을 얻은 혜영은 특유의 재치 있는 말솜씨로 계속 말을 이어갔다.

"제가 영화과 86학번이거든요. 얘들이랑 동갑처럼 보여도 제가 올해 나이 마흔한 살이에요. 그런데 그때만 해도 강수연 씨나 심혜진 씨나 이렇게 예쁜 여배우들만 충무로에서 찾는 거예요. 저한테는 개성 있는 조연을 하라면서 선배나 교수님들이 추천을 많이 해주셨는데, 제가 생긴 건 이래도 꽤 공주병도 있고 자존심도 강하거든요. 주연을 하면 했지 조연은 못하겠더라고요. 그래서 뭐 하나든 남들보다 앞서 가자는 생각에 스물다섯 살 때 사귀던 남자 꼬셔서 확 결혼했어요."

모두 처음 듣는 얘기였다. 혜영이 그동안 입을 다문 게 아니라, 누구 하나 혜영이 왜 배우를 하지 않고 카페 사장이 됐는지 궁금해하지 않았다. 그 점이 더 놀라웠다. 13년을 알아온 사이인데 처음 듣는 스토리라니.

"윤희재 씨도 무용과를 졸업하고 지금 스포츠 심리학 박사과정을 준비 중이시라고요. 공부를 계속하게 된 이유가 있을까요?"

MC의 질문에 희재는 겸손하게 대답했다. 졸업 후 7년을 백수로 지내면서 어느 순간 꿈도 없고 직업도 없는 자신이 창피하고 한심하게 느껴졌다고. 그래서 공부를 시작했다고 말했지만, 그 동기를 찾게 해준 제임스에 관해 이야기하지는 않았다. 그래도 숨기고 싶은 과거를 이 정도까지 조곤조

곤 말하는 희재를 보며 보라와 혜영은 놀라웠다. 얼음 공주 같은 희재의 마음을 열게 하는 MC의 능력이라니. 역시 탁월한 진행자라는 생각을 갖고 있을 때 정선희는 연애와 결혼에 대한 질문을 던졌다.

"자, 유혜영 씨는 결혼해서 그런 스트레스가 없을 것 같은데, 아무래도 삼십대 중반에 결혼을 안 한 골드 미스들에겐 '결혼 왜 안 해?', '결혼 언제 해?' 이런 질문이 가장 스트레스가 되지 않을까요? 삼십대 세 분의 연애와 결혼에 대한 생각을 듣고 싶은데요. 보라 씨는 연예인이고 공개연애도 해보셨는데……, 어떠세요?"

다른 인터뷰 같으면 당황했겠지만, 방송임에도 와인 잔을 앞에 두고 진행된 녹화라 카페에서 편안한 언니와 대화를 나누는 느낌이었다.

"솔직히 제가 이십대 때는 스캔들도 많았고……."

보라의 솔직한 발언에 진행자와 희재, 미소, 혜영이 웃음을 터뜨렸다.

"이십대 때는 연애가 제 인생에 우선순위였던 것 같아요. 일이 별로 안중에 없었어요. 죄송한 말씀이지만요."

"그럼 일에서는 운이 많이 따랐던 케이스였나 봐요?

MC 정선희의 질문에 보라가 대답했다.

"딱히 일에 대한 열정이 없었는데, 운이 좋았고 기회가 왔어요. 그래서 열심히 안 했던 것 같아요. 촬영장 가는 건 싫은데, 촬영 끝나고 남자친구 만나러 가는 건 설레었고, 빨리 결혼해서 그만둬야겠다는 생각을 했거든요."

보라는 대답을 하면서도 부끄러운지 웃었다.

"그런데 삼십대가 되니까 그 기회가 제게 항상 오는 게 아니라는 걸 알게 된 것 같아요. 기회를 만들기 위해 노력하고, 기회가 오면 또 열심히 해서 잡아야 하니까 아무래도 연애보다는 일 쪽에 비중이 커지는 것 같고요. 그러다 보니 요즘에는 자연스럽게 연애보다는 일에 몰두하는 것처럼 보이는 게 아닐까요?"

"그래서 요즘 소보라 씨가 스캔들이 안 나는 거군요."

정선희의 말에 모두가 웃었다. 그리고 질문이 또 이어졌다.

"지금은 연애하는 사람이 없는 건가요?"

보라는 진심으로 고개를 끄덕거렸다. 결혼한 혜영을 빼고, 보라와 희재는 연애 휴식기였다. 하지만 미소는 늘 뜨거운 연애 중이었다.

"저는 연애해요. 연애라기보다 늘 만나는 남자는 있어요. 섹스를 위해서 만나기도 하지만 그 순간만큼은 늘 진심으로 좋아하거든요."

수위 높은 미소의 대답에 모두 당황했지만, 편집할 생각을 하고 진행자는 더 편하게 미소의 이야기를 들어주었다.

"저는 이런 말 할 때 당황하는 사람들을 보면 이해가 안 가요. 성인남녀가 만나서 사랑하면 당연히 섹스하게 되고, 같이 있고 싶고 그런 게 모두 자연스러운 거 아닌가요? 떠벌릴 일도 아니지만 그렇다고 숨길 일도 아니잖아요?"

보라와 희재의 얼굴이 빨개졌다. 녹화 전 품위를 지키라고 그렇게 말했건만.

미소의 거침없고 솔직한 발언으로 달궈진 녹화 분위기는 네 사람의 쇼핑 이야기와 자주 가는 핫 플레이스를 추천하는 것으로 마무리되었다. 네

명의 여성들은 자신이 가진 명품 가방과 명품 구두의 개수, 몸매관리 비용과 스킨케어에 들이는 돈에 대해 서로 조금씩 부풀려 얘기하는 것으로, 사람들이 된장녀 골드 미스들에게 듣고 싶어 하는 라이프 스타일을 들려주었다. 마무리는 역시 훈훈했다. 우리는 삼십대가 너무 좋고, 혼자 사는 지금의 삶이 너무 행복하다는 말로 녹화를 마쳤다.

녹화 후, 혜영은 정선희의 전화번호를 받고 좋아했으며, 언제 카페에 꼭 놀러오라는 비즈니스 멘트도 잊지 않았다. 그날 골드 미스 특집 방송의 반응은 뜨거웠고, 미소는 보라의 소속사 대표인 송 대표와 계약을 맺었다. 미소는 송 대표에게 받은 계약금으로 청담동에 위치한 빌라를 월세로 계약했다. 미소는 그 집에 명품 백과 명품 구두를 모셔놓고 잡지와 방송에 마이 하우스라며 공개했고, 그녀에게 온 기회를 놓치지 않으려는 듯 방송활동에 박차를 가했다.

#27 시작은 키스

나를 사랑한다면 아무것도 바라지 않아
손을 대면 차가운 내 가슴 안아주면 돼
깊게 새긴 이별도 바보처럼 벌써 잊은 거냐고
그런 말은 내게 묻지 말아줘
_여자 | 빅마마

사랑했던 남자의 허세가 더는 근사하게 보이지 않고 찌질하게 보이는 순간, 어쩌면 사랑이 정말 끝난 건지도 모른다고 보라는 생각했다.

'진욱의 팔과 다리가 언제 저렇게 가늘어졌지? 목주름은 또 언제 저렇게 많이 생긴 거야? 원래 술을 마시면 저렇게 목부터 빨개졌나?'

보라는 10년 넘게 보아오던 진욱의 모습에서 이렇게 새로운 못난 모습을 발견할 수 있는 자신이 놀라웠다. 대학 시절, 길거리 농구 대회에서 훨훨 날아다니던 진욱의 탄력 있는 팔 근육과 튼실한 허벅지는 어디로 사라지고, 가늘어진 팔다리와 중력에 의해 축 처진 볼살 그리고 술 마시면 아저씨들처럼 빨개지는 목만 남아 있었다. 물론 또래의 서른여섯 살 직장인들에 비하면 진욱은 이팔청춘 훈남이었지만, 보라는 나이 든 진욱을 바라보면서 마음이 서글퍼졌다.

혜영 부부의 제의로 이루어진 연말 송년회의 분위기가 무르익어가고 있었다.

"진욱이 너도 이제 늙는구나! 인간답다. 배우도 늙는 걸 보니까!"

예준이 진욱의 술잔에 술을 따르며 모두가 하고 싶어도 참고 있는 금기의 말을 꺼냈다. 늙었다는 말에 진욱의 얼굴이 잠시 붉어졌지만, 그런 이야기를 많이 듣고 다니는지 수긍하는 눈치였다.

중국을 오가며 활동하던 진욱은 한국에서의 컴백 작품이 큰 인기를 얻지 못하자 미래에 대해 불안감을 느꼈는지, 중국에 레스토랑과 의류 매장을 오픈하는 등, 요즘은 사업 쪽에 무게를 더 싣고 있었다. 중국 매니지먼트를 담당하는 여사장 박 대표의 도움으로 진욱은 사업에 재미를 느끼고 있었다.

진욱은 술에 취해 약간 풀린 눈으로, 고개를 약 45도 각도로 기울이고 부활의 〈사랑할수록〉을 부르고 있었다. 진욱이 학교 다닐 때 자주 불렀던 노래였다. 10년 넘게 진욱의 노래 레퍼토리는 변하지 않았다.

"이제 너에게 난 아픔이란 걸 너를 사랑하면 할수로우워우워우워……."

"우리 최 배우 죽지 않았다. 나이 들어도 사라지지 않는 저 섹시함은 어쩔 거야! 진욱아, 네 노래로 한 곡 더 뽑아봐! 왜 예전에 드라마 OST 부른 거 있잖아!"

최진욱 팬클럽 회장을 해도 될 만큼 그에 대한 애정이 두터운 혜영이 오버 리액션을 하며 진욱을 추켜세웠다.

"야! 소보라! 너 내 노래 왜 안 들어?"

마이크를 내려놓고 자리로 돌아온 진욱이 보라의 머리를 헝클어뜨리려는 듯 쓰다듬으며 물었다. 보라는 순간 기분이 언짢아졌다. 사귈 때나 하는 애정표현을 이렇게 습관처럼 하다니. 아무리 좋은 선후배로 지내자고 했지만 이건 아니잖아? 헤어진 지 4년이나 됐는데 진욱은 변한 것이 없다.

"머리 만지지 마!"

"어쭈! 소보루! 너 까분다?"

진욱이 이번에는 보라의 코를 비틀었다. 하지만 보라는 신경질적으로 반응했다. 보라의 떽떽거리는 말투에도 귀여운 듯 웃던 진욱의 표정이, 순간 상처받아 입이 삐쭉 나온 어린아이 같아졌다.

"치사하다 소보라! 왜 떽떽거리는데. 오랜만에 만난 오빠한테……."

"우리 사귀어? 이제 안 사귀잖아. 그러니까 능글맞게 장난치지 말고 다른 후배한테 하듯 예의를 지켜. 내 몸에 손도 대지 말고."

진욱도 그 순간, 보라에게서 낯선 모습을 보았다.

'바보. 내가 너 얼마나 보고 싶었는데.'

진욱은 신경질 내는 보라를 애틋한 눈으로 바라보았다.

진욱이 던힐에 불을 붙이고 소파 뒤에 몸을 기대어 담배를 피울 때, 모처럼 취해 마이크를 잡은 희재가 노래를 시작했다. 장혜진의 〈1994년 어느 늦은 밤〉.

희재는 오늘따라 기분이 좋았다. 다른 때 같으면 이 노래를 청승맞게 불렀을 텐데, 오늘은 눈을 지그시 감고 한 손에는 얼음이 가득 담긴 로열 살루트 잔을 들고 분위기를 즐기듯 노래를 부르고 있었다.

"우리 희재 노래 오랜만에 듣네? 그런데 미소는 진짜 데이트하느라고 안 와?"

보라는 진욱이 '우리 희재'라고 말할 때 기분이 언짢았다.

'우리 희재라고?'

보라는 진욱에게 관심 없는 척했지만, 그의 행동과 말 하나하나에 세심하게 집중하고 있었다. 가만히 보니 진욱이 희재의 머리도 쓰다듬는다. 갑자기 보라는 분노가 치밀어 올랐다. '나한테만 하는 애정표현이 아니었나? 어쭈? 희재 볼까지 꼬집네? 저건 뭐지?'

예준이 임재범의 고해를 열창하고 있을 때 갑자기 혜영이 종료 버튼을 눌렀다.

"지금 노래할 때가 아니야. 이제 2007년을 보내고 2008년을 맞이할 준비를 해야지. 59분 30초다. 다들 빨리 술잔 들어!"

혜영의 말에 다들 술잔을 치켜들었고, 새해를 알리는 카운트다운을 함께 외쳤다. 그리고 '해피 뉴이어'를 외치며 술잔을 부딪쳤을 때, 진욱이 한 손으로 보라의 허리를 감싸 안고 키스를 퍼부었다. 그 광경을 바라보던 희재, 혜영, 예준은 모두 얼음이 되었다.

술이 많이 취해서였는지, 아니면 그런 순간을 예상이라도 했던 것인지, 보라는 진욱을 거세게 밀쳐내지 않았다. 훗날 보라는 진욱을 두 팔로 힘차게 밀쳐냈다고 주장했지만, 혜영과 희재는 '아잉, 몰라' 하며 애교부리는 것 같았다고 반박했다. 두 사람은 소파 구석에 앉아 오랫동안 깊은 키스를 나눴다. 하지만 기억은 거기까지였다. 보라가 다음날 눈을 떴을 때는 진욱의 침대였다.

🎬 #28 지키지 못한 단호함에 대하여

"이상하게 들릴지 모르지만
나는 너랑 이별했다고 생각한 적 없어.
잠시 떨어져 있었던 것뿐이지."

아무리 연애와 이별을 반복했다지만 헤어진 지 4년이 됐는데, 지금 한 침대에서 아침을 맞은 이 아이러니한 상황에 대해 보라는 혼란스러워하고 있었다. 언젠가 드라마에서 이런 장면을 촬영한 적 있었다. 술김에 헤어졌다 재회한 두 남녀가 함께 잔다. 두 사람은 술이 깬 아침, 지난밤을 후회하며 혹시라도 이 한 번의 섹스로 다시 헤어진 연인과 얽히게 될까 봐 두려워한다. 눈을 뜨지 못하고 옆에 누워 있는 상대방의 눈치를 보다가 계속 자는 척한다. 지금 이 순간, 드라마의 재연이다. 레디 액션!

"깼어?"

진욱의 밝은 목소리가 들린다. 휴우, 다행이다. 적어도 진욱은 보라와의 하룻밤을 술김에 저지른 실수라고는 생각하지 않는 눈치다. 진욱의 다정한 목소리에 마음을 놓았던 보라는 순간 의심에 빠진다. 혹시 진욱에게는 어젯밤 섹스가 평범한 하룻밤 섹스 같은 뭐 그런 느낌일까? 그래서 이렇게 쿨한 걸까? 이런 생각을 하자 보라는 갑자기 기분이 나빠졌다. 아, 왜 이런 실수를 했을까? 가만, 어제 어떻게 된 거지? 왜 이 집에 와 있는 거지? 아무리 주량이 늘어 와인 반병 정도는 마실 수 있게 된 보라지만, 폭탄주는 마시지 말았어야 했다.

"어떻게 된 거야?"

보라는 되도록 당황하지 않은 척, 시크한 말투로 물었다.

"어쭈, 이게 나이 먹었다고 이제 능청스럽게 연기도 잘하네?"

진욱이 보라 코를 비틀었다.

"어떻게 된 거냐니까. 내가 왜 이 집에 있어!"

"뭘 어떻게 돼? 우리 둘이 러브러브 한 거지!"

진욱의 장난스러운 말투에 보라의 기분이 상했다.

"내가 여기 오자고 하진 않았을 거 아니야. 나 취한 거 오빠가 끌고 왔지?"

보라의 억지에 진욱의 눈이 커졌다. 그리고 발끈했다.

"얘 봐라? 야 소보라! 데려다 준다니까 내 차 탔잖아. 물론 내가 먼저 키스하고 가슴 만진 건 사실이지만. 너도 좋아한 거 아니야?"

"뭐? 사람들 보는 앞에서 내 가슴을 만졌다고? 이런 저질!"

"치……, 너도 좋았으면서."

웃으면서 부엌으로 가는 진욱을 바라보면서 보라는 마음이 언짢아졌다. 너도 좋아한 거 아니었냐고? 그랬다고 해도 지금 이 타이밍에 할 말은 아니잖아!

"몰라. 오빠가 나 강간한 거야. 술 취한 여자를 늘 이렇게 집으로 데려와?"

보라가 궁금한 점이었다. 진욱이 늘 하룻밤 섹스를 즐겼는지, 술 마시다가 필이 통하는 여자가 있으면 이렇게 집에 데려왔는지. 진욱에 대해 많이 안다고 생각한 그녀지만 헤어져 있는 시간 또한 길었기 때문이다.

"그게 남자의 매너 아니야? 길에 버려둘 순 없잖아."

진욱이 장난스럽게 윙크하며 오렌지 주스를 따른다. 진욱의 큰 티셔츠를 걸쳐 입은 보라가 식탁 의자에 앉았다. 진욱을 째려보던 보라가 그제야 집 안을 둘러본다. 예전에는 매일 같이 드나들던 집이지만, 4년 만에 온 진욱의 집은 분위기가 낯설게 변해 있었다. 보라가 화이트 톤을 좋아해, 진욱이 청담동 빌라로 이사 올 때 화이트 톤으로 인테리어를 했었다. 바닥도 흰색 대리석, 식탁도 흰색. 소파도 아이보리색, 침대보도 아이보리색이었다.

그런데 대리석 바닥을 제외한 가구와 인테리어가 모두 바뀌어 있었다. 엔틱 풍의 가구가 무겁고 진중한 느낌을 주었다. 보라는 내심 기분이 언짢았다. 진욱의 집이 예전 그대로일 줄 알았건만, 달라진 인테리어는 그동안 떨어져 있었던 시간만큼 진욱과 보라 사이의 거리감을 느끼게 해주었다.

"여자친구가 엔틱 스타일 좋아했나 봐? 촌스럽게."

"너 지금 나 떠보는 거냐?"

진욱이 어처구니없다는 듯 보라를 바라보며 웃었다.

"너 지금 질투하지? 내가 다른 여자들 만날까 봐 싫은 거지, 너?"

"미쳤어? 질투하게? 우리 오래 전에 남남 됐거든?"

진욱은 발끈하는 보라가 귀여웠다. 자신의 티셔츠 하나만 걸친 보라는 여전히 아름다웠다. 예전에도 보라는 진욱의 집에서 거의 옷을 입고 있지 않았다. 보라가 옷을 입고 있으면 진욱이 다 벗기고 자신의 면 티셔츠 하나만 입혔다. 왜 자꾸 옷을 벗기느냐고 물으면 진욱이 말했었다.

"아예 홀딱 벗기고 싶은 걸 간신히 참고 있는 거야."

보라의 벗은 몸을 좋아하기도 했지만, 그게 진심은 아니었다. 보라가 옷을 입고 있으면 곧 집을 나설 사람 같아서 싫었다. 자신의 티셔츠 하나만 입고 집안을 돌아다니는 보라를 보면, 이 공간에 계속 머무는 사람 같아서 평온함을 느꼈다. 서른이 훌쩍 넘었지만 보라는 그대로였다. 긴 생머리에 웨이브가 생기긴 했지만, 세수도 안 한 보라의 얼굴은 사랑스러웠다.

"너 참 예뻐."

"뭐?"

보라가 오렌지 주스를 마시다 동그란 눈으로 진욱을 바라보았다.

"그대로라 참 예쁘다고. 네 몸도, 얼굴도 그리고 신음소리도."

진욱의 말에 보라가 오렌지 주스를 뿜었다. 진욱은 개구쟁이처럼 소리 내서 웃다가 티슈로 보라 얼굴에 묻은 오렌지 주스를 다정하게 닦아주었다. 그리고 말했다.

"우리, 라면 먹을까?"

"다른 여자들하고도 이러지? 헤어져 놓고 또 만나면 자연스럽게 자고."

"그럼, 너도 그래? 너도 헤어진 남자들하고 가끔 만나서 자? 그 연하 모델 누구냐 정민욱하고도 자고, 또 그 CF 감독 차윤석이던가? 그 자식하고도 자?"

말로는 진욱을 당할 수 없다. 발끈하는 보라를 귀엽게 바라보며 진욱은 끓는 물에 라면을 넣었다. 그리고 말했다.

"나 아무하고나 자는 그런 놈은 아니야. 너잖아. 보라……, 너."

라면을 먹으면서 진욱이 말했다.

"우리 다시 만나는 거 어때?"

보라는 당황했고 아무 대답을 할 수 없었다. 진욱을 잊었다고 생각했고, 감정이 완전히 사라졌다고 바로 어젯밤까지만 해도 생각했는데, 진욱의 말에 가슴이 또 설렌다. 보라는 그런 자신이 싫었다. 왜 늘 진욱 앞에서는 이렇게 약해져야만 하는 걸까?

"생각해봐. 우리가 3년 만나고 5년 헤어져 있었나? 그리고 뉴욕에서 다시 만나서 2년쯤 사귀다 또 헤어지고. 그리고 벌써 4년이 지났네. 알아, 보라야. 네가 나 때문에 많이 상처받았던 거. 그런데 우리 헤어져 있어도 이별한 게 아닌 것 같은 그런 느낌 안 들어? 이상하게 들릴지 모르지만, 나는 너랑 이별했다고 생각한 적 없어. 잠시 떨어져 있었던 것뿐이지."

이기적인 진욱의 말에 보라는 증오심이 치밀었지만, 그의 말에 아니라고 강하게 부인할 수도 없었다. 헤어져 있던 순간에도 항상 전화 한 통이면 진욱이 달려와 줄 것만 같았다. 하지만 진욱의 감정이 보라에게만 향해 있을 거라고 확신할 수 없었다. 진욱은 늘 스캔들의 단골 주인공이었고, 그가 누군가와 사귄다는 소식이 들려오면 괴로웠다.

"싫어. 새해 아침에 내게 찾아온 사랑이 결국 또 최진욱인 거는 싫어."

진욱은 코웃음을 치며 커피를 내리기 위해 여과지를 커피머신에 넣었다.

"이 자식이 말이야. 소보루, 너 잘 생각해라. 너도 이제 해 넘겼으니 서른다섯이야. 여자 나이 서른다섯이면 누가 데려 가냐? 오빠 사업도 잘되고, 돈은 원래 많은 거 네가 알 거고, 자, 이제 그만 방황하고 오빠 품으로 돌아와."

진욱의 말이 진심이었는지, 그냥 하룻밤 섹스를 한 전 여자친구에 대한 예의였는지 보라는 알 수 없었다. 하지만 그의 말이 고마웠다. 진욱과 함께 라면을 먹고 커피를 마시면서 보라는 그에게 잠시 기대고 싶다는 생각을 했다. 드라마에서처럼 아침에 한 침대에서 눈을 떴을 때, 어색하게 일이 있다고 둘러대거나 다시는 연락 안 할 거면서 '전화할게'라고 말했다면, 보라는 상처받아서 다시는 진욱의 얼굴을 보지 않았을 것이다.

적어도 오랜 시간 연애와 이별을 반복한 진욱은 보라에게 그런 실망감을 주진 않았다. 그래서일까? 단호하게 거절하고 그의 집을 나서는 보라의 마음은 왠지 모르게 흔들렸다.

#29 우리 행복했던, 어느 멋진 날

낡은 벤치에 앉아 눈을 감고
마음속으로 다섯을 센 뒤
고개를 들어 눈을 뜰 때
넌 최고의 오후를 만나게 될 거야
_공원여행 | 페퍼톤즈

베이징올림픽 열기가 한창이었다. 미소는 연예정보 프로그램의 리포터로 베이징에 가 있었다. 시트콤에서 오버 연기를 보여주며 큰 웃음 준 미소가 베이징에서도 G컵 가슴을 흔들며 돌아다닐 상상을 하니, 보라와 희재는 웃음이 났다.

보라와 희재가 3개월 만에 압구정동 두레 국수 집에서 만났다. 보라가 초봄부터 뮤지컬 연습에 올인하고 7월 말까지 공연한 터라 따로 만날 시간이 없었다.

뮤지컬은 진욱과 보라의 오작교였다. 보라가 진욱과 연애를 다시 시작해야 할지 말아야 할지 고민하고 있을 때, 그는 보라에게 뮤지컬에 출연해서 연기에 대해 더 배울 것을 제안했다. 진욱이 과동기였던 김형석 연출의 작품에 보라를 추천했고, 뮤지컬이 첫 경험이었던 보라는 진욱에게 대본 분석부터 무대에 대한 많은 것들을 배웠다. 그렇게 일 이야기를 하다 자연스럽게 사적인 이야기도 하게 됐고, 술 한잔하다 보면 진욱의 침대나 보라의 침대 위에서 눈을 떴다. 누가 먼저랄 것도 없이 두 사람은 예전처럼 또 자연스럽게 연애를 시작했다.

"나 살 너무 많이 쪘지?"

희재는 그 사이 살이 더 불어 있었다. 하지만 솔직하게 말하면 상처받을까 봐 보라는 말을 돌려서 하고 있었다.

"우리 나이를 생각해. 서른 중반이면 원래 다 살쪄. 나도 팔뚝이랑 뱃살 있잖아. 이 팔뚝 살은 왜 안 빠지는 걸까?"

희재는 보라가 빈말을 하고 있다는 걸 안다. 보라가 직언할 아이 같았으면 상처받을 게 두려워 묻지도 못했을 테니까.

"그렇게 말 안 해도 돼. 네가 어디 살쪘니? 대학 때나 지금이나 몸은 똑같은데. 나 57kg이야. 대학 때보다 10kg 찐 거야. 진짜 미치겠어."

"공부 때문에 너무 스트레스받는 거 아니야? 당연하지. 박사과정이 어디 쉽니? 너 진짜 대단한 거야. 희재 네가 서른 중반 넘어서까지 공부할 거라고 나는 진짜 생각도 못했어. 박사 친구도 있고 진짜 자랑스럽다."

"아직 박사 아니야. 박사 논문이나 쓸 수 있을지 모르겠다. 우리 교수님은 왜 나더러 계속 공부하라고 했을까? 인제 와서 포기할 수도 없고."

희재는 비싼 등록금을 내면서 서른이 넘은 나이에도 이모에게 계속 부담을 줘야 하는지 불투명한 미래에 대해 고민이 많았다. 이모의 의류사업은 그런대로 불경기 없이 잘됐지만, 마냥 손을 벌릴 수는 없는 노릇이었다. 이모는 오십이 넘은 싱글인 채 혼자 장사를 하며 희재 뒷바라지를 하고 있었다. 이모는 엄마가 희재에게 이 세상에 마지막으로 남겨준 선물이었다.

"진욱 오빠랑은 잘 만나? 진짜 두 사람도 너무 질기다. 안 지겨워?"

희재의 말에 보라는 무안해서 피식 웃었다. 너무 오랜 시간 만나고 헤어지고를 반복하다 보면, 이별했을 때 숱하게 술 마셔주고 위로해준 친구들에게 염치가 없어진다.

"그런데 만난 시간보다 우리는 헤어진 시간이 더 길었으니까 너무 지겹거나 그렇진 않아. 희재 너는 요즘 만나는 사람 없어?"

"남들은 왜 공부하면서 연애를 못 하냐고 하는데, 학교에 한번 와보라 그래. 도서관에도 한번 와보고. 연애할 만큼 심장이 두근거리는 사람들이 단 한 명도 없어. 남자들이 날 봐도 그렇지 않을까? 나 이제 완전 아줌마 같잖아."

보라는 희재의 말에 고개를 강하게 저었다.

"너처럼 안 가꿔도 예쁜 애는 한 명도 못 봤어. 돈 들여도 못 이기는 게 모태동안이야."

"이래서 친구가 좋은가 보다. 만나면 서로 예쁘고, 아직도 괜찮다고 칭찬만 해주니까."

희재가 모처럼 밝게 웃었다. 두레 국수 한 그릇에 비빔밥까지 싹싹 긁어 먹은 보라와 희재는 오랜만에 혜영의 카페에 가서 커피를 마시기로 의기투합했다. 혜영도 오랜만에 카페로 들어서는 두 여인을 보고 반가워서 소리를 질렀다.

"희재 오랜만이다! 공부는 잘되고? 너 공부하는 데 방해될까 봐 언니가 전화도 못 했어."

오랜만에 보는 혜영의 얼굴은 더 팽팽해지고 볼록해져 있었다. 희재는 혜영의 볼을 보며 복어를 떠올렸다. 혜영의 술 마시자는 제안에 뮤지컬 공연을 막 끝낸 보라는 오랜만에 스트레스 풀고 싶다며 좋아했고, 희재도 언제 이렇게 얼굴 볼까 싶어 흔쾌히 오케이를 외쳤다.

오래된 친구들이 좋은 건 이렇게 오랜만에 만나도 전혀 어색함이 없다는 거였다. 혜영은 만난 지 30분 만에 생리불순이어서 고민스럽다는 얘기나, 지금까지는 딩크족이지만 더 나이 먹어서 아이 낳고 싶을까 봐 냉동 난자를 알아봤는데 비용이 너무 비싸고 과정도 힘들다거나, 예준과 거의 잠자리를 하지 않아 이제는 남매처럼 지낸다는 이야기를 술술 털어놓았다.

"미소는 베이징 갔지? 가기 전에 미소가 요즘 만난다는 축구선수랑 같이 왔었는데, 그 축구선수 허벅지가 진짜 거짓말 안 하고 이따만 해!"

혜영은 두 손으로 미소의 남자친구인 축구선수 허벅지를 묘사하고 있었다. 역시 혜영의 불만은 예준과의 원활하지 않은 잠자리에 있나 보다.

"이번에는 축구선수 만나?"

희재와 보라는 두레 국수를 먹은 지 3시간 만에 이탈리안 레스토랑에서 파스타와 샐러드를 와인과 함께 또 먹으면서, 미소의 끊이지 않는 남성편력 이야기에 귀를 솔깃하게 기울이고 있었다.

"미소가 너무 부러워. 아무리 생각해도 여자는 연하남이랑 사는 게 맞는 것 같아. 너희 형부, 이제 잘 안 되잖아. 완전 스트레스야."

"언니한테만 잘 안 되는 거 아니고?"

보라의 짓궂은 질문에 혜영은 눈을 흘겼고, 오랜만에 마신 와인에 기분이 좋아진 희재가 깔깔 소리 내어 웃었다.

"그런데 미소 남자 너무 막 만나는 거 아니야? 나는 미소가 섹스 지나치게 밝히고 솔직하게 말하는 거 안 좋아 보여. 사생활은 은밀한 거 아니야?"

역시 보수적인 희재였다.

"미소가 우리나라에서 살기에는 적합하지 않은 캐릭터이기는 하지. 나는 미소가 만나는 축구선수만 부럽다!"

그때 보라의 휴대폰이 울렸다. 진욱이었다.

"소보루! 어디야?"

진욱의 전화를 받은 보라의 얼굴에 행복한 미소가 번졌다.

"혜영 언니랑 희재랑 〈본쁘스또〉에 있어. 저녁 먹는 중!"

"다 데리고 우리 집으로 와. 지금 대한민국 야구가 올림픽에서 금메달을 딸지도 모르는 이 역사적인 순간에 함께 있지 않다는 게 말이 돼? 빨리 와!"

야구에는 별 관심이 없는 세 여자였지만, 한여름 밤의 축제 분위기를 즐기기 위해 진욱의 집으로 향했다. 와인도 여러 병 샀고, 맛있는 피자를 테이크아웃했다. 이제 마음껏 먹고 마시고 야구를 즐길 일만 남았다.

1시간 뒤, 진욱은 소파에서 보라를 끌어안고 야구의 룰에 대해 설명해주고 있었고, 혜영과 희재는 뒤늦게 온 예준에게 피자를 데워주고 샐러드를 접시에 더 담는 등 안주 상을 차렸다. 야구장 관중석에 미소가 있는지 한국

응원단을 비출 때 유심히 쳐다보던 이들은, 이승엽 선수의 홈런과 이용규 선수의 결승타로 한국 야구가 세계 최강 쿠바를 3대 2로 꺾고 금메달을 따는 순간, 얼싸안고 기뻐했다.

축구 룰을 몰라도 월드컵에서 우리나라 선수들이 이겼을 땐 기뻤고, 야구 룰을 몰라도 금메달 딴 건 얼싸안고 춤출 일이었다. 그날 진욱의 집에 모인 오래된 친구들은 밤새도록 와인을 마시며 오랜만에 즐겁게 지냈다. 모두에게 완벽한 멋진 하루였다.

◧ #30 너, 괜찮은 거니?

어쩌면 모든 게 거짓말 같이
어느 날 왔다가 또 사라져
그럴 땐 가만히 눈을 감은 채
휘파람 불면서 웃는 거지
_무지개 | 롤러코스터

새벽녘에 집으로 돌아간 희재의 전화를 받고 보라와 진욱이 잠을 깬 건 오전 9시였다.

"희재야, 왜?"

헤어진 지 5시간 만이라 딱히 어떤 사고가 일어났을 거라는 불길한 예감은 없었지만, 모두 지난밤의 과음으로 잠들었을 오전 9시에 걸려온 전화가 그냥 안부전화일 리는 없었다. 잠들어 있던 진욱은 보라가 전화를 받으려고 몸을 일으키자 그녀를 끌어당겨 품에 안았다. 보라는 진욱이 깰까 봐 작은 목소리로 소곤거렸다.

"왜? 아침부터 무슨 일이야? 무슨 일 생겼어?"

"인터넷 좀 봐봐."

순간 보라는 발끝부터 뒤통수까지 소름이 돋는 것 같은 오싹함을 느꼈다.

"오빠랑 내 기사 실렸어? 안 좋은 거야?"

"네 기사 아니야. 빨리 봐. 보고 전화해."

희재는 가라앉은 목소리로 전화를 끊었다. 스캔들 기사가 아니라고? 떨리던 심장은 한결 차분해졌지만, 도대체 무슨 일인가 싶었다. 또 다리라도 무너진 거야? 내가 아는 사람이 죽기라도 했나? 다급한 마음에 진욱의 서재로 가 컴퓨터를 켜고 포털 사이트를 연 보라는 충격에 두 손으로 얼굴을 가렸다. 맙소사!

포털 사이트 실시간 검색어 1위는 사라 민이었다. 2위는 민미소. 3위는 사라 민의 숨겨진 아이. 한 스포츠지에서 미소와 사귀었던 남자의 인터뷰 기사를 실었다. 미소에게 사기를 치고 사라진 남자였다. 미소를 한국에 오게 한 그 남자.

보라는 인터뷰 기사를 읽어 내려가기 시작했다. 리처드 킴은 미국에서 미소를 만나 순수하게 사랑에 빠졌으나, 미소는 처음부터 그의 경제력을 이용하려고 접근한 거였다. 미소를 사랑했기에 결혼할 생각으로 한국 함께 왔지만, 얼마 후에 미소에게 백인과의 사이에서 낳은 아이가 있다는 사실을 알게 됐다. 그 딸이 이미 일곱 살이며 미소의 전남편이 키우고 있지만, 미소는 리처드 킴을 만날 때도 결혼을 했었다는 것과 아이가 있다는 사실을 속였다. 리처드 킴은 미소를 사랑하기에 용서해주려고 했으나 미소가 일방적으로 헤어져 달라고 요구했고, 그 뒤에 TV에 출연하면서 유명해지자 그를 헌신짝 버리듯 버렸다.

기자가 본인의 신상이 공개될 것을 감수하면서까지 그녀의 사생활을 폭로하는 이유가 무엇이냐고 묻자, 리처드 킴은 이렇게 말했다고 기사에 쓰여 있었다.

"사라가 돌아왔으면 좋겠어요. 저는 빌려준 돈을 돌려받을 생각은 없습니다. 다만 진정으로 사랑한 사라가 더는 숱한 남자들을 만나며 방황하길 원하지 않습니다. 아이를 낳았고 결혼을 했었더라도 저는 여전히 그녀를 사랑합니다."

기사 밑엔 그가 미국에서 미소와 찍은 사진 몇 장이 실려 있었다. 미소의 상반신이 많이 노출된 채 모자이크 처리가 된 사진이었다. 일방적인 한 남자의 주장이 본인 확인도 없이 인터넷을 통해 공개됐고, 이 사건의 당사자인 미소는 지금 베이징에 있다. 보라는 송 대표에게 전화를 걸었지만, 통화 중이었다. 이미 송 대표의 휴대폰은 계속 울려대고 있었다.

신사동 해장국집에서 어제 승리의 영광을 함께 나누었던 맴버가 다 모인 건 오후 2시쯤이었다. 모두 미소 기사에 충격을 제대로 받은 듯 했다.

"이게 대체 어떻게 된 일이야? 보라랑 희재는 알았어? 미소가 결혼하고 애를 낳았다는 거?"

혜영의 심란한 질문에 보라와 희재는 동시에 고개를 저었다.

"꼭 결혼해야만 아이를 낳나. 동거하다 낳았을 수도 있지."

진욱이 해장국을 먹으며 덤덤하게 말했다.

"그나저나 미소 그 계집애 앙큼하네? 어떻게 그런 중요한 사실을 숨겨? 근데 왜 숨긴 걸까? 이혼한 게 쪽팔렸나?"

혜영이 흥분해서 말했다. 친구였지만 이 순간 미소에게 더 비판적인 말을 쏟아내는 건 여자들이었다. 오히려 남자들은 이 상황을 이성적으로 판단하고 해결책을 마련하려고 고심 중이었다.

"지금 미소 신상이 다 털리고 있어. 확인되지 않은 사실부터 미소가 꽃뱀이라는 등, 몸으로 비즈니스 해서 방송에 데뷔하고 TV에 나오는 거라는 등 난리가 났다고. 내가 미소라면 그 악플 보고 죽고 싶을 거야."

진욱의 말에 보라도 공감했다. 그건 연예인으로 살아가는 두 사람이기 때문에 충분히 공감할 수 있는 부분이고, 그들이 항상 두려워하는 일이었다. 문제는 지금 이 시간까지 미소와 아무도 연락이 안 된다는 사실이었다.

미소는 스타일리스트 한 명과 단둘이 베이징에 갔다. 함께 간 방송 스태프들 말로는 오전에 호텔 레스토랑에서 그녀를 보았고, 누군가 인터넷 뉴스에 관해 이야기해주었으며 그 뒤로 미소를 본 사람은 없었다.

미소와 유일하게 통화한 사람은 송 대표뿐이었다. 미소는 그 남자가 사기꾼이고, 자신에게 돈을 빌려 도망갔다고 억울해했다. 딸이 있는 건 인정했지만, 결혼은 하지 않았고, 그 사실을 숨길 수밖에 없었다고 송 대표에게 털어놓았다. 하지만 그 전화통화가 마지막이었다. 미소의 휴대폰은 계속 꺼져 있었다.

미소는 베이징에 함께 간 스타일리스트도 모르게 호텔에서 사라졌다. 인터넷에서는 갑자기 사라진 미소를 두고 사실을 인정하기 두려워 어디론가 도망간 것이 분명하다고 실시간 기사를 쏟아냈다. 상황이 이렇게 되자 보라와 희재와 혜영도 인터넷 뉴스를 믿어야 하나 혼란스러웠다.

"송 대표랑 통화했어. 미소가 아니라고 그랬대. 그 사기꾼이 미소 돈 다 해먹고 도망간 건 우리 모두 알고 있는 사실이잖아. 아이 문제는 너무 개인적인 일이니까 얘기 안 했을 수도 있어. 사정이 있었을 거야. 미소를 믿자. 우리가 안 믿어주면 누가 미소를 믿어줘."

보라의 말에 혜영과 희재가 심란한 얼굴로 고개를 끄덕였다. 하지만 속으로 진짜 미소의 정체가 뭘까 궁금해했다. 혜영은 여전히 미소가 앙큼하다고 생각했고, 희재는 배신감마저 느꼈다.

'그런 중요한 일을 어떻게 감쪽같이 속일 수 있지? 애가 있는데도 싱글인 척하면서 수많은 남자를 만나고 다녔단 말이야?'

희재는 자신의 기준으로 미소에게 도덕성의 잣대를 들이댔고, 마음속으로 그녀를 비판했다.

보라는 앞으로 계속 쏟아질 미소에 관한 기사가 마치 자기 일인 것처럼 두려웠다. 친한 친구란 이유로 보라에게도 불똥이 튈 게 뻔했다. 이미 보라의 휴대폰도 안면이 있는 기자와 PD, 작가의 전화로 쉴 새 없이 울려댔다.

보라는 친구의 불행 앞에서 자신의 이익도 생각해야 하는 인간의 이기심에 절망하면서도 혹시나 연관 기사가 떴을까 하는 불안감에 인터넷에 자신의 이름을 수시로 쳐보았다. 그리고 어느 곳에서인가 두려움에 떨고 있을 미소를 생각했다.

'미소야. 너 괜찮은 거니?'

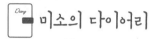

미소의 다이어리

제 목소리, 들리세요? 제 이야기를 듣고 계신가요? 저 기도라는 걸 처음 해봐요. 너무 두렵고, 무섭고, 절망스러워서 지푸라기라도 잡고 싶은 심정으로 무릎을 꿇었어요. 베이징에서 도망치듯 비행기를 타고 집에 왔을 때, 엄마는 울면서 기도하고 계셨어요. 엄마가 뭐라고 말씀하시던가요?

솔직히 저 억울하고 분해요. 왜 제게서 모든 것을 빼앗아 가시는 건지. 아무리 제가 살아온 서른다섯의 인생을 돌이켜봐도 제가 잘못한 게 없어요. 남의 것을 탐내지 않았고, 욕심부리지 않았어요. 사랑하고, 사랑을 믿은 게 죄인 건가요?

존을 사랑했고 그의 약속을 믿었어요. 미국에 와서 적응하지 못하고 방황할 때 존은 따뜻한 울타리가 돼줬고, 너무 사랑해서 그 사람과 결혼하고 싶었어요. 하지만 제가 임신을 하자 존은 변했어요. 당황스러워했고, 자신의 아이가 아닐지도 모른다고 의심했을 때, 제가 받았던 상처는 말로 이루 표현할 수 없어요.

혼자라도 낳아서 키울 생각이었어요. 어렸을 때부터 외롭게 자라서인지 아이를 꼭 낳고 싶었거든요. 엄마한테도 배부를 때까지 숨겼고, 그렇게라도 해서 제 아이를 지키고 싶었어요. 하지만 아이를 낳았을 때, 존의 부모님은 저를 버러지 취급하면서 아이만 데려간다고 말했어요.

그때 마음고생으로 살이 얼마나 빠졌는지, 제 가슴 사이즈가 아마 D컵

까지는 줄었을 거예요. 퀭한 눈과 야윈 볼을 보면서 사람들은 제가 알코올
중독자인 줄 알았죠. 그때 제가 할 수 있는 일은 없었어요. 아이가 보고 싶
어도 볼 수 없었고, 존도 우유부단했죠.

그렇게 힘든 시간을 견디고 있을 때 리처드를 만났어요. 김춘식. 그 개
자식 아시죠? 너무 외롭고 힘들어서 다정하게 잘해주는 그 사람에게 마음
을 열었어요. 사랑은 또 다른 사랑으로 치유된다고 하잖아요. 엄마한테는
미안하지만, 미국에서 받은 상처를 잊고 다시 잘 살아보고 싶어서 그 남
자와 한국으로 간 건데, 그는 제 돈을 빼앗아 사라졌어요. 제가 잘못한 게
있다면 무엇일까요? 남자를 믿은 죄? 사랑에 자주 빠지는 죄? 상처받으
면서도 강한 척, 씩씩한 척한 죄?

외로워서, 혼자서는 너무 외로워서 항상 누군가와 함께 있고 싶었고, 그
게 사랑하는 사람이라면 더할 나위 없이 좋다고 생각했어요. 정말 한순간
도, 진심이 아닌 적은 없었어요. 사랑하는 사람의 품에서, 팔베개를 하고
잠드는 순간이 가장 포근하고 행복했던 기억이라고 말한다면, 믿으실까요?

저는 이제 한국으로 돌아가기 어렵겠죠. 돈 많은 남자를 골라서 사귀고,
몸으로 로비해서 방송에 나온다는 소문이 인터넷에 쫙 깔렸대요. 아이까지
있으면서 미혼인 척 속였다고 악플이 장난 아니래요.

저는 두려워서 보지 못했어요. 사람들은 제가 강하고 씩씩하다고 하지
만, 전 두려움을 피해요. 무서워서 마주하지 않는 거죠. 그 실체를 들여다
보면 너무 무서울 것 같아서, 무너질 것 같아서요.

베이징에서 바로 한국으로 가고 싶었어요. 송 대표가 명예훼손과 불법사

실을 유포한 죄를 물어 소송을 진행하자고 했을 때, 한국에 가서 제 입장을 말하고 진실을 밝히고 싶었어요. 하지만 또 두려웠죠. 이미 상반신이 노출된 사진을 사람들이 다 봤는데…… 보라랑 희재랑 혜영 언니랑…… 친구들이 제게 실망했을 텐데, 그 사람들 얼굴을 어떻게 볼지, 그게 제일 두려웠어요.

그리고 또 하나의 이유는……, 엄마와 제니 때문이었어요. 미국까지 찾아온 송 대표를 엄마가 돌려보내면서 한 말씀 하셨어요. 시간이 지나가길 조용히 기다리라고요. 제니에게 부끄러운 엄마가 되지 말라고요. 세상에 태어나서 그렇게 많이 울었던 순간은 그때가 처음이었던 같아요. 부모님께서 이혼해서 엄마랑 헤어지게 된 날보다, 보라랑 희재랑 이별하고 미국에 왔을 때보다, 존이 제니를 부정했던 그 순간보다, 제니에게 부끄러운 엄마가 되지 말라는 이야기를 들은 순간……, 저는 무너지고 말았어요.

언젠가 다시 세상 밖으로 나가서 친구들에게 제가 살아온 지난날의 이야기를 용기 내서 할 수 있는 날이 오겠죠. 그리고 힘든 시간은……, 지나가겠죠. 언젠가는 저도 웃을 수 있겠죠. 시련에도 덤덤해지고, 다시 활짝 웃을 수 있는 날이 찾아오겠죠? 제발 그렇다고 말해주세요.

그런데 제 얘기 듣고 계시기는 한 건가요?

서른다섯에서
마흔 시절

Winter [겨울]

연애는 기다림이다

OPENING

예상하지 못했던 순간에 사랑의 난관이 찾아오잖아요.
나는 연애에 올인할 준비가 돼 있는데
상대방은 숨 고르기를 해야 하는 타이밍일 때.
나는 결혼을 원하는데 상대방은 마음의 준비가 안 됐을 때.
운명인 줄 알았는데 그냥 스쳐 지나가야 하는 인연일 때.

그리고 또 예상하지 못했던 순간에 사랑이 찾아오기도 합니다.
지난 연애의 상처 때문에 다시는 누군가를 사랑하지 못할 거라고 절망하는 순간.
내 인연은 없는 거라고 단정 짓는 순간.
나는 사랑받지 못하는 사람이라고 자학하는 순간.
이럴 때 불현듯, 내 심장을 다시 뛰게 하는 봄날 같은 사랑이 찾아오기도 하죠?

겨울이 지나면 언제나 봄이 오듯
상처투성이인 이별, 긴 기다림 뒤엔 벚꽃처럼
화사한 그 사람이 당신을 향해 걸어오고 있을 거예요. 싱그럽게 웃으면서.

잘 지내나요?

나는 잘 지냅니다.

미안해요.

먼저 이 말이 하고 싶었습니다.

항상 곁에 있어준다고 해놓고,

당신이 힘들 때 한쪽 어깨를 빌려준다고 해놓고,

다시는 외롭게 하지 않겠다고 해놓고,

용기 없는 난 그렇게 도망쳤습니다.

이해해달라거나 용서해달라는 말은 하지 않겠습니다.

당신이 그리웠다는 말도 하지 않겠습니다.

부디 행복하기를.

진심으로 미안했어. 희재야.

2009년 10월 30일. 제임스.

▓ # 32 연애에 해답은 없다

이별을 거치고 나면
보잘 것 없을 사랑일 뿐인데
왜 그땐 눈이 멀도록 빛나 보였는지
_ 사랑에 미치면 | 임정희

2009년 11월의 괴담은 신종플루였다. 심한 감기로 응급실을 찾았던 혜영은 신종플루 판정을 받고 1주일 동안 집에서 쉬었다. 하루에 9천 명씩 신종플루에 걸리면서 그야말로 대한민국은 신종플루의 공포에 휩싸였지만, 혜영은 예준도 없는 빈집에서 혼자 투병하며 서러움을 느꼈다.

사십대에 접어들자 면역력이 약해진 건지 혜영은 평소 안 걸리던 감기에 자주 걸렸고, 눈도 침침해졌다. 아직 돋보기를 맞출 마음의 준비가 안 됐던 혜영은 신종플루에 걸리자 더 의기소침해졌다. 이럴 때 남편이라도 곁에 있어주면 좋으련만.

예준은 한 포털 사이트의 의뢰를 받아 아름다운 한국의 사진을 찍기 위해 장기간 출장 중이었다. 거제도에서 전화가 오기도 했고, 여수에서 전화가 오기도 했고, 처음 듣는 생소한 지역에서 전화를 걸어오기도 했다. 보라가 바로 옆 동에 살긴 했지만, 혜영이 신종플루를 옮길 수 없다며 병문안을 거절해, 보라는 하루에 두세 번 씩 전화로 그녀의 상태를 체크했다.

진욱이 사업과 드라마 촬영 때문에 중국으로 떠난 지도 두 달이 다 돼가자, 보라는 부쩍 혜영과 희재에게 전화하는 일이 잦아졌다. 남편이 있든, 남자친구가 있든, 완벽한 싱글이든 외롭기는 마찬가지였다. 혜영은 신종플루에 걸려서 우울했고, 보라는 남자친구가 1년에 반 이상은 중국에 가 있어서 외로웠고, 희재는 삼십대 대부분 시간을 공부하면서 보내야 한다는 사실이 우울해서 히스테리가 심해졌다.

혜영이 신종플루에서 완쾌되고 며칠 후, 보라는 자신의 집에서 와인을 마시자고 제안했다. 보라는 파스타와 두부 샐러드를 만들었고, 혜영은 보르도 와인 3병과 남은 타미플루를 선물로 가져왔고, 희재는 백화점 식품관에 들러 치즈와 과일과 나초를 샀다. 오랜만에 보라의 집에서 그녀들만의 파티가 시작됐다.

보라가 두 사람을 초대한 건 극장에서 보지 못했던 영화 〈섹스 앤 더 시티〉 DVD를 함께 보기 위해서였다. 연애를 책이 아니라 〈섹스 앤 더 시티〉에서 보고 배웠다고 말할 정도로, 삼십대 여자들에게 〈섹스 앤 더 시티〉가 미치는 영향은 컸다. 6번째 시즌이 모두 끝나자 전 세계 여성들은 아쉬워했고, 몇 년 후 영화로 제작돼 미국에서 개봉되던 날, 〈섹스 앤 더 시티〉의 그리운 4명의 주인공을 보기 위해 수많은 여성이 극장 앞에서 줄을 섰다고 하니, 그 인기가 어느 정도인지 짐작할 수 있었다.

장소는 보라의 집 거실. 영화 〈섹스 앤 더 시티〉는 시작됐다. 막 출시된 보르도 와인을 나눠 마시면서 세 여인은 영화에 집중했다. 〈섹스 앤 더 시티〉의 마지막 시즌에 주인공 캐리는 오랜 시간 만남과 이별을 반복했던 빅과 파리에서 재회했고, 열린 해피엔딩으로 끝났다. 보라는 자신의 상황과 비슷한 캐리와 빅 커플에게 집중했고, 남편이 부재중이라 욕구불만인 혜영은 사만다에 공감했으며, 희재는 자신과 성격이 비슷해 예전부터 좋아했던 미란다의 결혼 후 고단한 삶을 안타까워했다. 〈섹스 앤 더 시티〉가 이삼십대 여성들에게 인기를 끈 이유 중 하나는, 성격도 다르고 개성도 다른 4명의 주인공 모습에서 자신의 모습을 발견했기 때문이다.

"뭐야? 결혼식 날 도망간 남자를 캐리가 또 용서해주는 거야? 완전 대박. 캐리는 왜 저래? 남자가 빅밖에 없어? 그 착한 에이든을 바보처럼 놓치고."

희재가 영화가 끝나갈 무렵 와인을 마셔 자줏빛으로 물든 입술로 말했다. 희재는 캐리의 마음을 늘 아프게 하는 빅보다는 착실한 에이든을 좋아했다. 자상하고 한결같은 에이든. 에이든은 제임스와 닮았다.

"나는 빅이 결혼식 전에 도망간 게 이해되는데? 솔직히 캐리는 결혼 준비하면서 남들 눈에 비치는 화려한 자신의 모습을 사랑한 거지, 배우자인 빅을 배려하지 않았잖아. 캐리도 잘못이 있어."

보라는 빅과 캐리가 재결합해서 아주 기쁜 나머지, 나쁜 남자 빅을 두둔했다. 그러자 혜영이 반박했다.

"빅이나 에이든이나 결혼해봐. 다 똑같지. 내가 볼 때는 사만다가 제일 영리해. 자기 좋은 거 하면서 사는 게 최고라고. 남자친구가 유명한 배우면 뭐하니? 바빠서 집에도 자주 못 오고, 그 좋아하는 섹스도 못하는데. 내가 행복한 게 최고야!"

역시 같은 영화를 봐도 보는 관점도 다르고 보고 난 후의 느낌도 다르다. 벌써 보르도 와인은 세 병째 비어 있었고, 보라는 빈 파스타 접시를 치우고 희재가 사온 치즈와 과일을 담아 가져왔다.

"왜 캐리가 결국 빅뿐인지 알아?"

혜영의 질문에 보라는 두 사람이 운명이라고 대답했고, 희재는 캐리가 남자 보는 눈이 없어서라고 말했다.

"그건 빅이 캐리가 어떤 여자인지를 가장 잘 알아서야. 에이든은 캐리랑 동거하려고 할 때 집 합치면서 캐리 옷장을 없애려고 했잖아. 옷이랑 구두가 너무 많다면서 투정했어. 자기 짐을 놓을 자리가 없으니 옷장을 없애자고. 그런데 빅은 프러포즈를 반지로 하는 대신 캐리에게 멋진 드레스룸을 만들어주겠다고 했어. 무슨 뜻인 줄 아니? 캐리는 넓은 집이나 다이아 반지보다 아름다운 드레스룸과 구두를 사랑하는 여자야. 빅은 캐리를 잘 아는 거지."

혜영의 그럴 듯한 분석에 뜨거운 반응을 보인 건 보라였다.

"맞아. 나도 진욱 오빠를 만나면서 그런 생각 많이 해. 나를 이 세상에서 가장 많이 아는 사람은 오빠일 거라고."

와인을 마신 보라의 눈은 촉촉하게 젖어 있었다.

"아무리 나를 잘 알아도 세 번 이혼한 남자랑 운명이라면서 결혼할 수 있어? 빅이 아무리 부자여도 세 번이나 이혼하고, 바람까지 피우고, 진짜 최악의 남자 아니야? 자기 버릇 개 못 준다고, 그런 남자는 또 바람피울 거야. 한 번 배신한 사람은 바뀌지 않는다는 게 내 생각이야."

역시 시니컬한 희재다. 보라는 희재의 말에 갑자기 우울해졌다.

'언젠가 오빠가 나를 또 떠나갈까?'

그늘진 보라의 얼굴을 바라보면서, 혜영은 인생에도 연애에도 정답은 없는 거라고 말했다. 경험하고, 상처받고, 그러면서 성숙해지는 거라면서.

"제임스한테 메일 왔어."

역시 술을 마시니 마음의 빗장이 열린다. 술이 가져다주는 긍정적인 효과.

"헤어지고 처음이야. 거의 6년만인가? 그동안 단 한 번도 전화나 메일이 없었거든."

"뭐래? 보고 싶대?"

보라가 놀라서 잔을 테이블에 요란하게 내려놓다가 와인을 쏟을 뻔했다.

"그런 메일을 지금 와서 왜 보내? 안부가 궁금한 거면 전화를 하든가, 보고 싶다고 한 번 만나자고 하던가. 하여튼 소심하기는."

보라는 우유부단한 제임스가 안타깝다. 보라는 알고 있다. 제임스가 얼마나 따뜻한 사람인지를. 그리고 얼마나 희재를 사랑하는지를. 하지만 사랑하고 배려하는 방법이 모두 같지는 않다. 진욱은 자기가 원하면 이별하고, 보고 싶으면 또 찾아오는 일방통행 스타일이었지만 제임스는 아니었다. 그의 신중함과 배려 깊음은 희재에게 우유부단함으로, 그리고 자신을 사랑하지 않았다는 절망으로 받아들여졌다.

"제임스답다."

혜영이 남은 와인을 들이키며 씁쓸하게 말했다.

"생각해보자고 해놓고 마지막 인사도 없이 미국으로 갔으면서, 그게 다야? 어떤 사정이 있었다든지, 엄마를 설득할 자신이 없었다든지, 구구절절 변명이라도 해야 할 거 아니야. 대체 남자들은 왜 그렇게 이기적이야?"

보라는 흥분해서 눈물까지 글썽이고 있었다.

"'잘 지내나요', '미안합니다'. 그렇게 말하는 그 사람이 밉지 않았어. 이젠 다 잊었나 봐. 메일을 읽고 화가 나지 않았던 걸 보면. 그뿐이야. 끝!"

희재의 눈에도 물기가 촉촉하게 맺혔지만 울지 않았다. 희재가 화장실에 가겠다고 일어섰을 때, 보라는 제임스가 나쁜 놈이라고 중얼거렸다. 그때 혜영이 말했다.

"〈섹스 앤 더 시티〉 보니까 미소 생각난다. 우리의 '사만다', 미소! 잘 지내고 있겠지?"

그날 밤, 모두 어디선가 고통스러운 시간을 보내고 있을 미소를 떠올렸다. 그녀와 연락이 끊긴 지 어느새 1년이 넘었다. 서로 연락처를 알았지만, 친구들은 미소를 배려해서 연락하지 않았고, 미소는 친구들에게 전화할 용기가 나지 않았다. 그녀의 신상 파헤치기로 신이 났던 인터넷도 잠잠해졌고, 미소는 어느새 사람들의 기억 속에서 잊혀갔다.

사건 직후 LA로 찾아간 송 대표는 그녀의 어머니와 만났고, 미소가 조용히 살기를 바라는 어머니의 뜻에 따라 그냥 한국으로 돌아왔다. 미소에게 계약 위반에 따른 손해배상 청구나 그 어떤 책임도 묻지 않았다. 한 여자의 인생이 짓밟힌 것이 안타까워서였다. 대신 송 대표는 한국으로 돌아와 언론 잠재우기에 나섰다. 미국에 다녀온 직후 송 대표가 보라와 진욱에게 말했다.

"전남편도 나쁜 놈이고, 인터뷰한 이 자식도 개새끼고. 미소는 왜 남자 보는 눈이 그렇게 없냐? 동거하다 아이를 낳은 모양이야. 유태인이라 집안에서도 결혼을 반대했고, 미소가 임신했을 때 자기 아이가 아닐 거라고 부인했었나 봐. 그런데 막상 미소가 아이를 낳으니까 시댁에서 애만 데려갔대. 이 이야기도 미소 어머니한테 들은 내용이야."

미소는 마음속에 상처를 묻고, 강한 척하며 살아가는 여자였다. 인간은 각자 삶의 무게만큼 마음속에 남모를 비밀과 고통을 안고 살아간다. 한국에 있는 친구들은 미소에게 연락하는 대신 언젠가 하이톤의 목소리로 밝게 전화할 미소의 연락을 기다리기로 했다. 상대방이 받아들일 마음의 준비가 됐을 때 하는 위로가 진짜 힘이 되는 법이니까.

▰ #33 가장 적절한 결혼의 타이밍

반짝반짝 빛나던 우리 모습
나지막이 속삭이던 목소리
스쳐가는 모든 풍경 속에서
마주하는 그대와의 기억들
_ 반짝 반짝 빛나는 | 에피톤 프로젝트

보라는 아이폰의 기능을 익히기 위해 적응 중이었다. 도도하면서도 어딘지 모르게 똑똑하고 럭셔리한 요 녀석. MP3로만 음악을 다운받아 들었지, 아이팟도 써보지 않은 보라에게 진욱이 아이폰을 사라고 권유했다. 진욱은 항상 새로운 휴대폰이나 기계나 나오면 제일 먼저 사는 얼리어답터였고, 보라는 그의 조언에 따라 휴대폰도 바꾸고 벽걸이 TV도 샀다. 아이폰의 사용법은 어렵고 불편했지만, 신기한 기계임이 틀림없었다. 손안에 들어오는 작은 컴퓨터로 전화통화도 하고 정보검색도 하는 느낌이랄까? 스티브 잡스, 어쩜 이런 신기한 물건을 만들어 낸 거야?

지난밤 보라는 아이폰의 기능을 익히며, 김연아 선수가 밴쿠버올림픽에서 금메달 따는 장면을 스무 번쯤 보다가 새벽 무렵에 잠이 들었다..

오전 11시 30분. 보라는 영화 촬영지인 제주도에 가기 위해 카니발에 올라탔다. 김포공항까지 가서 낮 비행기를 타야 한다. 소속사에 밴을 사달라고 우길 처지도 아니었지만 보라는 장거리 촬영하러 다닐 때나, 대기실도 제대로 없는 야외촬영을 해야 할 때는 밴이 있었으면 좋겠다고 생각했다. 스물네 살 때 밴을 타고 다녔는데, 서른일곱 살 된 지금은 카니발을 타고 다니다니. 불과 10년 전까지만 해도 지금의 모습을 상상하지 못했다.

"라디오 좀 켜봐. 정선희 언니 라디오."

매니저는 운전하면서 주파수를 맞췄다. 그녀의 목소리가 아닌 낯선 여인의 목소리가 흘러나왔다.

"언니, 정선희 이제 다른 채널에서 라디오 해요. 103.5던가?"

매니저가 스타일리스트의 말에 주파수를 바꿨다. 그러자 익숙한 목소리가 흘러나왔다. 아……, 그렇지. 그녀에게도 큰 사건이 있었지. 어쩐지 TV에서도 모습이 안 보이더라니. 미소 일로 정신이 없고 영화 두 편을 연달아 촬영하면서 보라는 최근 라디오를 한참 동안 듣지 못했다.

보라는 부모님의 사고를 겪은 뒤, 다른 사람에게 어느 날 갑자기 일어난 불행에 대해서도 좀 더 진심으로 이해하게 되었다. 비록 녹화 때 한 번 만난 사이였지만, 옆집 언니처럼 친근하게 대해줬던 그녀에게 일어난 불행한 사건을 뉴스로 접하면서 마음이 아팠다. 안부라도 전하고 싶었던 보라가 방송에서 알려주는 번호로 문자를 보냈다.

"언니, 저 소보라에요. 지금 영화 촬영하러 제주도 가는 길인데, 앞으로 라디오 자주 들을게요! 신청곡 하나 들려주시면 안 될까요? 김태우 〈사랑비〉 듣고 싶어요!"

문자를 보낸 지 5분 만에 보라가 보낸 문자가 방송에 나왔고, 신청곡도 흘러나왔다. 방송을 듣던 보라와 스타일리스트는 신기하다는 듯 환호성을 질렀다. 그때 휴대폰이 울렸다. 보라는 미소를 지었다.

"오빠!"

"잘 지냈어? 뭐해?"

"공항 가는 길. 오늘 제주도 내려가면 보름은 서울 못 올 거야. 오빠도 촬영 잘하고 있어?"

"그럼. 자라탕 뱀탕 먹으면서 열심히 찍고 있지. 너무 몸보신 음식만 먹여서 힘을 쓸 데가 없네. 미치겠다, 보라야. 오빠 좀 살려줘!"

"으이그, 짐승!"

오히려 같은 서울 하늘 아래 있을 때보다 진욱이 중국에 가 있을 때 두 사람의 관계는 더 애틋했다. 항상 보고 싶다고 말하고, 외롭다며 투정부리는 진욱이 보라는 좋았다. 이십대에는 보라가 항상 진욱을 바라보고 연락하고 전화 횟수에 연연했다. 그런데 보라가 집착을 내려놓으니 이제는 진욱이 안달이었다.

"영화 촬영은 어때? 감독이랑 배우들이랑 사이는 괜찮아?"

"감독님이 과 선배잖아. 환경 오빠. 나를 많이 배려해줘."

"밥 잘 챙겨 먹고, 감기는 안 걸렸어? 너 피곤하면 편도선 자주 오잖아."

"편도선은 괜찮아. 그런데 집 떠나면 고생이라고, 객지에서 야외촬영 오래 하니까 체력이 달려. 오빠는 얼마나 힘들겠어. 먼 중국에서."

"짜식. 오빠 걱정하는 거 보니까 이제 다 컸네?"

"남들이 들으면 웃어. 나 아직도 애 취급하는 거. 이제 그 애가 늙어가고

있거든! 내가 동안이라서 사람들이 나이 많은 거 모르는데, 이제 서른일곱
이걸랑?"

"깜짝이야! 나 서른 넘은 여자와는 말도 안 섞는데. 네가 이십대인 걸로
착각했어. 전화 끊자. 늙은 여자랑 통화하니까 기 달린다."

"오빠!"

쩌렁쩌렁 울리는 보라의 고함치는 소리를 듣고 진욱은 기분이 좋아졌다.
먼 중국에서 힘들고 외로울 때 보라와 전화통화를 하면 기운이 났다.

진욱은 중국에서 드라마 촬영 중이었다. 50부작 사극. 아직 중국에서 그
의 인기는 괜찮았다. 콘서트도 잘됐고, 드라마 시청률도 높았다. 하지만 한
국에서는 점점 잊혀가고 있었다. 여배우에게만 나이가 부담스러운 짐은 아
니었다. 특히 한때 청춘스타였던 남자배우들은 과거의 인기에 연연할 수밖
에 없었다. 점점 처지는 피부와 떠나가는 팬들을 보면 우울해졌다.

진욱은 요즘 인생의 중요한 결정을 앞두고 고민하고 있었다. 바로 결혼
문제였다. 결혼한다면 보라와 해야 할 것이다. 그녀 외에 다른 여자는 생각
해본 적이 없다. 게다가 보라에게는 진욱밖에 없다. 이기심으로 더는 보라
에게 상처를 주면 안 된다고 그는 생각했다.

며칠 전 혜영이 전화했었다.

"이십대 때는 결혼하자고 조를 수 있어. 그런데 여자들이 서른 넘어가면
뭐가 강해지는 줄 알아? 자격지심이랑 자존심. 거절당할까 봐 두려워서 결
혼하자고 조르지도 못하고, 일부러 강한 척해. 보라가 말은 안 해도 결혼하

고 싶을 거야. 부모님도 안 계시고 형편이 여의치 않으니까 결혼하자고 말을 못 꺼내는 거지. 보라 나이 이제 서른일곱이야. 너도 서른아홉이고."

혜영은 전화를 끊기 전에, 보라가 빌려 간 돈 중 5천만 원을 갚았다며 진욱에게 입금했다고 말했다.

"왜 받아. 받지 말라니까."

"나도 대출받아서 빌려줬다고 했는데 무슨 수로 안 받아. 그러니까 빨리 결혼해. 결혼해서 네가 빌려준 거라고 털어놓으면 되잖아."

혜영의 전화를 받고 진욱은 마음을 굳혔다. 골치 아픈 중국에서의 사업을 정리하고 드라마가 끝나면 한국으로 돌아가서 보라와의 결혼을 서둘러야겠다고 결심했다. 하지만 벌여놓은 사업 때문에 골치가 아팠다. 사업을 괜히 시작했지. 진욱의 머리가 빠지고, 술 마셔서 뱃살이 늘어가는 건 이 사업 때문이다. 제기랄. 사업 문제 의논도 할 겸 박 대표랑 술이나 한잔해야지. 진욱은 며칠 전 중국에 들어왔다고 연락한 박희진 대표에게 전화를 걸었다.

🎬 #34 늙은 언니의 충고

이리와 근심은 거기 두고
올지도 모르는 내일 걱정
한잔 술에 매콤한 안주 삼아
이 밤 함께 나누자
_늙은 언니의 충고 | 조정치

2010년 월드컵은 남아공에서 열렸다. 죽을 때까지 몇 번의 월드컵을 봐야 하는 거지? 8년 동안 3번의 월드컵을 치르며 이미 체력이 바닥난 보라가 촬영지인 제주도에서 스태프들과 함께 대한민국의 사상 첫 원정 16강 진출을 축하하며 맥주를 마시고 있을 때, 혜영이 병원에 입원했다는 희재의 전화를 받았다.

가장 먼저 혜영이 입원한 삼성제일병원으로 달려간 건 희재였다. 보라는 제주도에서 올라오려면 이틀을 더 지내야 했고, 진욱은 중국에 있었기 때문에 희재만 예준의 전화를 받고 한걸음에 병원으로 달려갔다.

혜영은 자궁적출 수술을 받고 입원 중이었다. 갑작스러운 하혈로 삼청동 카페에서 병원으로 실려 왔고 곧 수술을 받았다. 외의로 예준과 혜영이 담담했기에 희재는 가벼운 농담을 던져야 할지, 침묵하고 눈물을 보여야 할지 판단이 서질 않았다.

"언니……."

병실 침대에 누워 있는 혜영은 화려한 호피무늬 블라우스를 입고 화장을 했을 때의 세련된 모습이 아니었다. 화장을 지운 맨얼굴에는 기미가 제법 보였고, 환자복을 입고 누워 있는 혜영의 모습에서 희재는 죽은 엄마의 모습을 보았다. 엄마가 마흔 살이 되기도 전에 죽었으니, 혜영은 이미 그 나이보다 더 늙은 중년 여성의 모습이었다.

"자기야, 희재 주스라도 줘. 냉장고에 보면 아까 언니가 사온 주스 있어."

희재는 괜찮다고 극구 사양했다. 집들이 온 것도 아닌데 지금 대접할 때야. 아파서 누워 있으면서. 희재는 수척해진 혜영의 얼굴을 보며 속상했다.

"별거 아니야. 수술했으니까 회복하면 돼. 너 이제 집에 가. 공부하느라 힘든 애가 뭘 여기까지 와. 뭐 대단한 수술 했다고."

"성격도 참. 지금 공부가 대수야? 나는 뭐 대단한 공부 한다고."

"박사는 아무나 되니? 논문 준비하느라고 힘들 텐데, 어서 집에 가."

고집스러운 혜영을 말린 건 예준이었다.

"쫌! 온 사람을 그렇게 빨리 쫓아내면 되냐? 나 배고파. 나가서 밥이라도 먹고 올 테니까 희재랑 좀 놀아. 희재야, 나 밥 먹고 온다."

희재는 예준에게 웃으면서 고개를 끄덕거렸다. 예준도 충무에서 촬영하다 혜영의 입원 소식을 듣고 한걸음에 달려왔다. 하혈이 심해 예준이 도착하기 전, 수술 동의서에 혜영의 친언니가 사인하고 수술을 했다.

"기분이…… 어때?"

"더럽기도 하고, 시원하기도 하고."

희재는 입을 꾹 다물었다.

"여자 나이 마흔 넘어도 자궁은 뭔지 모르게 자부심 같은 거잖니. 어릴 때나 생리하면 귀찮고, 생리 양 많다고 짜증 내지, 나이 먹으면 생리양이 줄어도 기분 나쁘잖아. 솔직히 애도 안 낳을 건데 마흔 살 넘어서부터는 생리가 끝나면 어쩌나 걱정도 했거든."

서른일곱 살인 희재도 공감하는 부분이었다.

"그런데 마음속으로는 계속 찜찜한 거야. 어른들이 인생을 섭리대로 살라고 했는데, 여자로 태어났으면 애도 낳고 그래야 자궁도 '내가 할 몫을 했구나' 그러면서 자부심을 느낄 거 아니니. 그런데 나는 그냥 섹스용으로만 썼으니 벌 받았나 싶기도 하고."

"그래도 정말 다행이야 언니."

"그렇지? 다행이라고 생각해야겠지? 위암, 간암 이런 거 아닌 게 얼마나 다행인지……. 희재야, 마흔 넘으면 하루하루 불안한 게 있어. 왜 머리 묶을 때 고무줄에 머리카락 몇 가닥 껴서 은근히 잡아당기는 것 같은, 그런 불쾌한 기분 알아? 40년 넘게 건강하게 살았는데, 이제는 뭐 하나 고장 날 때도 되지 않았나, 감기만 걸려도 어디 크게 아픈 건 아닌지 은근히 걱정된다니까."

혜영은 최근까지도 아이를 낳을 생각이 없었다. 하지만 젊은 여자들 사이에서도 자궁근종이 많다는 얘기를 들으면서, 생리 양이 조금만 줄어도 걱정했고, 하혈처럼 피가 보일 때는 암이 아닌지 의심도 했다. 하지만 걱정만 할 뿐, 일이 바쁘다는 핑계로 건강검진도 제대로 받지 못했다.

"다 핑계지, 뭐가 그렇게 바쁘겠어. 네일 관리 받을 시간도 있고, 스파 갈 시간도 있고, 너희 만나서 술 마시고 떠들 시간은 있는데, 건강검진은 할 시간이 없다는 건 다 핑계야. 난 벌 받았다고 생각해."

혜영의 말을 듣다 보니 희재도 은근히 걱정됐다. 태어나서 지금까지 건강검진이라는 걸 받아본 적이 없었다. 오십대 중반이 된 이모도 걱정됐다. 희재 이모도 결혼하지 않은 채 아직 싱글인데, 그럼 이모 몸도 고장 날 확률이 높은 거 아닐까?

"시간 없고 돈 아깝다고 핑계 대지 말고, 너도 병원 온 김에 건강검진 예약하고 가. 나이 더 먹어봐. 건강한 게 최고라는 언니 말을 공감하게 될 테니까."

혜영의 말에 공감은 했지만 희재는 사양했다.

"백날 얘기해도 몰라. 네 몸에 이상 생기면 그때나 병원 가지. 그냥 늙은 언니 잔소리로 들어둬."

수술하고 누워 있으면서도 희재의 건강을 걱정하고 건강검진을 추천하다니. 역시 혜영은 오지랖이 넓었다. 그때 누군가 병실 문을 두드렸다. 퀵서비스가 도착했다. 희재가 박스를 받아 혜영이 잘 볼 수 있도록 침대 위에서 박스를 열었다.

상자 안에는 형형 색깔 야시시한 속옷이 한가득 들어있었다. 빅토리아 시크릿 티 팬티와 호피무늬 브라는 물론, 영화에서나 봤지 실제로 착용을 거의 하지 않는 가터벨트와 실크 가운까지 들어 있었다. 편지도 함께 있었다.

'언니, 이틀 후에나 서울에 올라갈 수 있어. 울지 않을게. 언니 성격을 아니까. 아이디어 소보라, 카드결제 최진욱, 쇼핑은 서울에 있는 우리 스타일

리스트 언니 안목을 빌렸어. ^^ 빨리 완쾌해서 예쁜 속옷 입고 형부랑 불타는 밤 보내길!'

속옷 선물에 혜영은 소리 내어 웃었다. 희재는 웃는 그녀의 모습을 보자 마음이 놓였다. 그리고 이런 기발한 생각을 한 보라가 부러웠다. 자신은 주스를 사들고 와야 하나, 죽을 포장해 와야 하나 한참을 망설이다 혜영이 좋아하는 꽃을 사들고 병문안을 왔는데.

희재는 몸이 아플 때나 마음이 아플 때 누군가를 웃게 할 수 있다면, 그게 최고의 위로라고 혜영의 병실에서 생각했다. 그리고 늙은 언니의 충고를 잘 새겨듣기로 했다. 건강검진 예약을 실천에 옮김으로써.

#35 그대는 나의 뮤즈

마치 좋은 일이 생길 것만 같은 날이야
마치 어제까진 나쁜 꿈을 꾼 듯 말이야
이젠 행복해질 것만 같아
혼잣말 나지막이 해보네
_something good | 자우림

보라가 민재의 전화를 받은 건 태풍 곤파스의 영향으로 촬영이 취소되어
집에 머물던 일요일이었다. 낯선 번호를 보고 전화를 받을까 망설이던 보
라는 아이폰을 집어 들었다.

"소보라 씨 휴대폰인가요?"

중저음이 젠틀한, 왠지 낯이 익은 한 남자의 목소리였다.

"맞는데요, 누구세요?"

"제 목소리도 못 알아들으시고 실망입니다."

누구지? 보라는 목소리를 기억해내려고 애썼다.

"뉴욕에서 제게 빚이 있으실 텐데요. 저녁값이랑 택시 값."

순간 보라는 8년 전 뉴욕에서 지갑을 잃고 길을 헤맬 때, 우연히 만나 저
녁 식사를 하고 아파트까지 바래다줬던 민재의 얼굴을 떠올렸다.

"혹시……, 민재?"

"그래도 제 이름은 잊지 않으셨네요. 감사합니다."

민재의 목소리는 낮고 차분했지만 호탕한 뉘앙스가 있었다.

"너무 오랜만이야. 그런데 어쩐 일이야?"

"제가 안 하면 선배가 전화 안 하실 거니까요. 뉴욕에서 우리 헤어질 때 했던 마지막 인사가 뭔 줄 알아요? 전화할게, 바로 이 말이었는데."

민재의 말에 8년 전, 뉴욕 소호의 아파트 앞에서 그와 마지막 인사를 나누었던 장면이 떠올랐다. 저녁을 먹고 와인까지 마셔 기분이 좋았던 밤, 민재와 아파트 앞에 다다랐을 때 진욱이 서 있었다. 진욱을 보고 당황한 보라는 민재에게 '전화할게'라고 마치 바람을 피우다 들킨 사람처럼 어색하게 인사를 했고, 민재는 진욱을 보고 가볍게 인사하고 돌아섰었다.

"미안해. 핑계 같지만, 그동안 나한테 일이 좀 많았거든."

"뉴욕에서 부모님 기사 봤어요. 그래서 선배 생각할 때마다 마음이 안 좋았다고 하면 믿으실까요?"

"믿을게."

0.1초의 망설임도 없이 나온 보라의 대답에 민재의 마음이 가벼워졌다.

"고마워요. 선배 아름다운 모습을 TV에서 계속 보게 해줘서."

8년이나 지났지만 민재는 여전히 다정하고 따뜻하다.

"선배 요즘 스케줄이 어떠신지 궁금해서요. 영화 촬영 거의 끝났죠?"

민재는 보라의 스케줄을 꿰고 있었다. 하긴 영화 쪽은 한 다리만 건너면 모든 정보가 공유된다. 민재는 별다른 약속이 없다면 당장 만날 수 있느냐고 물었고, 보라는 가로수길 혜영의 카페 위치를 알려줬다.

보라는 약속한 시간보다 30분 일찍 카페 〈집〉에 나타났다. 혜영은 건강을 회복해서 다시 카페에도 나오고 평상시와 다름없이 생활하고 있었다. 헬스클럽에 등록해 운동을 시작하고, 현미밥과 채소를 주식으로 먹으면서 술을 줄이는 것으로, 건강을 지키기 위해 노력하고 있었다.

봄과 여름 내내 제주도에서 영화촬영 하느라 카페 출입이 뜸했던 보라는 혜영과 밀린 수다를 나누는 중이었다.

"이민재라고 혹시 기억해?"

"이민재? 몇 학번인데?"

"95학번. 그런데 아마 못 알아볼 거야. 뉴욕 갔을 때 지갑 소매치기당한 거 말했었지? 그때 우연히 만났어. 뉴욕대학에서 영화공부 하고 있더라고. 아주 근사하게 변했어."

민재가 근사하게 변했다고 말할 때 보라의 눈이 반짝였다. 혜영은 민재에 대해 지나치게 상세하게 설명하는 보라가 조금은 이상하다고 생각했다. 뭔가 들뜬 목소리였고, 그녀의 눈빛이 유난히 반짝였다.

혜영이 중국에 있는 진욱의 안부를 묻고 있을 때, 흰 셔츠에 청바지를 입고 뿔테 안경을 낀 한 남자가 카페로 들어섰다. 보라가 손을 들어 민재에게 '여기!'라고 외쳤다. 민재가 보라를 보고 활짝 웃었다.

"여기는 혜영 언니, 너도 〈아이리스〉 카페에서 많이 봤을 거야. 언니, 여기는 영화과 95학번 이민재."

민재는 혜영에게 깍듯이 인사했고, 혜영은 학창시절 민재의 얼굴을 전혀 기억하지 못했지만, 눈앞에 있는 그가 근사한 남자라는 건 알 수 있었다.

"반가워. 내가 이렇게 말 놔도 되나 모르겠다. 과후배니까 이해해줘!"

"당연하죠. 선배님이신데."

"뉴욕대에서 공부했다면서. 연출 전공?"

민재는 2년 전 뉴욕에서 귀국했다. 그가 찍은 단편영화들이 세계 유명 영화제에서 좋은 반응을 얻으면서, 민재는 귀국하자마자 영화사와 계약했고, 강의도 나가고 있었다.

"이렇게 멋진 감독님이 우리 후배였어? 자랑스럽다. 아무튼, 반갑고 여기 영화판 쪽 사람들 많이 오니까 가로수길에서 미팅 있으면 항상 들러."

혜영은 두 사람에게 편하게 이야기 나누라면서 자리에서 일어섰다.

8년 만이었다. 뉴욕에서 보라는 민재에게 잠깐 야릇한 감정이 생겼었다. 하지만 진욱이 뉴욕에 왔고, 그와 함께 생활하면서 곧 민재를 잊었다. 훗날 가끔 민재가 어떻게 지낼까 궁금하긴 했지만, 연락을 기다리거나 먼저 전화를 하지 않았다.

"진욱 선배랑…… 아직도 만나요?"

민재는 보라의 아파트 앞에 서 있는 진욱을 보고 알 수 없는 분노를 느꼈다. 그녀와 헤어진 줄 알았는데 진욱이 뉴욕까지 와 있다니. 두 사람에게 인사를 하고 뒤돌아섰던 민재는 그날 아파트로 돌아가서 여자친구를 거칠게 안았다. 누구를 향한 분노이고 누구를 향한 질투인지 자신의 감정을 알 수 없어 혼란스러웠다.

"오빠는 지금 중국에. 너도 여자친구 있다고 하지 않았어? 아직 결혼은 안 했고?"

보라의 질문에 민재는 왠지 솔직하게 대답하고 싶지 않았다. 민재에겐 9년을 사귄 여자친구 유진이 있었다. 유학생활로 외로울 때 미국에서 유진을 만났고, 유진은 공부를 포기한 채 민재의 뒷바라지를 했다. 한국에 들어오기 전까지 두 사람은 결혼식만 올리지 않았지 함께 동거했고, 가족이나 주위 사람들에게 부부로 인정받았다.

"그냥 뭐 오랜 시간 지루하게 연애만 하고 있어요."

"지루하게?"

보라가 피식 웃었다.

"왜요?"

민재가 에스프레소를 마시며 보라를 보고 씽긋 웃었다.

"남자들은 꼭 그러더라? 오래 연애한 게 촌스러운 것처럼 항상 지루한 척하더라고. 한 사람과 오래 연애할 수 있다는 건 대단한 거 아니야?"

민재는 보라에 말에 속내를 들킨 것 같아 부끄러웠다. 사람들 앞에서 유진의 존재를 숨긴 적은 없었다. 하지만 보라 앞에서는 여자친구 이야기를, 오래된 그의 연애 사실을 숨기고 싶었다.

"결혼은 왜 안 해? 꽤 사귀지 않았나? 이제 한국에서 자리 잡으면 곧 결혼하겠네."

보라는 자신도 왜 결혼 안 하냐는 질문을 받을 때 가장 짜증 나면서, 민재에게 결혼 이야기를 묻고 있었다.

"선배는 진욱 선배랑 계속 만난 거예요?"

"아니. 중간에 한 번 또 헤어졌었어. 그러다 시간이 지나 또 만났고. 사실 이런 얘기하는 거 좀 부끄러워. 사람들은 지루한 연애 스토리 말고 항상 어떤 결과를 듣기를 원하잖아. 연애만 하는 걸 본인보다 주위 사람들이 더 지루해하는 것 같아. 결혼을 하든지 이별을 하든지 어떤 쪽이든 결론짓기를 원하는 것 같고."

보라는 씁쓸하게 웃었다. 항상 화사하던 그녀의 미소가 쓸쓸해 보인다고 생각한 건 그때가 처음이었다.

"시나리오 작업 중이에요. 뉴욕에서 단편영화 찍을 때부터, 아니 그 훨씬 오래 전부터 구상했던 스토리예요. 선배를 주인공으로 시나리오를 썼고요."

보라는 예상하지 못한 민재의 말에 어떤 반응을 보여야 할지 몰라 당황했다.

"나를? 왜……?"

당황하는 보라를 보면서 민재는 오히려 그런 반응이 이해가 안 간다는 듯, 손으로 제스처를 취하며 말했다.

"십오년 전에 말했잖아요. 제 뮤즈는 선배라고요. 대학에 처음 입학했을 때부터 항상 선배를 제 영화의 여주인공으로 캐스팅하고 싶었어요."

보라는 민재가 농담을 하는 건지, 아니면 자신이 출연했던 드라마를 한 작품도 안 본 건지 의심했다.

"이런 말 하기 창피하지만, 나 연기에 별로 자신 없어. 나이도 많은 나를 주인공으로 캐스팅할 이유가 없을 텐데?"

자신 없는 목소리로 주절주절 말하는 보라와 달리 민재의 표정은 진지했고, 목소리에는 확신이 차 있었다.

"나 못 믿어요?"

순간 보라는 민재의 확신에 찬 어투에서 남자다움을 느꼈다. 민재는 이제 더 이상 어리숙한 후배가 아니다. 하지만 선뜻 그의 제안에 기뻐할 수도 없었다. 예전부터 보라를 뮤즈로 생각했다고는 하지만, 뉴욕에서 단 몇 시간 밥 먹고 와인 마신 게 전부고, 한 작품도 함께 호흡을 맞춰본 적이 없다. 보라는 그저 어리둥절하고 당황스러울 따름이었다.

"어떤 영화인데?"

"선배한테 처음 공개하는 거예요. 내 첫 장편영화 이야기. 이 이야기를 시작하려면 우리에게 술이 필요할 것 같은데……. 와인 어때요? 그리고 이야기를 나눌 긴 시간도 필요할 것 같은데."

보라는 왠지 모르게 민재가 두려워졌다. 민재의 말 한마디 한마디에 보라의 가슴이 뛰었다. 그리고 여운이 번졌다. 민재와 와인을 마시면 왠지 안 될 것 같다는 예감이 들었지만, 혜영이 민재의 주문에 부르고뉴 와인을 가져왔다. 민재는 와인을 마시면서 보라에게 영화 이야기를 시작했다. 아주 특별하고 설레는 한 영화에 대해.

#36 그렇고 그런 첫인상

　지도 교수의 호출을 받고 희재는 제 발이 저려 뜨끔했다. 박사논문 막바지 단계이기는 하지만, 만약 논문이 통과되지 못하면 어쩌나 걱정이 많은 요즘이었다. 희재는 지칠 대로 지쳐 있었다. 늦은 밤 창밖으로 반짝이는 불빛을 바라보면서 허무하다고 입버릇처럼 되뇌고 있었다.

　'내가 왜 박사논문을 써야 하지? 이 나이에 교수가 된다는 보장도 없고, 지금처럼 시간강사만 하면서 지낼 수도 있는데, 꼭 박사논문을 써야 할까?'

　희재는 하루에도 수십 번 이런 갈등에 시달렸고, 그래도 그동안 공부한 시간과 돈이 아까워서 포기할 수 없다는 결론에 다다르면 다시 괴로웠다.

　김준원 교수의 전화를 받고 희재는 압구정동의 한 일식집으로 향했다. 어느덧 9월이다. 논문 막바지 작업을 하다 보면 이렇게 가을이 또 지나갈 것이고, 겨울이 찾아올 것이고, 그러면 또 한 해를 넘기게 된다. 어떻게 해서든 마무리 짓자. 교수님 심기 불편하지 않게 비위도 맞춰드려야지.

　희재는 웅크린 어깨를 쫙 펴고 일식집에 들어가기 전 유리창에 비친 자신의 매무새를 점검했다. 이런! 새치가 보인다. 염색할 시기를 놓쳤다. 아무리 새치도 유전이라지만 아직 마흔도 안 됐는데 새치가 날 게 뭐람. 희재는 우선 보이는 대로 새치를 뽑았다. 스트레스 때문에 찐 살을 빼기 위해 시작한 필라테스 덕분에 5kg은 빠졌다. 오늘 과식하지 말아야지. 어떻게 뺀 살인데. 희재는 심호흡을 하고 일식당 문을 열었다.

지도 교수는 희재의 고등학교 때 선생님과 한 건장한 남자와 함께 앉아 있었다.

"왔구나. 우리는 먼저 사케를 한 잔씩 하고 있었는데……. 자네도 한잔해야지?"

이미 약주를 좀 하신 듯, 사십대 후반을 바라보는 지도 교수의 얼굴은 벌겋게 달아올라 있었다.

"네, 한잔할게요, 교수님. 그리고 선생님, 오랜만에 뵙네요. 제가 연락 안 드려서 서운하셨죠?"

직장생활을 하지 않았지만, 교수들 비위를 맞추면서 희재도 성격이 많이 변해 있었다. 희재의 지도 교수와 고등학교 때 무용을 가르쳤던 선생님은 대학 선후배 관계로, 8년 전 희재가 진로를 결정하는 데 중요한 역할을 했던 분들이었다.

"그래. 희재야, 오랜만이다. 얼굴 본 지 한 2~3년 됐나? 우리 희재도 나이 먹네. 선생님만 늙는 것 같지 않아서 다행이다."

희재가 고등학교 때 김수경 선생님은 이십대 후반이었다. 몸의 선이 예쁘고 청초했던 미혼의 선생님께서 어느덧 사십대 후반의 중년이 돼 있었다.

"자, 여기는 유명한 프로야구선수 구재혁. 작년에 큰 부상을 당해서 올 시즌까지 쉬고 재활치료 하고 있지. 김 선생 사돈이라고 했지, 아마."

"희재야. 인사해. 우리 애들 고모부 사촌 동생이야."

김수경 선생님의 말씀에 희재는 귀 뒤로 머리를 차분히 넘기면서 인사했다.

"안녕하세요, 윤희재라고 합니다. 교수님 제자고, 선생님 제자기도 하구요."

"네, 지금까지 말씀 많이 들었어요. 침착하고, 예리하고, 직선적이고, 교수님이 아끼는 제자분이라고 말씀하시던데요. 서른일곱인데 아직 싱글이라면서요?"

"하하, 이 친구 보게. 미스한테 그렇게 나이를 대놓고 말하면 되나? 친한 누나처럼 잘 모셔봐. 유능한 친구니까."

김 교수의 말에 모두 웃었고, 어색한 분위기를 깨고자 네 사람은 술잔을 부딪쳤다. 곧이어 우아한 큰 접시에 금가루가 뿌려진 먹음직스러운 회가 나왔고, 조금 전보다 더 빠른 속도로 건배하면서 술잔이 오갔다.

구재혁은 프로야구에서 잘나가는 4번 타자였다. 작년에 중요한 경기를 앞둔 전 날 밤, 여자친구와 다툰 뒤 홧김에 술을 너무 많이 마신 것이 화근이었다. 운동선수들은 체력이 좋아서 술을 마셔도 다음날 회복속도가 빨랐지만, 그날은 컨디션이 안 좋았는지 몸이 무거웠다. 감독과 코치에게 시합전날 술 마신 걸 들키면 심한 욕설 듣는 것은 기본이라, 구재혁은 입을 다물고 컨디션이 별로 안 좋은 척 연기를 하고 있었다.

7회까지 구재혁은 3타수 무안타였다. 위기의 순간이 찾아온 건 8회 말, 2대 1로 구재혁의 팀이 이기고 있을 때였다. 1루 수비를 하고 있던 구재혁에게 1루에 진루해 있던 상대 팀 타자가 슬슬 약을 올리기 시작했다.

"야, 이 자식아. 어제 술 처먹었냐? 아, 술 냄새! 너 미쳤냐? 준플레이오프도 간신히 올라온 주제에, 올해도 한국시리즈는 일찌감치 포기할 참이야?"

구재혁은 신경전에 말려들기 싫어서 상대타자를 노려보고 닥치라고 한

마디 했다. 그리고 경기에 집중했다. 안 그래도 술을 너무 많이 마셔서 머리가 울리는데, 1루에 진루해 있던 상대타자는 도루할 듯 말듯, 1루 베이스를 밟았다 움직였다 하며 구재혁의 신경을 긁고 있었다.

"너 걔랑 아직도 사귀지? 신인 탤런트 걔 이름이 뭐더라? 왜? 네 여자친구가 다른 새끼랑 눈 맞아서 뒹굴었냐? 혹시 어제 그거 보고 돌아서 술 처먹은 거야?"

그때였다. 상대 타자의 깐족거림에 더 이상 참을 수 없었던 구재혁이 공을 던지는 투수에게서 눈을 뗀 건. 상대 타자를 노려보고 욕설을 퍼부을 때 포수가 1루로 견제구를 던졌고, "야, 인마!"라고 외치는 소리를 듣고 구재혁이 고개를 돌렸을 때 야구공은 땅에 바운드 됐다 튕겨 올라 그의 얼굴을 강타했다. 구재혁은 그 자리에서 바로 기절했고, 심각한 부상을 당했다.

"얼굴은 예전보다 더 훤칠해졌는데? 워낙 인물이 출중했지만 말이야."

김준원 교수는 구재혁 선수에게 술을 따르며 말했다.

"우리 구 선수, 그동안 마음고생 많이 했지. 다행히 눈에는 이상이 없었지만, 광대뼈 함몰되고 코도 부러지고 큰 수술이었거든요. 올 시즌도 수술하고 재활하느라 아예 쉬었고요."

김수경 선생 말에 김 교수가 의아해하며 물었다.

"그런데 왜 심리치료를 중단했지? 지금 구 선수한테는 꼭 필요한 과정인데."

구재혁 선수를 김 교수에게 소개한 사람은 김수경 선생이었다. 김 교수는 스포츠 심리학 분야에서는 알아주는 권위자였고, 유명한 스포츠 스타의 심리치료부터 강연까지 바쁜 시간을 보내고 있는 사람이었다. 구재혁은 사고 이후, 공황장애치료부터 심리치료까지 받았지만, 상태가 나아지지 않았다. 잠을 잘 때도 공이 날아와 얼굴에 부딪히는 꿈을 꿨고, 사람이 많은 장소에는 가지 못했다.

"누군가 제 시야에 30cm 앞으로만 가까이 다가와도 소름이 돋고 움찔 놀라서 뒤로 물러나요. 모든 사물이 제 눈에 날아와 부딪힐 것 같은 공포심에서 벗어나기가 힘들더라고요. 치료는 꾸준히 하는데 나아지지는 않고, 그래서 짜증이 나는 거죠."

구재혁은 시니컬하게 대답했다. 사실 구재혁은 이 자리에 억지로 나와 앉아 있었다. 그는 심리치료에 대해 회의적이었지만, 가족들의 권유로 김수경 선생을 만났고 김 교수를 소개받았다. 이 자리가 불편한 건 희재도 마찬가지였다.

'왜 나를 이 자리에 부른 거지?'

"여기 윤희재 양이 구재혁 선수와 비슷한 사례들을 연구했어요. 서로 도움이 될까 해서 내가 희재도 부른 거야. 희재랑 가끔 만나서 상담한다 생각하지 말고 차 마시면서 대화를 나눠봐요. 1주일에 한 번씩 나랑 상담 스케줄 잡고."

구재혁의 얼굴에 그늘이 졌다. 뭐가 나아지겠나 싶은 회의감이 가득한 표정이었다.

"제가 도움될지는 모르겠지만……, 최선을 다해볼게요."

희재는 대답을 하면서도 난감했다.

'안 그래도 까칠해 보이는 이 남자와 무슨 상담을 하고 어떻게 도와주라

는 거지?'

김 교수와 김 선생이 대리기사를 불러 각자의 자동차를 타고 시야에서 사라졌다. 구재혁도 일식집 앞에서 대리운전 기사를 기다리는 중이었다.

"그럼 안녕히 가세요."

희재는 가볍게 목 인사를 하고 돌아섰다. 그때 구재혁이 희재를 불러 세웠다.

"노인네들 빠졌는데, 어디 가서 술이나 한잔 더 할래요? 그나마 그쪽이 제일 젊어 보여서."

희재는 구재혁의 제안에 잠시 망설이다 고개를 끄덕였다. 하지만 일식집 근처에 있는 주점으로 자리를 옮기면서 곧 후회했다.

'이 까칠한 남자랑 무슨 대화를 하지?'

희재는 대화하는 게 어색해서 소주를 빠른 속도로 들이켰다.

술을 잘 마시는 여자를 좋아하는 구재혁은, 새침한 희재에게서 의외의 털털한 면을 발견하고는 가끔 만나서 술이나 한잔해야겠다고 생각했다.

'공부만 했다더니 이 여자 완전 술꾼이잖아!'

▧ #37 낯선 남자의 향기

그리 멀지도 가깝지도 않은 곳에
니가 모르는 사랑이 있어
_세 사람 | 이기찬

보라는 진욱과 통화하면서 민재와 만났던 일에 대해 30분째 수다 중이었다. 중국에서 진욱은 계속 담배를 피우면서 보라의 이야기를 듣고 있었다.

"여보세요? 오빠? 왜 대답이 없어?"

"듣고 있어."

진욱의 목소리가 시큰둥하다.

"내 얘기 재미없어?"

"그래서? 시나리오 작업은 언제 끝나고, 촬영은 언제 들어간대?"

"그게 말이야, 시나리오를 같이 쓰자고 하네? 머릿속에 스토리는 다 있고, 내 생각과 의견을 많이 듣고 싶대. 1주일에 한 번씩 만나서 같이 시나리오 얘기하기로 했어. 촬영은 겨울부터 시작이고."

"놀고 있네. 자기가 홍상수나 되는 줄 아나. 그놈 사짜 아냐?"

진욱이 질투하는 것 같아 보라는 살짝 기분이 좋았다.

"해외 영화제에서 상도 받고 실력 있어. 나는 너무 설레는데?"

"됐어. 나 내일 아침 일찍부터 촬영이야. 잘게. 나중에 통화해."

진욱은 무뚝뚝하게 전화를 끊었다. 왠지 모르게 석연찮고 찝찝한 기분이 들어서 담배를 한 대 더 태웠다. 그는 뉴욕에서 민재를 만났던 그 짧은 몇 초의 순간을 떠올렸다. 어쩐지 산뜻하지 않은 녀석.

반면 보라는 콧노래를 흥얼거리며 욕조에 따뜻한 물을 받고 몸을 담갔다. 발끝부터 따뜻하고 나른한 기운이 번졌다. 민재와의 작업이 어쩐지 즐거울 것 같다는 예감이 들었다. 보라는 민재와 나누었던 대화를 다시 떠올렸다.

"이 영화는 소유하지 않지만, 계속 사랑하는 사람들에 관한 이야기에요."

보라는 민재의 말을 이해할 수 없어 고개를 갸웃거리고 입술을 삐죽였다.

"당장은 이해가 안 될 수도 있지만, 이야기를 만들어 나가다 보면 이해할 수 있을 거라고 생각해요. 그리고 중요한 건, 이 영화가 누군가에게 이해되길 원하지 않아요. 그냥 이런 사랑도 있다는 걸 보여주고 싶지."

"소유하지 않지만 사랑한다……, 짝사랑에 관한 이야기야?"

"사람들은 사랑하면 고백해야 하고, 사귀어야 하고, 결혼해야 하고, 대부분 그렇게 생각하잖아요. 두 주인공은 십 년 동안 딱 열 번 만나지만, 그 누구보다 서로 사랑해요."

시크한 뉴욕이 민재를 변하게 한 건가? 아니면 원래 민재에 대해서 잘 몰랐던 걸까? 보라는 이해되지 않는 민재의 말에 사람은 겉만 보고는 판단할 일이 아니라는 걸 깨달았다.

"혹시 유부남, 유부녀의 이야기야? 왠지 나는 양다리나 바람을 합리화하려는 사람들의 변명처럼 들리는데?"

보라의 말에 민재가 웃었다.

"저도 선배가 그렇게 말할 줄 알았어요. 그래서 우리에게 시간이 필요한 거예요. 이 작품에 관해 얘기할 시간이."

보라는 머리를 감고 샤워를 하면서 소유하지 않고 사랑할 수 있는 마음에 대해 생각했다. 진욱과 이별했을 때 어떠했던가? 진욱도 민재와 비슷한 말을 한 적이 있다. 오랜 시간 이별했다가 하룻밤을 같이 보낸 다음 날, 그는 헤어져 있을 때도 보라와 이별한 게 아니라는 생각을 했다고 했다. 그러면서 숱한 여자들과 스캔들을 내고 연애를 했단 말이야? 그렇다면 민재도 다른 남자들과 다를 게 뭐람? 그는 오래 사귄 여자친구가 있으면서도 보라에게 더없이 다정한 미소를 보냈고, 그녀에게 뮤즈라고 말하면서 오랜 순정을 드러냈다. 민재는 그냥 친절한 건데 혼자 착각하는 걸까? 보라는 마음이 왜 이렇게 복잡한지 이유를 알지 못해 답답해하며, 늦은 밤까지 잠을 이루지 못했다.

그 시각, 진욱은 중국에서 깊은 생각에 빠져 있었다. 다른 날보다 들뜬 보라의 목소리가 살짝 언짢았다. 보라를 의심하긴 싫지만, 뉴욕에서 민재와 걸어올 때 그녀의 표정은 상기돼 있었다. 저녁을 먹는 그 짧은 시간, 두 사람 사이에 어떤 느낌이 오간 것인지 긴장됐다. 하지만 보라와 그런 감정적 밀고 당기기를 하기에는 두 사람은 너무 오랜 시간 알아왔고 만남과 이별을 반복했다.

진욱은 안 그래도 복잡한 생각을 추스르기 위해 술을 마시고 잠들기로 했다. 독주를 마시고 잠들 생각에 고량주에 손을 뻗친 순간 박 대표에게 전화가 왔다. 지금 회전이 가능할 것 같다는 기쁜 소식이었다. 일단 급한 불을 끌 수 있다.

사업에서 손을 떼고 싶지만 진욱은 점점 깊은 늪에 빠지는 기분이었다. 구멍가게 하나 정리하는 차원이 아니었다. 지금 진욱에게 도움을 줄 수 있는 사람은 베테랑 사업가 박희진 대표였다. 진욱은 박희진 대표와 다음날 만날 약속을 정하고 독주를 원샷했다.

 **#38 남산, 예장동, 그리고 너**

너의 그 한마디 말도 그 웃음도
나에겐 커다란 의미
너의 그 작은 눈빛도 쓸쓸한 그 뒷모습도
나에겐 힘겨운 약속
_너의 의미 | 산울림

민재가 전화를 걸어 명동 퍼시픽호텔 앞에서 만나자고 한 것은, 혜영의 카페에서 만난 지 1주일 만이었다. 그는 보라에게 몇 가지를 당부했다. 운동화를 신을 것, 사람들이 알아보지 못하게 야구 모자를 쓰고 나올 것, 차를 두고 택시를 타고 올 것. 퍼시픽호텔 정문 앞에서 기다리겠다는 민재의 말에 선뜻 대답할 수 없었던 보라가 뜸을 들이는 사이, 그는 오후 2시에 보자면서 전화를 끊었다.

택시는 남대문에서부터 막혔다. 가을로 접어든 하늘은 그리스 산토리니에서 보았던 푸른 바다 빛을 닮았다. 학교를 졸업한 이후 명동에 간 적이 없다는 생각에 보라는 학교 주변이 얼마나 변했을까 궁금했다. 명동 롯데백화점이나 조선호텔에는 간혹 갈 일이 있었지만, 학교가 안산으로 이전한 뒤로는 학교 근처를 방문할 일이 없었다. 가끔 남산으로 향하는 대로변을 지날 때, 활기가 사라진 학교 건물을 바라보면서 보라는 마음이 조금 서글 펐다. 이십대 초반의 추억이 몽땅 사라진 것 같았다.

퍼시픽호텔 정문 앞에, 야구 모자를 쓰고 그레이 니트에 카키색 면바지, 컨버스 운동화를 신은 민재가 서 있었다. 두 사람은 우연인지 같은 브랜드의 야구 모자를 쓰고 있었다.

'누가 보면 커플인 줄 알겠네.'

보라가 먼저 모자를 벗어서 눌린 머리카락을 헝클면서 민재에게 인사했다.

"왜 여기서 보자고 한 거야? 나 연예인이야. 호텔 정문 앞이 말이 돼?"

"와! 선배랑 나랑 같은 모자 쓴 거예요? 이런 우연이!"

"예전에 선물 받은 거야. 그런데 우리 여기 계속 서 있을 거야?"

보라의 찡그린 얼굴을 보며 민재가 웃었다.

"좀 걸을래요?"

퍼시픽호텔 골목에 온 건 거의 15년 만이었다. 많이 변한 것 같았지만 15년 전과 그대로인 가게도 있었다. 둘둘치킨은 새로 올린 건물에서 여전히 장사하고 있었고, 족발집, 철물점 모두 그대로였다.

"서점이 없어져서 속상하네요. 여기 서점 자주 왔었는데."

"〈가스등〉도 없어졌어. 아쉽다."

"〈가스등〉에서 선배가 나한테 파카 만년필 줬잖아요. 변하지 않은 것 같지만 많이 변했어요. 이 골목."

연구관 건물은 그대로였지만 예술관 건물은 증축이었다. 골목에 원룸과 게스트 하우스가 많이 생긴 걸 보니 명동에 넘쳐나는 중국관광객과 일본관광객의 수요를 감당하기 위함인 듯싶었다. 미니스톱만이 15년 넘게 같은 건물에서 장사하고 있었다.

골목을 지나 학교로 올라갔을 때, 두 사람은 젊음의 온기가 사라진 옛 학교 건물을 바라보며 아쉬워했다. 그때 보라가 말했다.

"서울시 중구 예장동 8-19."

민재가 의아한 눈빛으로 보라를 바라보았다.

"이곳 주소야. 우리 학교 주소."

"어떻게 주소를 외워요? 집 주소도 아닌데?"

"입학 통지서 받으러 처음 학교에 왔을 때 학보를 한 부 가져갔었어. 내가 대학생이 됐다는 게 신기해서. 학보에 적힌 주소를 보고서야 이곳이 남산이나 명동이 아니라 예장동이라는 사실을 처음으로 알게 됐거든."

보라와 같은 추억을 공유할 수 있다는 것이 민재에게는 벅찬 설렘으로 다가왔다. 보라와의 공통점. 예장동에 있는 이 예대에서 같은 과의 선후배로 만난 것. 그것은 참으로 신기하고 환상적인 인연이라고 민재는 생각했다. 건물 운동장을 바라보면서 그는 이십대 초반의 싱그러웠던 보라와 뿔테안경을 쓴 촌스러웠던 자신의 모습이 떠올라 쑥스럽게 미소 지었다.

"서울예전은 여기 있을 때가 좋았는데. 속상해요. 우리 학교가 사라진 것 같아서."

"안산에 있잖아. 예장동의 서울예전은 없어졌지만, 대학 때의 추억이 아예 사라진 건 아니니까."

"선배, 우리 케이블카 탈래요? 학교 다닐 때 남산 케이블카를 한 번도 못 타봤어요."

생각해보니 보라도 학교 옆에 있는 남산 케이블카를 한 번도 탄 적이 없었다. 하지만 민재와 어색하게 케이블카를 타고 싶지 않았다. 보라는 커피나 한 잔 마시자고 말했고, 두 사람은 다시 왔던 길을 돌아내려 와 예술관 근처에 있는 카페로 들어갔다. 16년 전 혜영이 운영했던 〈아이리스〉 자리에 새로 생긴 카페였다.

"건물이랑 터는 그대로네요. 여기는 계속 카페를 하는구나."

비록 〈아이리스〉는 사라졌지만, 예전의 추억이 새록새록 떠올랐다.

"여기서 혜영 언니도 만나고 희재랑 미소도 만났는데……. 진욱 오빠도."

옛 생각에 잠긴 듯 보라가 카페 내부를 둘러보고 있을 때, 민재가 떨떠름한 표정으로 입을 삐쭉거리며 말했다.

"알아요. 여기서 진욱 선배랑 같이 있는 거 여러 번 봤거든요."

민재의 말에 보라는 그 시절 진욱의 모습이 떠올라 미소 지었다. 풋풋하고 예뻤던 16년 전의 두 사람. 그때 참 좋았었지. 보라가 옛 생각에 잠겼을 때, 아르바이트생이 커피를 테이블에 놓아주었다.

"시나리오 작업은 잘 되가? 더 자세히 듣고 싶어. 지난주에 우리 취해서 영화 얘기는 하나도 못했잖아."

1주일 전, 두 사람은 혜영의 카페에서 와인 3병을 마시고 영화 이야기만 4시간 넘게 나누었다. 〈이프 온리〉, 〈귀여운 여인〉, 〈바그다드 카페〉, 〈봄날은 간다〉, 〈이터널 선샤인〉. 기억을 삭제해도 결국에는 또 같은 사람에게 호감을 느끼고 사랑에 빠지는 영화 〈이터널 선샤인〉에 대해 이야기하면서, 두 사람은 와인 마시는 속도가 빨라졌다. 모든 기억이 지워져도 사랑했던 기억은 심장에 남아 있다.

"이십대의 두 남녀가 있어요. 두 사람은 런던 여행 중 우연히 만나죠. 남자는 군 제대 후 취업하기 전에 혼자 배낭여행을 온 거고, 여자는 어학연수 중이에요. 두 사람은 첫 만남의 느낌이 호감인 건지도 모르고, 함께 런던을 돌아다니면서 딱 하루 데이트를 해요. 남자에겐 여자친구가 있고, 여자는 이별한 지 얼마 안 됐어요. 그래서인지 두 사람은 서로가 인연일지도 모른다거나, 호감이 가니 연락처라도 받아볼까 하는 그런 생각은 못하죠. 그렇게 헤어져요, 두 사람은."

"〈비포 선라이즈〉 같은 느낌도 나네? 나는 몇 년 전에 〈비포 선셋〉 보고 실망했어. 차라리 보지 말걸 하는 생각이 들더라. 〈비포 선라이즈〉에서 에단 호크랑 줄리 델피는 무척 예쁘고 풋풋했는데, 10년이 지나 만난 그 둘은 너무 늙었더라고. 역시 추억은 추억으로 묻어두는 게 좋을 것 같다는 생각도 들고."

턱을 괴고 말하는 보라를 바라보며 민재가 웃었다.

"하루의 느낌은 강렬했지만, 한국으로 돌아온 남자는 곧 여자를 잊고, 런던에 있던 그녀도 곧 그를 잊어요."

"그런데?"

"3년 뒤 두 사람은 한국에서 우연히 만나요. 뮤지컬을 보러 갔다가. 각자 애인이 있었는데도 서로 명함을 주고받은 두 사람은, 다음날 함께 밥을 먹고 와인을 마시고 이야기를 나누죠. 그런데 신기한 건 딱 두 번의 만남인데 두 사람은 아주 오랜 친구인 듯 편안하고 익숙하다는 거예요."

"그래서 그 두 사람은 서로의 애인과 헤어지고 연인으로 발전해?"

"누군가는 '그 둘이 바람피워?' 이렇게 물어보던데. 관계와 사랑을 바라보는 시점도 사람에 따라 정말 달라요. 그렇죠?"

보라는 그 누군가가 민재의 여자친구일 거라고 생각했다.

"선배는 그런 느낌 알아요? 꼭 함께 있지 않아도 사랑할 수 있는 거. 서로 사랑한다고 느끼고, 사랑받는다고 느끼는 거요."

"아니. 난 눈에 보이는 걸 믿고 말로 해줘야 알아. 표현하는 사랑이 좋고."

"선배가 진욱 선배와 헤어졌다가 두 번이나 다시 만난 건, 이별 후에도 선배의 잠재의식 속에 진욱 선배에 대한 사랑이 남아 있었기 때문 아니에요? 선배도 다른 남자를 만나고 데이트를 하고 사랑한다고 믿었지만, 무의식에서는 진욱 선배를 여전히 사랑하고 있었을지도 모르잖아요."

민재의 말에 보라는 잠시 멈칫했다. 미련을 사랑이라고 할 수 있을까?

"그럴 수도 있겠지. 미련과 네가 말하는 그 사랑을 동일하다고 보면. 그래도 내가 사랑하는 사람이 마음속으로 나 아닌 다른 누군가를 계속 사랑하고 있다고 생각하면 너무 슬퍼. 마음을 준다는 건 사랑한다는 뜻이잖아."

민재는 보라의 말을 듣고 잠시 그의 여자친구, 유진을 떠올렸다.

그날 두 사람은 카페에서 늦은 저녁까지 이야기를 나누고, 명동으로 건너가 명동교자 칼국수를 먹었다. 90년대 중반에는 삼천오백 원쯤 했던 칼국수 가격이 팔천 원으로 오른 것을 보고, 두 사람은 지난 세월의 무게를 실감했다. 그리고 명동 거리로 나와 15년 전 대학생이었던 때로 돌아가 오랜만에 여유롭게 걸었다. 보라는 거리에서 우연히 자신을 알아본 팬들에게 미소로 화답하며 사인을 해주었고, 화장품 로드 숍을 쇼핑하며 즐거워했다.

명동을 활보하는 보라의 모습을 보면서 민재의 머릿속에는 그림이 그려지기 시작했다. 간절히 소유하고 싶은 한 여자의 모습이.

▶ #39 환상의 크리스마스

크리스마스에는 그 거리에 작은 소망들이 피어나
우리들의 쌓인 얘기 하얗게 밤을 새겠지
_크리스마스에는 | 이승환

   갤러리아백화점에 가장 가고 싶은 달은 12월이다. 보라는 이미 크리스마스 몇 주 전부터 백화점 건물 전체에 반짝이는 조명이 너무 눈부시고 아름다워서 일부러 갤러리아백화점 앞을 자주 지나다녔다. 청담동 사거리에서 갤러리아백화점 명품관으로 이어지는 거리는 크리스마스 시즌 한참 전부터 조명으로 밝혀져 있어 연말의 로맨틱한 분위기를 제대로 느낄 수 있었다.

   크리스마스이브에 갤러리아백화점에서 만나자고 연락한 사람이 희재라는 사실에 혜영과 보라는 그녀의 우울증이 깊어지거나, 노처녀 히스테리가 폭발해 쇼핑하며 스트레스를 풀어버릴 심산이라고 수군거렸다.

   "설마 우울증이 쇼핑중독으로 번진 건 아니겠지? 내 친구 나영이 요즘 쇼핑중독 심각하던데. 이 교정하면서 살 빠졌다고 그렇게 옷을 사대더라고."

   "희재 성격 알잖아. 이모나 교수님 선물 사려고 그러는 거 아니야? 몇 달 전에도 내가 선물을 대신 골라줬거든."

   두 사람은 키엘 매장에서 화장품을 손등에다 발라보고 구경하면서 수다를 떨고 있었다. 보라가 키엘의 수분 크림과 립밤을 집어 들었다.

"언니! 필요한 거 있음 사. 나 여기 30% 할인돼. 연예인 DC!"

희재는 차가 막혔다며 약속 시간보다 30분 늦게 갤러리아백화점 5층에 있는 이탈리안 레스토랑에 나타났다. 두 사람의 눈에 희재는 어딘가 모르게 조금 변해있었다. 새치 때문에 늘 어두운 갈색으로 염색했던 머리는 오렌지빛이 도는 와인색으로 염색이 돼 있었고, 늘 맨얼굴로 다니던 그녀가 화장도 했다.

"논문 다 쓰니까 이제 살만한가 보구나? 화장하니까 예쁘네! 피부에 뭐 했어?"

보라가 달라진 희재의 외모를 칭찬하며 질문을 퍼부었다. 여자들이 중요하게 생각하는 에티튜드 중 하나는, 친구의 달라진 외모에 민감하게 반응하고 폭풍 칭찬을 해주는 것이다.

"시간 강사가 돈이 어디 있어서 피부과에 가. 비비크림 바르고 립스틱만 발랐는데?"

달라진 건 외모뿐만이 아니었다. 목소리 톤까지 명랑하게 변해 있었다. '희재가 그동안 공부하고 논문 쓰느라 정말 스트레스를 많이 받았나보다' 라고, 두 사람이 생각하고 있을 때 혜영이 물었다.

"너 남자 생겼지?"

그녀의 말에 더 놀란 건 보라였다.

"뭐? 남자? 희재 너 남자친구 생겼어?"

희재는 고개를 저으며 마시던 커피잔을 내려놓았다. 무슨 남자친구냐고 극구 부인을 했다.

"어디 내 눈을 속이려고? 너 남자랑 잤지? 피부에 윤기 도는 거 봐. 저게 마사지한다고 생기고, 피부과 가서 시술받는다고 생기는 줄 아니? 희재가 몇 년을 독수공방했니? 거의 8년이야. 그동안 우리 모르게 남자를 드문드문 만났으면 모를까, 진짜 독수공방했다면 저렇게 갑자기 얼굴이 필 리가 없는데?"

정말 희재의 얼굴에서는 반짝반짝 윤기가 돌았다. 비비크림과 피부과 시술로는 나타날 수 없는 자연윤광? 혜영의 말에 희재는 이유 없이 뜨끔했고, 보라도 수상하다는 눈빛으로 그녀를 추궁했다.

"너 바람난 거야? 말해봐. 혹시 너 강의 듣는 학생 건드렸니? 네 성격에 그럴 리는 없는데……."

"정말 아니야. 이제 시간 여유도 생기고, 논문에 대한 부담도 줄었잖아. 그리고 우리 지도 교수님께서 운동선수 상담하는 거 돕고 있는데, 공부만 하다가 실전경험을 쌓게 되니까 의욕이 생기더라고."

혜영은 희재가 이십대 초반 남학생들을 상대로 강의하다 보니, 그 기를 쫙쫙 빨아들여서 회춘하는 거라며 침을 튀겨가면서 말했다.

"누구 상담하는데?"

보라가 봉골레 파스타를 돌돌 말아 입에 넣으며 물었다.

"야구선수야. 구재혁이라고 알아?"

야구에는 관심이 없는 두 여자지만, 재빨리 스마트 폰으로 구재혁의 이름을 검색했다.

"이런 사고가 있었구나. 안됐네, 한창 뛸 나이에."

보라가 말할 때, 혜영이 그의 프로필을 살펴보다 격앙된 목소리로 말했다.

"82년생? 스물아홉? 희재 너 여덟 살 어린 남자랑 만나는 거야?"

희재가 그녀의 말에 고개를 단호하게 저었다. 심리치료사의 기본 원칙 가운데 하나는 상담하는 선수와 개인적인 감정을 섞지 않는 것이다.

"어쨌든 우리 희재 인생 활짝 피려나 보다. 이제 연애도 하고 사람답게 살아야지. 그동안 공부하느라 힘들었는데."

혜영의 말에 희재가 공부했던 지난 시간이 정말 힘들었다는 듯 도리질하며 웃었다. 그리고 보라에게 물었다.

"너는 이제 촬영 시작한다며? 촬영하러 런던도 가고 좋겠다."

발사믹 소스에 빵을 찍어 먹던 혜영의 동공이 커졌다.

"런던? 해외 로케 가? 그런데 보라야, 너 이민재 그 아이 조심해. 진욱이가 보면 언짢을 것 같더라."

여자 나이 사십이 넘으면 모두 직감이 발달하는 건지, 혜영이 눈을 게슴츠레 뜨며 보라에게 말했다.

"이민재가 누군데? 배우야?"

희재가 호기심 가득한 눈으로 혜영을 쳐다보았다.

"감독이야. 희재 너는 모르나? 보라 한 학번 아래 후배인데, 뉴욕에서 만났던 애 있잖아. 몇 달 전에 두 사람이 우리 카페 와서 와인 마시는데, 그 모습이 그림같이 잘 어울리더라고."

실제로 그랬다. 그날 혜영은 와인을 세 병이나 마시면서 오랜 시간 이야기를 나누고 서로를 바라보는 보라와 민재의 눈빛이 심상치 않음을 느꼈다. 항상 보라 곁엔 진욱이 있어야 하고, 두 사람이 가장 잘 어울린다고 생각했는데 민재와 보라를 바라보는 혜영의 마음이 좀 이상했다. 마치 바람난 며느리를 바라보는 시어머니의 기분이랄까?

"진욱이 이번 주에 들어온다면서?"

혜영의 질문에 보라는 고개를 끄덕거렸다. 며칠 있으면 진욱이 중국 촬영을 모두 끝내고 한국으로 돌아온다. 진욱은 당분간 한국에서 좀 쉴 예정이었다. 벌써 그를 못 본지도 5개월이 다 돼간다.

식사를 마친 세 사람은, 크리스마스이브에 자신들을 위한 선물로 갤러리아백화점에서 쇼핑하며 카드를 긁었다. 혜영은 2천만 원이 넘는 모피코트를 3개월 무이자 할부로 긁었고, 희재도 막스 마라 캐시미어 코트와 슈 콤마 보니에서 부츠를 샀다. 보라는 청담동 아장프로보카테르 란제리 매장으로 가서 곧 귀국하는 남자친구를 위해 비싼 속옷과 향수를 샀다. 페로몬이 들어 있어 유혹의 향수라 불린다는 보라의 설명에 혜영도 냉큼 연한 핑크색 향수병을 집어 들었으며, 관심 없다는 듯 뒤로 물러나 있던 희재도 슬그머니 향수를 계산대 위에 올려놓았다.

세 사람은 다음 달 카드 값을 걱정하면서도 오늘 너무 사치한 게 아닌가 하는 걱정은 하지 않았다. 여자 나이 삼십대 후반이 되면, 때로는 자신을 위한 사치가 최고의 위안이 될 수도 있음을 깨닫는다. 고생했고 수고했다고 토닥여 줄 사람도 결국엔 나 자신밖에 없다는 사실도.

나에게 주는 선물과 아름다운 거리의 조명과 맛있는 음식과 와인, 그리고 오랜 친구들. 애인 없이도 더할 나위 없이 환상적인 크리스마스 이브의 밤이었다.

🎬 #40 요 녀석 봐라

다시 너를 본 순간 차갑게 대해보려
애써 관심 없는 듯이 외면했지만
너의 눈빛 하나에 너의 손짓 하나에
바짝바짝 말라버려 나의 입술은
_들었다 놨다 | 데이브레이크

'3일 후면 이제 서른여덟 살 되는 거네요. 축하를 해드려야 할지, 위로를 해
드려야 할지……. 그 나이가 되는 기분이 어떤지 얘기해주신다면, 제가 술 한
잔 사죠.'

구재혁이 보낸 문자를 보고 희재는 크게 심호흡을 했다. 이렇게 직설적
이고 솔직하며 건방지고 배려심 없는 남자는 처음이다. 아니 남자, 여자를
통틀어 처음이다. 노처녀 조카를 데리고 사는 이모도 한 번도 희재에게 이
런 막말을 해본 적은 없다. 희재가 답장을 보내야 할지 그냥 씹어버려야 할
지 고민하면서 분을 삭이고 있을 때 그에게 두 번째 문자가 도착했다.

'연말에 만날 사람 한 명 없다는 거 아는데 튕기지 말고 나오시죠. 친구들
다 남편이랑 애랑 놀잖아요.'

"이걸 확!"

하마터면 희재는 통화 버튼을 눌러 소리를 지를 뻔했다. 하지만 지도 교

수님 얼굴이 오버랩되면서 이성을 찾아야겠다고 생각한 희재는 최대한 감정을 빼고 답장을 보냈다.

'미안해요. 만날 친구들이 있어서. 지금 친구들이랑 클럽에서 신이 나게 놀고 있으니까 걱정 말아요. 게다가 삼성맨들과 부킹 중이니까.'

희재는 혜영, 보라와 함께 강남역 〈밤과 음악 사이〉에서 추억의 음악을 들으면서 술을 마시고 있었다. 연말이라 줄을 2시간 서 있어도 입장이 불가능했지만, 혜영의 지인을 통해 줄도 안 서고 테이블 하나를 차지했다. 역시 인맥 좋은 혜영이었다.

90년대 음악을 주로 틀어주는 이 카페가 마음에 드는 건 89년생 이후는 출입이 불가능하다는 사실이었다. '애들은 가라'라고 적혀 있는 벽의 알림판을 바라보면서, 희재는 '구재혁 너도 꺼져'라고 마음속으로 외치고 있었다.

"또 어떤 노래 신청할 거야? 희재는 룰라의 〈날개 잃은 천사〉, 나는 솔리드의 〈천생연분〉, 보라 너는 R.ef 노래 신청할래? 아니면 너 터보 노래 좋아하지?"

"노래는 됐고, 희재야, 여기 삼성맨들 완전 많다는데, 너 부킹할래? 오늘 패션 좋은데. 역시 비싼 코트가 제값을 한다. 틴트 하나 발랐는데도 이렇게 얼굴이 화사하네. 너 진짜 이제 화장 좀 하고 다녀!"

보라까지 술에 취해 희재에게 부킹하라며 부추겼지만, 희재의 신경은 온통 구재혁의 문자에 쏠려 있었다. 그때 다시 도착한 구재혁의 문자.

'오늘 상담이 급하게 필요한 날. 청담동으로 오세요. 선생님. 지금 당장이요.'

연말이라 늦은 시간임에도 차는 막혔다. 그의 문자 한 통에 가방을 들고 일어서는 희재를 보면서 혜영과 보라는 무슨 일이냐며 걱정했지만, 희재는 그들에게 이모가 편찮으시다고 거짓말을 했다.

'멍청이. 왜 거짓말을 하고 난리야. 사실대로 말하면 될 걸.'

약속 장소인 청담동 이자카야에 도착했을 때, 구재혁은 남자와 함께 있었다.

"쌤! 여기!"

구재혁이 손을 들어 희재를 맞이했다. 연말이라 그런지 이자카야 안은 사람들로 꽉 차 있었고, 담배 연기로 시야가 뿌옇게 보였다.

"인사하세요, 내 동료, 황민석."

덩치가 구재혁과 비슷한 남자가 일어나서 희재에게 인사했다.

"고등학교 때부터 야구 같이 했던 친구예요. 팀은 다르지만."

왜 두 사람이 술 마시는 자리에 자신을 불렀을까 약간은 언짢아하며 자리에 앉았을 때 구재혁이 말했다.

"이 친구는 여자친구 만나러 간대요. 쌤한테 인사하려고 지금까지 기다린 거예요."

구재혁의 말이 끝나자마자, 황민석은 외투를 챙겨 입으며 일어섰다.

"만나서 반갑습니다. 재혁이한테 상담하는 거 얘기 듣고 있었어요. 저희 구단에도 상담사가 있긴 한데, 나중에 저도 도움이 필요하면 연락드려도 될까 하구요. 얼굴 한번 뵈려고 기다렸거든요."

희재는 지갑에서 명함을 꺼내 황민석에게 주고, 만나서 반가웠다는 인사를 했다. 두 선수가 꽤 유명한지 이자카야에 있는 사람들이 흘끔흘끔 나가는 황민석과 구재혁을 쳐다보았다.

"저 아사히 생맥주 마시고 있던 참인데, 쌤도 드실래요?"

희재는 고개를 끄덕였다.

"쌤 오늘 화장했네? 왜? 삼성맨들이랑 부킹하려고? 쌤하고 부킹하는 남자들은 다 부장급이나 이사급 아니에요?"

노여워서 확 일어나서 나가버릴까 망설이던 희재는, 구재혁의 맥주잔을 빼앗아 들이켰다. 저 입을 꿰매버려야지.

"쌤, 나랑 처음 만난 날, 취해서 키스했던 거 생각나요?"

희재가 아사히 생맥주를 네 잔쯤 마셔 얼굴이 발갛게 상기됐을 때 구재혁이 말했다. 그녀는 구재혁의 얼굴에 맥주를 가열차게 뿜었다.

"뭐야! 더러워. 여기 냅킨이요!"

"뭐라고요? 내가? 거짓말하지 말아요."

"진짜인데? 노래방, 기억 안 나요?"

희재는 재빨리 기억을 더듬었다. 아무것도 생각나지 않았다. 구재혁을 처음 만났던 날, 그는 희재에게 술을 더 마시자고 제안했고 근처 주점에서 소주를 일곱 병쯤 마셨다. 구재혁은 운동선수니까 다음날 벌떡 일어났겠지만, 희재는 깨질 것 같은 머리를 부여잡고 온종일 고생해야 했다. 노래방에 갔던 것까지는 기억이 나지만 집에 어떻게 왔는지가 생각이 안 났다. 그날 이후로도 상담차 일곱 번쯤 구재혁을 더 만났는데, 왜 지금 이이야기를 꺼내는 걸까?

"나 장난하는 거 딱 질색이에요. 그리고 내가 나를 잘 아는데 그랬을 리가 없어요. 아무리 취해도 나는 그런 실수 하는 사람이 아니거든요."

"그럼 나랑 한 건 뭐지? 그거 알아요? 내가 사고 이후로 여자랑 키스도 잘 못하거든. 내 눈앞으로 다가오는 건 모두 공으로 보인다고요. 그때 갑자기 나한테 키스해서 내가 얼마나 놀란 줄 알아요? 노래하고 있었기에 망정이지, 내가 진짜 놀라서 밀쳐냈으면 내 주먹에 맞았든 마이크에 맞았든 쌤도 수술해야 했을 걸요?"

구재혁의 표정을 보니 거짓말이 아닌 듯싶었다.

'뭐야. 이제 윤희재 드디어 미친 거야? 처음 만난 남자에게 키스를 했다고? 미소도 아니고 내가?'

"믿을 수 없지만……, 만약 그게 사실이라면……, 진짜 내가 먼저 그랬다고요?"

"에이, 그랬다니까."

"그렇담……, 그쪽이 그럴 여지를 주거나, 키스를 유도했을 거예요. 지난 8년 동안 남자를 만난 적도 없고, 그런 사고를 친 적도 없거든요."

"맞네! 그거네. 그래서 나한테 키스한 거네. 너무 오래 굶어서."

희재의 표정이 싸늘하게 변했다. 굳은 희재의 얼굴을 보고 구재혁은 그제야 미소를 지으며 말했다.

"알았어요! 내가 했어요. 내가 키스한 걸로 칩시다. 그런데 제임스는 누구예요? 예전에 사귀었던 남자친구예요?"

희재는 그 순간 심장이 쿵, 떨어지는 것을 느꼈다. 그 말을 듣기 전까지만 해도 구재혁이 장난하는 거라고 믿었던 희재는 구재혁의 입에서 제임스 이야기가 나오자 당황했다. 어쩌면 내가 정말, 이 남자에게 키스했을 수도 있다!

"김 교수님과 쌤 조언대로 집중훈련을 하는 중이에요. 내가 포수가 돼서 강속구로 날아오는 평고를 받아내는 건데, 평소보다 두 배 가까운 거리에서 훈련해요. 포수 마스크를 쓰고 훈련을 하지만, 일단 공이 날라오면 공포심에 도망가고 싶거든요. 공 10개만 받아도 다리가 후들거리고 등에서 식은땀이 나요."

좋은 변화다. 두 달 전까지 구재혁은 모든 훈련과 심리치료를 중단한 상태였다.

"좋아요. 그 두려움과 맞서지 않으면 다시 경기장에 나가기 힘들 거예요. 운동일지는 계속 쓰고 있어요?"

"쌤이 시키는 대로 캠코더로 내 훈련장면을 촬영해서 보고 있고, 일지도 써요. 김 교수님이 다음 주에 쌤이랑 같이 한번 보자고 하시더라고요."

전문적인 상담은 김 교수가 주도하고 있고, 희재는 보조역할로 구 선수의 심리 상담을 돕고 있었다. 구재혁은 차갑기는 하지만 상담한답시고 자신의 생활에 너무 깊숙이 개입하려 들지 않는 희재가 마음에 들었다.

"그런데 오랫동안 남자친구가 없으면 섹스는 어떻게 해요? 아……, 부킹은 한댔지. 그럼 원나잇을 하긴 하는 거네?"

희재는 구재혁의 말에 얼굴이 빨개졌다. 나이 서른일곱에, 이제 곧 서른여덟

이 되는데, 이런 말에 얼굴이 빨개지다니. 희재는 일부러 시크한 척하며 말했다.

"나는 섹스가 그렇게 중요한 사람이 아니에요. 좋으면 했겠죠. 내가 그렇게 고리타분한 사고방식을 가지지는 않았거든요."

"뭐야. 그럼 섹스도 안 하고 산다고요? 헤어진 지 몇 년 됐다 그랬지? 이 아줌마 완전히 숫처녀 다 됐겠네."

"뭐라고요? 아줌마?"

발끈하는 희재가 구재혁은 귀여웠다. 이 나이에 이렇게 고리타분하고 숙맥인 여자가 다 있다니. 정말 김 교수 말대로 공부만 하다가 나이를 먹었나 보다.

"나이 서른여덟을 그럼 뭐라고 부르지? 이모?"

"아직은 서른일곱! 그리고 이것 봐요, 댁도 이제 서른이거든? 당신도 나이 금방 먹는다고. 이렇게 말 함부로 하면 나도 말 막 할 거예요!"

희재의 얼굴이 분노로 터질 것 같았을 때, 그는 테이블을 사이에 두고 그녀의 얼굴에 더 바짝 다가와 속삭였다.

"서른일곱 살 먹은 여자랑 자면 어떤 기분일까요? 오늘 나랑 한번 자볼래요?"

참을 수 있는 한계는 여기까지였다. 희재는 아무 대꾸 없이 일어나서 이자카야를 나왔다. 구재혁이 뒤늦게 계산하고 쫓아 나와서 농담이었다고 기분 풀라고 사정했지만, 희재는 그를 쳐다보지 않고 계속 걸었다.

"에이, 미안해요. 잘못했다고요. 내가 진짜 늙어 보이는 여자한테 늙었다고 하겠어요? 쌤은 그런 자격지심 안 가져도 된다고요."

끝까지 밉상이다. 희재는 뒤를 한번 돌아보고 구재혁에게 시원하게 욕이라도 해주고 싶었지만 그냥 걸었다. 구재혁이 계속 뒤따라오며 말했다.

"알았어요. 우리 노래방에서 키스했다는 거 뻥! 쌤 마지막 키스가 언젠지 궁금해서 떠본 거예요. 술 취해도 너무 뻣뻣해서."

희재는 뒤를 돌아보았다. 뻣뻣하다고? 대학 다닐 때 양아치 곽부성에게 들었던 말이다. 희재는 구재혁에게 다가가 그의 정강이를 힘껏 걷어찼다.

"이건 나를 뻣뻣하고 살도 차갑다고 함부로 판단한 대가!"

구재혁은 다리를 붙잡고 팔짝팔짝 뛰며 어린아이처럼 소리 질렀다. 그리고 희재에게 말했다.

"살이 차갑다는 말은 안 했는데? 만져봤어야 알지! 어떤 자식한테 들은 말을 지금 나한테 화풀이하는 거야?"

희재는 아차 싶었다. 내가 미쳤지. 지금 무슨 말을 한 거야?

"나는 싫은 사람이랑 술 절대로 안 마시거든요? 쌤 만난 이후로 훈련을 다시 시작하게 된 게 고마워서 오늘 한잔 사려고 한 건데, 무슨 여자가 힘이 그렇게 세요?"

병 주고 약 주는 얍삽한 녀석 같으니라고. 희재는 한숨을 한번 깊이 내쉬고 뒤를 돌아보았다. 여전히 구재혁은 다리를 절뚝거리며 아파하고 있었다.

"아니, 나이 먹은 여자들은 원래 다 이렇게 드센가? 어디 가서 술이나 한잔 더 해요. 나를 상담해줄 의무가 있다는 거 몰라요? 나 이러면 김 교수님한테 이를 거야. 김수경 선생님한테도 발로 깠다고 말할 거고!"

이 왕재수, 골칫덩어리 구재혁! 희재는 이를 악물고 그를 노려보았다. 그리고 절대 취하지 않으리라 다짐하면서 그와 근처 술집으로 들어갔다. '넌 학생이고, 난 선생이야!'라는 드라마 대사를 떠올리면서.

#41 내 남자의 결혼발표

어차피 내겐 없을 행복 잠시 가졌으니
여기서 삶이 끝난대도 후회는 없으리
다는 인연에 집착하여 잡지 않으리
다시는 그대 앞에 서는 일 없으리
_슬픈 영화 | 러브홀릭

보라는 포털 사이트의 검색어를 보고 있었다. 실시간 검색어 1위는 '최진욱 결혼'이었다. 12월의 마지막 날, 인터넷은 최진욱의 결혼발표로 들썩였다. 진욱은 입국 날짜를 며칠 미룬 상태라 아직 중국에 있었다. 결혼 상대자는 보라가 아닌, 사업 파트너 박희진 대표였다.

한국에 먼저 들어와 있던 박희진은 적극적으로 인터뷰에 임하고 있었고, 중국에 있는 진욱을 대신해 그들의 연애 풀 스토리를 털어놓고 있었다. 한국과 중국을 오가면서 사업을 하는 박희진 대표가 10년 전 최진욱의 중국 진출을 도왔고, 매니지먼트 일도 맡아서 했다. 그들은 오랜 시간 서로 신뢰하는 파트너였고, 함께 중국에서 레스토랑 및 패션 사업도 했다. 하지만 올해 초부터 사업의 위기를 함께 극복해나가면서 더 돈독한 관계로 발전했다. 두 사람은 그 신뢰를 바탕으로 앞으로의 인생도 함께 꾸려가기로 마음을 모았다는 것이 기사의 요지였다. 박희진 대표는 최진욱 보다 두 살

연상으로 현재 마흔한 살이며, 그녀는 진욱의 아이를 임신 중이었다.

기사는 박희진 대표가 퍼뜨린 것 같았다. 중국에 있는 진욱은 입장 표명을 하지 않았고, 박희진 대표가 기자들과 언론사를 상대로 인터뷰하며 두 사람의 결혼일정을 브리핑하고 있었다.

보라의 휴대폰이 정신없이 울려댔다. 송 대표, 희재, 혜영, 그리고 민재. 하지만 보라는 전화를 받지 않았다. 흥분하고 화를 내야 할 상황에서 이상하게 더 침착해졌다. 보라는 방 침대에 가만히 앉아서 이 상황을 정리했다.

진욱과 마지막으로 통화한 것은 지난주 월요일이었다. 중국의 집을 정리하느라 정신이 없다는 내용이었고, 보라도 영화 촬영을 앞두고 미팅이 많아 바빴다. 전화가 조금 뜸해졌다는 것 빼놓고는 아무런 낌새가 없었다. 5개월 전에 한국에 들어왔을 때도 두 사람은 내내 같이 있었고, 다른 여자를 만난다는 의심을 해본 적이 없었다. 언론에 노출되지만 않았지, 보라와 진욱 주변 사람들은 그들의 연애에 대해서도 이미 오래전부터 알고 있었다. 그런데 갑자기 진욱이 결혼을 발표했고, 게다가 조금 있으면 아빠가 된다고? 보라는 휴대폰을 들었다. 그때까지 진욱에게 전화 한 통이 없었다. 진욱의 번호를 눌렀다.

"나야."

진욱은 아무 말이 없었다. 인터넷 기사를 보면서도 보라는 반신반의 했다. 연예인에게 엉뚱한 스캔들이 나기도 하니까 잘못된 기사일 수도 있다고 믿었다. 그러면서 나름대로 시나리오를 생각해봤다. 박희진 대표는 오랜 시간 최진욱을 혼자 좋아했다. 진욱이 마음을 열지 않자 혼자 결혼 발표 인터뷰를 했다. 아니다. 그런데 임신은 어떻게 된 거지? 그래 임신도 거짓말일 수 있다. 요즘 정신 나간 사람들이 많으니까. 예전에도 진욱의 아이를 가졌다던 스토커가 있었지. 보라는 분명 그때의 상황일 거라고 마음을 다독이고 있던 참이었다. 그런데 진욱의 침묵이 보라를 불안하게 만들었다.

"박희진 대표랑 결혼해? 기사 잘못 나간 거지?"

진욱은 침묵했고, 그 침묵이 보라의 마음을 더 초조하게 만들었다. 보라가 답답하다고 사실을 말하라고 다그치자 그는 드디어 침묵을 깨고 말했다.

"사실이야. 나 결혼해."

보라는 순간 피가 거꾸로 솟는 느낌이 바로 이런 느낌일까 하고 생각했다. 이런 느낌을 진작 알았더라면, 드라마 찍을 때 대본에 있던 지문을 완벽하게 이해할 수 있었을 텐데.

"사실이라고? 그걸 나더러 믿으라고? 우리가 일년을 안 봤어? 이년을 떨어져 있었어? 우리 지난주까지 이틀에 한 번꼴로 통화했어. 내가 다른 사람 만나고 다른 사람이랑 통화했던 거야? 잠깐, 우리 둘이 사귄 거 아니었어?"

진욱은 또 침묵했고, 이젠 그의 무응답이 보라를 화나게 했다. 보라는 휴대폰을 귀에 댄 채 부엌으로 가서 맥주 한 캔을 땄다. 목이 타들어 가고 몸이 떨려서 가만히 앉아 있을 수 없었다.

"그게 말이 돼? 어떻게 나 모르게 결혼을 해? 내가 이렇게 눈 뜨고 여기 살아있는데!"

"거짓말 안 할게, 보라야. 박 대표랑 사귄 건 아니었어. 그런데 석 달 전에 술 마시고 같이 잔 건 맞아. 지난주에 임신했다는 얘기 들었어. 박 대표는 아이를 원했고, 나이가 있으니 혼자라도 낳겠다고 했어."

"그게 말이 돼? 그럼 나는? 16년 가까이 오빠랑 만나고 헤어지고를 반복한 나는? 내 인생은 이렇게 망가뜨려 놔도 괜찮아?"

보라는 악을 쓰고 있었다. 수화기 너머로 들려오는 보라의 고함과 흐느낌에 진욱은 마음이 아팠다. 아니, 마음이 아프다는 표현도 모자랐다.

"미안해. 보라야. 너한테 두 번 다시 이런 상처 주고 싶지 않았는데…….정말 미안하다. 나같이 못난 놈 잊고 잘 살아. 나 보란 듯이."

보라에게 이런 말 밖에 할 수 없음에 진욱은 자학했다. 진욱에게 이런 말을 들어야 하는 보라는 절망했다. 더는 할 얘기가 없어서, 진욱의 이야기를 더 듣다가는 아파트 베란다에서 뛰어내릴 것 같아서 보라는 전화를 끊고 남은 맥주를 벌컥벌컥 들이켰다. 그때였다. 낯선 번호로 문자가 왔다.

'보라 씨. 박희진입니다. 만나고 싶어요. 연락 주세요.'

이제 이 상황을 어떻게 받아들여야 할지 모르는 보라는 혜영에게 전화를 걸었다. 혜영은 보라에게 박희진의 전화를 받지 말고, 만나지도 말고, 집에 꼼짝 말고 있으라고 했다. 그녀는 1시간 내에 보라의 집에 도착할 거라고 말했다.

하지만 보라는 박희진에게 전화를 걸었고, 사람들의 눈을 피해 압구정동 한식집에서 조용히 만나기로 약속했다. 상처받을 것이 뻔했으나 보라는 직접 그녀에게서 진실을 들어야 했다. 2시간 뒤 압구정동 한식집에서 진욱의 두 여자는 테이블을 사이에 두고 마주 앉았다.

# #42 널 사랑해서 미안해

그댈 사랑하면 더 할수록
그대의 눈물이 늘어만 가서
오늘만 단 하루만 착하려 해요
보내줄게요 내 품에서 떠나요
_파랑새 | 바비킴

　마흔한 살의 박희진 대표는 외모가 눈에 띄게 예쁜 스타일은 아니었다. 오히려 아줌마 같다는 표현이 맞았다. 하지만 돈이 많아서인지 세련된 옷차림에서는 귀티가 흘렀고 카리스마가 넘쳤다. 그녀의 목소리는 낮고 차분했다.

　"미안해요. 이렇게 보자고 연락해서. 우리 예전에 진욱 씨랑 두어 번 봤었죠?"

　그때 이 여자가 뒤통수를 칠 거라는 사실을 알았다면 좀 더 경계했을 텐데. 아줌마 같고 정말 사업만 하게 생긴 박희진을, 보라는 한 번도 의심한 적이 없었다. 중국에서 오랜 시간 진욱과 일한다는 걸 알았어도, 단 한 차례도 그녀를 의심한 적은 없었다. 그래서 충격은 더 컸다.

　"지금 상황에 대해서 설명을 좀 해주시겠어요?"

　드라마에서처럼 머리채라도 잡아야 하는지, 어떻게 우리 사이에 끼어들 수 있냐고 화를 내야 하는 건지 보라의 머릿속은 백지상태였다. 이곳에 오기 전까지만 해도 내 남자를 빼앗은 여자에게 응징이라도 가할 기세였지만, 막상 그녀의 카리스마 앞에서 보라는 자신의 처지가 더 초라해짐을 느꼈다.

"일단 미안해요. 진욱 씨랑 보라 씨랑 만나고 있는 거 알고 있었어요. 진욱 씨가 나한테 숨기지도 않았고요."

그렇다면 작정하고 진욱을 유혹했다는 건가? 보라는 서서히 분노가 치밀어 올랐다.

"알다시피 진욱 씨랑 나는 10년 가까이 중국에서 일했어요. 사업도 함께 하고요. 올 초부터 우리가 하던 패션 사업에 문제가 있었고, 그것 때문에 작품 활동에 전념해야 하는 진욱 씨가 스트레스를 많이 받았어요. 꽤 많은 투자자금이 얽혀 있거든요."

"그래서요?"

"진욱 씨가 보라 씨를 사랑하는 건 맞아요. 아마 지금도 그럴지도 몰라요. 하지만 술을 마시고 실수했든 우린 하룻밤을 같이 보냈고, 임신한 걸 알았을 때 나는 낳고 싶었어요. 진욱 씨가 싫지 않으니까. 그런데 진욱 씨는 망설였어요. 나를 사랑하지 않으니까. 하지만 우리에겐 아이가 생겼고 그건 어쩌면 우리가 운명이라는 증거일지도 모르죠."

그녀는 당당했다. 목소리에서 긴장감도 떨림도 느껴지지 않았다. 그것이 보라를 더 슬프게 만들었다.

"나랑 오빠랑 대학교 1학년 때 만났어요. 여러 번 만났다가 헤어졌고, 그래요, 오히려 만난 시간보다 이별했던 시간이 더 길었죠. 물론 서로 다른 이성을 만나기도 했어요. 하지만 중요한 건 우리는 현재 사귀는 관계라는 사실이에요. 이런 식의 통보는 나한테 배신이고 반칙이라는 거죠."

"그래서 내가 이렇게 설명하고, 미안하다고 말하는 거잖아요. 내가 진욱 씨랑 결혼을 안 한다고 칩시다. 보라 씨는 내가 혼자 아이를 낳아서 키워도 상관 안 할 자신 있어요? 진욱 씨랑 계속 행복할 자신 있고요? 여기가 할리 우드인가?"

보라는 번번이 박희진 대표의 뻔뻔함 앞에서 울화가 치밀었다.

"보라 씨가 모르는 게 있어요. 진욱 씨가 아이 때문에 나와의 결혼을 결심한 건 아니에요. 알잖아요. 최진욱이라는 남자 얼마나 이기적인지. 그 사람 지금 어려워요. 사업 잘못되면 전 재산을 잃고 빚더미에 앉을 수도 있고, 나이 서른아홉이면 이제 청춘스타도 아니고요. 그만큼 자신의 인생에 대해 자신 없고, 불안해한다는 뜻이죠."

결국, 돈이 목적이라는 얘기인가? 보라의 머릿속이 복잡해졌다.

"나 물론 우리 부모님께 물려받은 재산도 많고 돈 많아요. 하지만 진욱 씨가 나를 돈 때문에 선택했다고 생각하지 않아요. 적어도 결혼이라는 건, 인생의 동반자를 만난다는 건 또 다른 비즈니스거든요. 돈이 많은 내가 아니라 최진욱 인생의 버팀목이 되어줄 박희진이 필요했던 거예요."

"오빠가 당신의 경제력 때문에 결혼을 선택했다는 거잖아요, 결국은."

"이런 면을 진욱 씨는 힘들어했을 거예요. 보라 씨는 나이 헛먹었어. 남자들이라고 해서 항상 강하지 않아요. 무슨 말인 줄 알아요? 남자들도 누군가에게 기대고 싶어 한다고요. 보라 씨는 항상 진욱 씨가 감싸줘야 할 존재였어요. 언젠가 얘기하더군요. 보라 씨를 처음 본 순간부터 항상 당신에게 멋진 사람이고 싶었다고. 진욱 씨가 자신의 치부를 보라 씨한테 보여준 적 있던가요?"

그 순간, 보라의 얼굴이 화끈거렸다.

"진욱 씨 어머니가 친어머니가 아니라는 사실은 알아요? 명문대 경제학과를 1년 다니다가 서울예전에 입학하게 된 게 부모님에 대한 반항이었다는 것도 아나요? 보라 씨가 살고 있는 아파트, 진욱 씨가 마련해준 돈으로 얻었다는 것도 알아요? 그때 현금 모으느라 갖고 있던 주식도 팔았거든요. 최근에 사업 때문에 힘들었던 것도 모르죠? 그것 봐요. 보라 씨는 16년을 그 사람과 알고 지냈고 오랜 시간 사귀었지만 그 사람에 대해 아는 건 없어요. 늘 스타 최진욱, 자신의 남자친구로서의 최진욱만 필요했지. 남자들이 이런 속마음을 털어놓을 수 있는 대상이 이 세상에 몇 명이나 있다고 생각해요?"

보라는 바로 자리에서 일어나 한식당을 나왔다. 그녀 앞에서 분노하고 우는 모습을 보여주는 것이 자존심 상했다. 발레 파킹 장소로 걸어가는 보라의 다리는 후들거렸다. 얼굴은 하얗게 상기돼 있었다. 운전할 수가 없어 보라는 차 안에서 눈을 감고 떨리는 마음을 진정시켰다.

이건 배신이다. 오랜 연인이었던 자신보다 파트너 관계였던 그녀가 진욱에 대해 더 많이 알고 있다니. 다른 여자와 바람을 피우고, 아이를 갖고, 깜짝 결혼발표를 하는 것보다 더 큰 배신이다. 시간에 대한 배신이며, 사랑에 대한 배신이며, 신뢰에 대한 배신이다.

"그건……, 진욱이가 비밀로 해달라고 했어. 너한테 솔직하게 말하고 싶었지만 네가 어떻게 받아들일지도 모르고."

혜영의 집으로 쳐들어간 보라는 거의 이성을 잃은 상태였다. 자신을 속인 혜영에게 더 큰 분노를 느끼고 있었다.

"그년이 그렇게 말해? 웃긴 년이네. 그년이 뭔데 그런 얘기를 해?"

혜영의 말에 보라는 고함을 질렀다.

"나만 바보 된 거잖아! 오빠한테 나는 늘 짐이었던 거잖아! 오빠가 자기 힘든 모습과 상처를 하나도 보여줄 수 없을 만큼 나는 나밖에 모르는 이기적인 사람이었던 거잖아!"

혜영은 보라가 안쓰러워 같이 눈물을 흘렸다.

"아니야. 그건 진욱이가 너를 사랑해서 그런 거지. 네가 연약하니까 걱정하게 하고 싶지 않고, 상처 주고 싶지 않아서. 누가 사랑하는 여자한테 자기 못난 모습을 보여주고 싶겠어. 누가 사랑하는 여자를 걱정시키고 힘들게 하고 싶겠어. 보라야 그런 생각 하지 마. 너 그럼 못살아."

보라는 혜영의 거실 바닥에 주저앉아 목 놓아 울었다. 진욱이 다른 여자와 결혼한다는 사실보다, 자신이 모르는 그의 상처와 밑바닥의 모습을 박희진이 알고 있다는 사실이 서럽고 분통했다.

그날 밤, 보라에게 짧은 문자 메시지 한 통이 도착했다.

'널 사랑해서 미안하다…….'

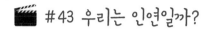 **#43 우리는 인연일까?**

휴일을 앞둔 밤에 아무도 없는 새벽
도로를 질주해서 바닷가에
아직은 어두운 하늘 천병 궁은 빛났고
차 안으로 스며드는 찬 공기들
기다릴게 언제라도 출발 할 수 있도록
_항상 엔진을 켜둘게 | 델리 스파이스

　통장 잔고 1백만 원. 2011년 다이어리를 새로 사고, 이번 달 내야 할 카드 값과 공과금을 계산하던 희재가 책상 앞에 앉아서 한숨을 쉬었다. 시간강사라도 대학에서 아이들을 가르치는 교수인데, 희재의 통장 잔고는 달랑 1백만 원이었다. 들어놓은 적금도 비상금도 없었다. 이모가 들어놓은 암보험과 상해보험, 연금보험이 전부였다. 엄마가 남기고 간 잠실의 아파트가 희재 명의로 돼 있고 재개발된다는 것이 유일한 위안이었지만, 인생을 돌아볼 때 한심했다.

　희재가 이런 현실적인 고민을 하는 것은 이모가 이제 다음 달이면 집을 떠나 따로 살기로 했기 때문이다. 이모는 쉰 중반의 나이에 첫 결혼을 앞두고 있었다. 따로 결혼식을 안 하고 살림만 합치기로 했지만, 어쨌든 이모에겐 첫 번째 결혼인 셈이다.

희재는 이모의 결혼에 찬성도 반대도 하지 않았다. 이모의 선택을 존중해주었다. 만나는 사람이 줄곧 있었지만 결혼만은 하지 않던 이모가, 사별하고 희재 나이만 한 자식이 셋이나 있는 거래처 공장 사장과 결혼한다고 했을 때, 희재는 외로운 이모에게 짝이 생겨서 잘됐다고 생각했다. 소식을 전해들은 혜영만 독신녀의 우울한 최후라고 끊었던 술을 들이켰다. 그리고 희재에게 말했다. 혼자 당당하게 살 자신 없으면 지금이라도 듀오에 가입해서 결혼하라고.

희재의 이모는 결혼을 발표하면서 그녀에게 이렇게 말했다.

"이제 박사논문도 통과될 거고, 이모는 할 일 다 했다는 생각이 들어. 네 엄마한테도 떳떳하고. 희재 너도 이제 앞가림하면서 살 수 있잖아. 이모가 없어야 이 집에 남자도 들이고 연애도 하고 그러지. 이모도 이제 나이 들었는지 나이 든 영감탱이라도 같이 밥 먹고, 등산 다니고 그런 평범한 생활도 해보고 싶어. 이 나이에 주책이지?"

희재는 이모가 결혼할 타이밍이 바로 지금일지도 모른다고 생각했다. 법적으로 결혼할 나이가 제한된 것도 아니고, 마음을 먹었을 때가 결혼할 시기라고 생각했다. 물론 이혼하거나, 사별하거나, 애가 딸렸거나, 머리가 벗겨졌거나, 나이 들수록 남자를 선택할 수 있는 폭은 좁아지게 마련이지만.

희재는 캠코더로 촬영된 구재혁의 훈련 영상을 보고 있었다. 심리훈련을 통해 공포심을 극복하고 자신감을 갖는 것이 슬럼프 극복의 좋은 예지만, 심리치료와 병행해야 하는 것이 실전 훈련이다. 자신도 모르는 사이 투구 폼이나 타격 폼이 바뀐다든지, 최상의 경기력을 발휘하는 데 필요한 고유한 행동이나 절차를 의미하는 루틴이 제대로 갖춰지지 않았을 때, 경기력 저하는 물론 깊은 슬럼프를 동반한다. 따라서 심리치료와 함께 실력의 업그레이드를 위한 실전 훈련도 필수였다.

구재혁이 공 받기 집중훈련을 하는 장면을 보면서 희재는 마음이 조금 짠해졌다. 유니폼 전체가 젖을 정도로 땀을 흘리고 있었다. 긴장했다는 증거다. 눈빛에도 두려움이 가득하다. 게다가 타격 훈련을 할 때는 날라 오는 공을 제대로 보지 못해 헛스윙이 많았다. 심리적인 두려움을 극복하지 못했으니 실력 향상을 기대할 수 없었다. 아직은 좀 더 치료가 필요한 상태였다.

구재혁의 훈련일지와 영상을 보면서 필기하고 있을 때 휴대폰이 울렸다. 구재혁이었다. 전화를 받자마자 그의 거친 신음 소리가 들렸다. 희재의 얼굴이 화끈거렸다. 지금 이 어처구니없는 상황은…… 뭘까?

"지금 뭐하는 거예요?"

"아니…… 그게…… 허억…….”

그는 계속 가쁜 숨을 몰아쉬고 있었다. 이런 변태 같은 자식! 지금 뭐하자는 거지? 희재는 이 상황을 어떻게 대처해야 할지 몰라 당황하고 있었다.

"왜 이러는 거예요? 은밀한 사생활까지 나한테 보고할 필요는 없다고요!"

"네?"

그때였다. 수화기 너머로 작게 "구재혁, 안 가? 나 먼저 간다!"라고 외치는 남자의 목소리가 들렸다. 순간 희재의 얼굴이 뜨거워졌다.

"뭐요? 은밀한 사생활? 쨈, 지금 무슨 상상을 하는 거예요? 나 지금 야간

연습 중이었는데?"

구재혁은 여전히 숨이 가쁜 목소리로 말하고 있었다. 희재는 휴대폰을 귀에서 떼고 자신의 머리를 쥐어박았다.

'미쳐! 나이 먹으면 죽어야지. 내가 지금 무슨 상상을 한 거야?'

"와……, 대박! 쌤, 그러니까 자유로운 성생활을 즐기시라니까요? 이상한 상상이나 하지 말고."

당황한 희재는 무안함을 감추려고 정색을 하며 말했다.

"그런데 연습하다 말고 왜 전화했어요?"

구재혁은 정색하는 희재가 귀여워서 미소 지었다.

"운동장 20바퀴 돌았는데, 갑자기 쌤이 지난번에 노래방 갔을 때 나한테 토이 노래 불러달라고 했던 게 기억나서요. 그때는 내 취향이 아니라서 안 불렀는데, 지금 불러주고 싶어서요."

"미친 거 아니에요? 운동장 뛰다 말고 왜 그런 생각이 들어요?"

"내가 이렇게 운동을 다시 시작한 게 쌤 때문이잖아요. 아무 때나 부르는 노래 아니니까 잘 들어봐요."

희재는 이 밤에 뭐하는 짓이냐고 극구 말렸지만, 곧이어 수화기 너머로 구재혁의 멱따는 노랫소리가 들려왔다.

"아프진 않니? 많이 걱정돼. 행복하겠지만 너를 위해 기도할게. 기억해 다른 사람 만나도."

순간 그의 노래가 뚝 끊겼다. 그리고 정적만이 흘렀다.

"……여보세요?"

"나 완전 멋있지?"

이놈의 왕자병은. 희재의 얼굴이 화끈거렸다.

"왜 노래를 부르다 말아요?"

"더 듣고 싶으면, 이리로 오는 게 어때요?"

불러내는 방법도 가지가지군. 희재는 구재혁이 선수일 거라고 확신했다.

"나 같이 근사한 놈이랑 연애하고 싶지 않아요?"

이건 또 무슨 계략이지? 요즘 애들은 원래 이렇게 당돌한 거야, 아니면 작업 멘트를 배우는 학원이 있는 거야?

"우리 상담 중인 거 잊었어요?"

"상담하는 선수랑 연애 같은 거 안 한다는 촌스러운 말은 하지 말고요. 나도 쌤이 완전 좋아서 죽을 것 같다거나 그런 건 아니에요. 솔직히 나, 나이 많은 여자 싫거든요. 그런데 쌤이랑 같이 있으면 편하고, 놀려먹는 것도 재밌고, 대화하면 마음이 안정이 돼요. 쌤이 결혼하자고 조르지만 않는다면 나는 한번 만나보는 것도 나쁘지 않을 것 같은데, 어때요?"

희재는 농담이라도 기분 나쁘니까 앞으로 이런 말 절대로 하지 말라며 차갑게 전화를 끊었다. 그런데 전화를 끊고 나니 가슴이 뛰었다.

'뭐? 나이 많은 여자는 딱 질색이야? 결혼하자고 조를까 봐 걱정이라고? 이게 오냐오냐해줬더니, 확 그냥!'

자존심이 상했지만 자꾸 그가 했던 말이 떠올랐다. 진심인 걸까? 농담인 걸까? 그때 그의 문자가 도착했다.

'쌤이 오기 싫으면 내가 갈 수도 있는데. 지금 시동 걸고 있는데 안 보이나?'

나이가 들면 남자들이 그냥 베푸는 친절과 호의를 관심으로 착각하지 말아야 한다. 혼자 착각해서 사랑을 시작하는 순간 남자는 곧 정색하고, 그러면 추해지는 건 한순간이니까. 지금 희재가 가장 조심해야 할 건 구재혁이 아니라 구재혁의 호의를 관심으로 착각하는 일이다.

희재는 그날 밤, 새벽 늦게까지 잠을 이루지 못하고 뒤척였다. 구재혁의 고백이 설사 진심이라고 해도 받아들일 용기가 없고, 차갑게 그를 외면할 용기도 없는 자신의 나약함과 많은 나이를 자학하면서.

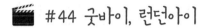 # #44 굿바이, 런던아이

길을 지나는 어떤 낯선 이의 모습 속에도
바람을 타고 쓸쓸히 춤추는 저 낙엽 위에도
뺨을 스치는 어느 저녁에 그 공기 속에도
내가 보고 듣고 느끼는 모든 것에 네가 있어
_기억을 걷는 시간 | 넬

민재는 영국에서 촬영해온 필름을 보고 있었다. 필름에는 런던 템스 강에 있는 런던아이를 바라보는 보라의 뒷모습이 담겨 있다. 영화 속에서 보라의 이름은 '루아'였다. 영국으로 어학연수를 온 루아는 남자주인공 '진'을 우연히 만나 하루 런던 가이드를 하게 된다. 런던을 한눈에 내려다볼 수 있는 템스 강의 런던아이 앞에서, 진은 루아에게 함께 타보자고 제안하지만 그녀는 거절한다. 그리고 이렇게 말한다.

"내 소원 중 하나는 화창한 가을 날, 사랑하는 사람과 이 런던아이를 타는 거예요. 이곳에서 프러포즈를 받는다면 더할 나위 없이 행복하겠죠. 그 꿈을 남겨두고 싶어요. 그래서 런던에 머문 1년 동안 런던아이를 타지 않았어요. 언젠가 사랑하는 사람과 함께 타기 위해서."

이 신은 보라의 진짜 소망이기도 했다. 민재는 그녀와 명동에서 만났을 때, 연애하면서 가장 행복했던 추억이나 앞으로 해보고 싶은 연애의 로망에 대해 물었다. 그때 보라가 말했다. 진욱과 함께 런던아이를 타는 것이라고. 그녀는 런던아이 안에서 프러포즈를 받고 싶다고 말했다. 그때까지만 해도 보라는 런던아이를 함께 탈 사람이 진욱이라고 철썩 같이 믿고 있었다. 그래서 그 오랜 소망을 이루기 위해 스물다섯 살 때 영국으로 화보촬영을 떠나서도 런던아이를 일부러 타지 않았다.

영국으로 떠나기 며칠 전, 민재는 진욱의 결혼발표 기사를 보고 해외 촬영을 미루거나 취소해야 할지도 모른다고 생각했다. 하지만 보라와 만났을 때 그의 걱정과는 달리 그녀는 의외로 덤덤했다.

"괜찮……아요?"

보라는 말없이 고개를 끄덕였다. 조금 야위었고 잠을 못 잤는지 다크 서클이 좀 짙어진 것 빼고는 그녀는 예상외로 침착했다.

"걱정했어요. 선배가 또 많이 상처받았을까 봐……."

"참 신기하지? 나이는 공짜로 먹는 게 아니라는 말이 맞나 봐. 예전 같았으면 죽을 것처럼 아파하고, 식음을 전폐하고, 일이고 뭐고 다 때려치웠을 거야. 그런데 나는 이제 이 세상에 의지할 사람이 나밖에 없거든. 내가 돈을 벌자 않으면 살 수 없고, 이별하고 배신당했다고 해서 이 세상이 끝난 게 아니라는 것도 알아. 그냥 견디는 수밖에 없잖아. 그러다 보면 시간은 또 지나가고 그렇게 아무 일 없듯이 살게 된다는 걸……. 지난 경험으로 알게 됐어."

카페에 마주앉아 있던 보라는 민재 너머로 창밖의 풍경을 바라보면서 말했다. 보라의 슬픈 눈과 야윈 얼굴을 보면서 민재는 마음이 더 아팠다. 그리고 그를 떠올리면서 분노했다. 최진욱. 원래부터 마음에 안 들었던 개자식.

영국에서의 촬영은 고생스러웠지만 보라에게는 위안이 된 시간이었다. 진욱의 결혼 발표 후 아무 것도 하지 않은 채 있었더라면 더 절망스럽고 초라했을 것이다. 한국과 멀리 떨어진 영국에서 보라는 마음을 추스르고 작품에 집중했다.

그리고 그곳에서 민재가 다시 보였다. 유창하게 영어를 하면서 스태프들을 아우르는 민재의 카리스마 때문만은 아니었다. 민재는 촬영할 때 보라를 최고의 여배우로 만들어줬다. 민재는 한 신 한 신 두 주인공과 상의하면서 감정에 대해 몇 시간이고 대화를 나누면서 촬영을 했고, 감독 의자 옆에 보라 이름이 적힌 의자를 놓고 촬영된 필름을 보면서 많은 이야기를 나누었다.

민재와 촬영하면서 보라는 대본을 읽는 척하지 않았고, 이해하는 척하면서 연기하지 않았다. 이해되지 않는 대사를 입 밖으로 낼 때 자꾸 NG가 나고, 연기할 수 없는 감정으로 변하는 자신도 발견했다. 예전에는 한 번도 느껴보지 못한 경험이었다. 이번 영화를 촬영하면서 보라는 극중 루아에게 완벽하게 몰입했고, 배우가 작품에 임해야 하는 자세와 각오에 대해서도 다시 생각하게 됐다. 그녀를 변화시킨 것은 민재였다. 민재는 보라를 최고의 여배우로 생각했고, 그녀에 대한 믿음과 배려가 그녀를 변화시켰다.

영국 촬영을 마치고 한국으로 돌아가기 전날 밤, 민재와 보라는 털모자를 눌러쓰고 목도리로 얼굴을 칭칭 감은 채 런던의 밤거리를 쏘다녔다. 런던 브리지를 바라보며 매서운 바람에 떨고 있을 때 민재가 말했다.

"진욱 선배가 돌아와도 흔들리지 않을 자신 있어요?"

보라는 언짢은 듯 민재를 쳐다봤다.

"내가 바보야? 다른 여자랑 결혼하고 아이도 낳을 남자를 다시 받아주게."

"나는 어쩐지, 선배가 다시 받아줄 것 같다는 생각이 들어서요."

"뭐야? 나를 그렇게 물러터진 바보로 보는 거야? 그럼 너는 10년을 사귄 여자친구가 바람피우고 돌아와도 받아줄 수 있어?"

"그녀가 잘살길 바라지, 나한테 다시 돌아올 만큼 불행해졌기를 바라지는 않을 것 같아요."

진심일까? 보라는 민재의 말이 거짓말일지도 모른다고 생각했다. 그리고 곧 사랑에 대해 의심하고 편견을 갖게 되는 자신의 모습에 회의를 느꼈다. 반복되는 상처는 곧 사랑에 대한 불신으로 이어진다.

"나는 그냥, 선배가 다시 진욱 선배한테 흔들릴까 봐 그게 걱정되고 싫어요. '그럼에도 불구하고', 이 말이 사랑에서는 통하거든요. '어떻게 그럴 수 있지?' 하는 일도 우리에겐 종종 일어나고요."

보라는 민재를 바라보며 단호하게 말했다.

"그런 걱정할 필요 없어. 그 사람은 이제 나한테 다시는 오지 않을 테니까. 완벽한 인생의 파트너를 만났거든. 난 이제 '사랑한다'는 말에 더는 속지 않아."

상처받은 보라의 옆모습을 바라보면서 민재는 계속 그녀와 함께 영국에 머물렀으면 좋겠다고 생각했다. 어쩐지 한국에 가면 보라가 흔들릴 것 같아서 두려웠다. 그녀가 상처받는 게 싫은 걸까, 진욱과 가까운 거리에 있는 게 싫은 걸까? 민재는 보라를 지키고 싶었다. 하지만 보라와 유진을 생각하면 마음이 무거웠다.

런던의 야경을 바라보고 있는 보라의 두 뺨이 매서운 강바람에 홍조로 변해 있었다. 민재는 주머니에서 손을 빼서 보라의 두 뺨을 감쌌다. 보라가 놀라서 민재의 두 손을 떼어내려 했지만, 민재는 보라에게 바짝 다가가 말했다.

"감독의 배려라고 생각해요. 여배우 얼굴을 아름답게 지키고 싶은 감독의 배려."

"이렇게 친절한 감독이 어디 있어. 다른 여배우들은 오해하겠다."

"이 손난로는 소보라 전용인데."

"선수."

"그럼, 내가 작업하면 넘어와요?"

민재의 말에 보라가 웃었다. 차가운 강바람 앞에 보라와 민재는 서로의 숨소리도 들릴 만큼 아주 가까이 마주 보고 한참을 서 있었다. 런던의 밤은 아름다웠다.

🎬 #45 4월 이야기

넌 나를 사랑했었고 난 너 못지않게 간절했고
그 순간을 놓친 죄로 또 길을 잃고 세월에 휩쓸려
헤매다니는 어리석은 내가 있지
_replay | 김동률

야구장 근처 대로변을 운전하는데 벚꽃이 눈처럼 흩날렸다. 흐드러진 벚꽃을 보며 희재는 눈물이 났다. 슬프기도 하면서 아름다운 꽃. 그 애매한 감정을 이해할 나이가 됐다는 것이, 희재는 행복하기도 하면서 애잔했다.

희재는 나이 들어갈수록 꽃 한 송이, 나무 한 그루, 봄에 돋아나는 새싹을 보면서도 자연의 위대함을 느꼈다. 베란다에 화초를 키우는 이모를 늘 이해할 수 없었는데, 요즘 희재는 화초 돌보기에 푹 빠져 있었다. 화초와 대화하면서도 행복할 수 있다는 걸 깨달았다. 예전에 놓쳤던 소소한 일상의 즐거움에 대해 알아가는 중이었다. 이모는 이제야 희재가 결혼을 하고 아이를 낳을 때가 된 것이라고 말했다. 엉뚱한 소리 말라며 콧방귀를 꼈지만, 어쩌면 희재는 정말 이모 말이 맞을지도 모른다고 생각했다. 아파트 단지에서 아장아장 걷는 어린아이를 보면 어쩔 줄 몰라 함박웃음을 지었고, 꼬물거리는 손을 한 번만 잡아보고 싶다는 생각도 했다. 이 세상에 즐거움이 하나도 없다고 느낄 때도 많았는데 요즘은 매일 보는 하늘과 햇살, 살랑이는 봄바람에도 가슴이 설렌다. 나이가 든 걸까, 봄을 타는 걸까?

야구장을 빠져나온 지 20분쯤 됐을 때, 구재혁에게 문자가 도착했다.

'나 경기장에서 보니까 멋있지. 죽이지? 나 다시 잘나가기 전에 내 제안 잘 생각해 보시지? 아직도 나 좋다는 여자들 많거든?'

또 욱하지만 중요한 건 이제 그의 문자나 전화가 은근히 기다려진다는 사실이다. 희재는 정신 차리자고 다짐했다. 저런 바람둥이한테 잘못 걸려서 이 나이에 추해지는 건 한순간이라고 생각하면서.

구재혁은 새 시즌 시범경기를 통해 다시 운동장에 설 수 있다는 가능성을 보여줬다. 하지만 예전 4번 타자의 명성을 되찾기에는 턱없이 부족한 운동량과 컨디션이었다. 시범경기를 끝낸 구재혁은 올 시즌, 일단 2군에서 훈련하며 컨디션을 되찾는 데 집중하기로 구단과 합의했다. 슬럼프가 계속되자 방출 소문도 흘러나왔던 그에게 그나마 1군 합류의 가능성을 열어뒀다는 사실만으로도 그를 응원하는 팬들은 기뻐했다.

희재도 구재혁 때문에 야구장을 찾는 일이 잦아졌다. 게임의 룰도 알아야 하고, 무엇보다 구재혁이 어떻게 훈련하고 경기하는지 지켜봐야 했기 때문이다. 펑고를 받아내는 훈련도 이제 쉽게 소화하는 구재혁은, 새로운 타구 폼 찾기에 구슬땀을 흘리고 있었다. 공포심을 많이 극복한 상태였다.

3달 전, 노래를 불러주며 희재에게 고백했던 구재혁은 그 뒤로도 종종 사귀어보자고 농담처럼 얘기했다. 물론 그 사귄다는 의미에는 자유로운 스킨십이 포함돼 있다고 말해, 희재는 얼굴을 붉히며 늘 언짢은 기색을 보였다. 하지만 그는 아랑곳하지 않았다. 희재가 화내면 '싫음 말고' 하며 돌아섰고, 또 상담하러 만났을 때는 아무렇지 않은 척 능글맞게 굴었다. 나이에서 오는 자신감인 건지, 워낙 인기를 누려본 자가 갖는 여유인 건지, 아니면 타고난 연애 고수인 건지 희재가 당해낼 재간이 없었다.

희재는 라디오를 켜고 분당 정자동을 향해 차를 몰았다. 오늘은 혜영이 3번째 카페를 오픈하는 날이었다.

혜영은 분당 정자동에 건강음료만을 파는 카페를 열었다. 시련이 주는 긍정적인 효과도 있다. 자궁 수술 후 건강에 대한 관심이 부쩍 많아진 혜영은 먼저 음식부터 변화를 줬다. 현미밥을 먹고, 채소를 먹고, 효소를 만들어 먹으면서 피부가 맑아지고, 혈압과 고지혈증의 증상까지 나아지자 자연식 예찬론자가 된 것이다. 자연히 주력으로 팔고 있는 커피 외에 건강 음료에 대해서도 관심을 갖게 됐고 오미자차, 홍시 쥬스, 웰빙 빙수를 파는 건강식 카페를 오픈했다. 혜영은 이제 카페 3개를 거느린 유능한 사업가였다.

카페에는 이제 머리가 제법 희끗희끗해진 예준과 그의 후배들, 혜영의 지인들이 다 모여 있었다. 모두 건강 음료를 맛보고 평가 중이었다. 카페 내부는 내추럴한 인테리어 덕분에 심플한 멋이 돋보였다. 민재가 보낸 화분도 눈에 띄었다. 보라는 며칠 전 지나가는 말로 혜영이 새로운 카페를 오픈한다고 했던 것을 떠올렸다. 섬세한 남자 같으니라고. 그는 말 한마디를 흘려듣는 법이 없다.

보라는 주변 사람들과 영화에 대한 이야기도 나누고 잘 어울렸지만 계속 주위를 흘끔거렸다.

"진욱이 안 불렀어. 안 올 거야."

혜영이 보라가 경계하는 것이 무엇인지 안다는 듯 먼저 이야기를 꺼냈다.

"나도 안 볼 거야. 나 올 때 진욱 오빠 있음 미리 전화해줘."

희재도 불편한 심기를 드러냈다. 항상 두 사람이 이별했을 때 희재는 저러다 또 만나지 싶었다. 하지만 이번에는 경우가 다르다. 약이라도 먹고 죽는다고 난리칠 줄 알았던 보라가 너무 의연하게 영국 촬영을 다녀오고, 감정을 드러내지 않는 것이 오히려 희재는 불안했다.

"진욱이도 낯짝이 있지 여기를 어떻게 오니? 나도 걔랑 인연 끊을 거야."

혜영의 말이 진심이 아닌 것을 보라는 안다. 보라에 대한 배려다.

"그래서 그 여자는 언제 애 낳는 거야? 아니 나이 마흔도 넘은 여자가 무슨 임신을 그렇게 쉽게 해?"

희재가 언짢은 목소리로 말했다. 혜영은 마흔 넘은 나이라는 말에 욱해서 발끈할 뻔했지만, 보라를 생각해서 꾹 참았다. 보라는 아무렇지 않은 척 율무차를 마시고 있었다.

"언니, 이거 진짜 맛있다. 홍시 빙수도 맛있던데. 역시 틈새 공략 최고야. 언니 이거 성공하면 2호점은 나 줘라. 노후대책으로 내가 해보게."

"칸이나 베니스 가야 할 배우가 무슨 카페야. 그냥 친구들 데려와서 팔아주기나 해."

혜영은 어느덧 삼십대 후반이 된 두 동생을 바라보며 마음이 착잡해졌다. 결혼이 해답이 아니고, 아이 낳고 사는 삶이 정답이 아니라는 걸 알고 있지만 그렇다고 나이 먹어가는 두 동생을 그냥 바라보는 것도 마음이 편치 않았다. 이 언짢은 마음의 정체는 바로 최진욱이다. '이 나쁜 놈의 쉐키.'

진욱은 결혼 발표 후 한 달 만에 결혼식을 치렀다. 신부의 배가 나올 것을 우려해 빨리 서둘렀다고 발표했지만, 사실 박희진 대표의 작품이었다. 결혼식장 섭외부터 모든 절차가 그녀의 주도하에 진행됐고, 진욱은 그렇게 얼떨결에 유부남이 됐다. 당분간 중국 활동보다는 작품성 있는 영화에 출연하면서 그는 이미지 변신에 들어갔다. 개런티를 낮추더라도 새로운 변화를 모색해야 한다는 게 진욱의 생각이었다.

하지만 결혼 후에도 그의 마음은 편치 않았다. 보라 때문이었다. 보라에게 지울 수 없는 상처를 줬고, 그녀를 생각하면 평생 마음 속에 무거운 추 하나를 매달고 사는 느낌이었다. 그렇다고 마음의 빚을 갚을 방법도 없었다. 그녀 인생에서 사라져 주는 것이 보라를 위한 최선의 배려라는 걸 알았지만 어떻게 지내는지 궁금하고 보고 싶었다.

그녀가 영국에 가 있을 때, 진욱은 늦은 밤 비어 있는 보라의 아파트를 찾아갔다. 비밀번호가 그대로였다. 마지막으로 진욱은 보라의 집에 들어가 그녀의 침대, 소파, 책상, 부엌을 서성였다. 이제 다시 오지 못할 집이고, 맡아볼 수 없는 보라의 체취였다. 그녀의 집에서만 나는 보라의 냄새. 그리고 그는 그녀의 빈집에서 소리 죽여 울었다. 인생은 왜 뜻대로 되지 않는 걸까. 정말 보라를 사랑하는데, 보라에게 상처 주고 싶지 않은데, 왜 항상 그녀에게 나쁜 남자가 될 수밖에 없을까? 진욱은 그날 이후, 하루에도 몇 번씩 보라와 우연히 마주칠 날을 상상했다. 그녀에게 진심으로 용서를 빌 기회가 오기를 소망했다.

▦ #46 그때, 만약, 그랬더라면

오늘도 난 바보처럼 다가가지 못해
이 제자리에 서 있죠
사랑이란 말 그 흔한 말도 못하는 바보
_바보 | 에픽하이

"

Q 화보촬영이 잘 끝났다. 이번 작업은 어땠나?
A 늘 화보촬영은 설레고 즐겁다. 잡지모델 출신이고, 어렸을 때도 화보 촬영을 좋아했다. 연기하는 것보다 편하고, 칭찬도 많이 듣고.(웃음)

"

Q 편집장님이 십 몇 년 전 수습기자로 활동할 때 소보라 씨가 잡지 0순위 모델이었다고 하더라. 기왕 말 나

온 김에 당신의 패션에 대해 얘기해보자. 90년대는 X세대의 상징이었고, '소보라'하면 청바지와 미니스커트가 떠오른다. 원래 옷을 좋아했나?

A 이십대 때는 옷을 좋아했다. 잡지 기자 언니들이랑 만나서 쇼핑도 다니고, 스타일리스트 언니들의 희귀 아이템을 보면 달라고 조르기도 했다. 외동딸로 자라 어렸을 때부터 엄마가 예쁜 옷을 사서 입히는 것이 취미셨고, 그 때문에 공주처럼 자랐다. 90년대 유행이었던 브랜드인 NIX, GV2, 베이직의 청바지들을 아직도 갖고 있고, 마리 떼 프랑소와 저버의 점프 수트도 아직 갖고 있다. (웃음) 나는 빈티지 숍에서 남의 옷을 사는 건 싫다. 내 오래된 옷을 입는 것을 좋아한다.

"

Q 따로 몸매 관리는 하나? 삼십대 후반이라고 믿어지지 않을 만큼 예전 그대로다.

A 물론. 운동한다. 솔직히 이십대 때는 겉멋으로 운동 다녔다. 비싼 휘트니스에 다녀야 하는 줄 알았으니까. 하지만 삼십대 후반이 되다 보니 체력과 탄력을 위해서도 운동은 필수다. 살이 잘 안 찌는 체질이기는 하지만, 바디라인과 근육을 위해 PT도 받고 필라테스도 한다.

가끔 친구들이랑 등산도 하고.

"

Q 오늘 화보촬영 주제가 "JEAN"이었다. 역시 청바지 입은 맵시가 끝내주더라. 이십대와 삼십대를 비교할 때, 청바지를 입는 코디법이 바뀌었나?

A 이십대 때는 브랜드를 보고 청바지를 많이 샀다. 그리고 면 티셔츠 하나만 입었다. 그때는 젊음이 패션의 완성이었다. (웃음) 그런데 삼십대가 되니, 꾸미는 데도 돈이 많이 든다. 트위드 재킷이나 클래식한 검정 재킷을 청바지에 코디하기도 하고 실크 블라우스에 청바지 입는 것도 좋아한다. 나이가 드니 갖춰 입어야 할 자리가 많다. 고가의 재킷이나 블라우스를 구입하는 대신 청바지는 브랜드, 보세 가리지 않는다. 요즘은 꼭 브랜드가 아니어도 핏이 아주 예쁘게 나와서 감탄할 때가 많다. 우리나라 옷은 진짜 잘 만든다.

"

Q 이제 영화 얘기를 해보자. 지금 영화 <열흘>의 막바지 촬영 중이라고 들었다. 벌써 영화판에 '소보라의 재발견'이라는 소문이 떠돈다더라. 그 이유가 뭘까?

A 감독님이 나를 너무 잘 아신다. (웃음) 그래서 나다운 연기를 이끌어내 주시고 한 신 한 신 대화를 많이 한다. 극 중 역할을 이해하고 감정을 표현하는 데 도움이 많이 된다.

"

Q 오랜 활동 기간, 계속 꼬리표처럼 따라다니는 연기력 논란이 짐이 됐을 것 같다. 그럼 이번 영화에서는 그 꼬리표를 벗어 던지는 건가?

A 아직 부족한 게 많다. 그리고 나는 연기를 잘 못 한다. 내가 봐도 어색할 때가 많은데 뭐. (웃음) 그런데 긍정적으로 생각하는 건, 어릴 땐 연기 욕심도 없고 배우가 되고 싶은 마음도 별로 없었다. 하지만 나이를 먹어가면서, 그리고 운 좋게 이번 영화를 찍게 되면서 연기에 대해 알아가고, 연기를 더 잘 해보고 싶다는 욕심이 생겼다. 이건 나에게 큰 변화다.

"

Q 이민재 감독과는 대학 선후배 사이라고 들었다. 며칠 전 이민재 감독 인터뷰를 본 적 있는데 소보라 씨가 대학 때부터 자신의 뮤즈였으며 짝사랑했다고 하더라. 그 짝사랑이 현재진행형은 아닌가?

A (웃음) 감독님 오래 사귄 여자친구 있다. 그런데 누군가 나를 좋아해 주고, 가능성을 봐주고 믿어준다는 건 정말 눈물 날만큼 행복한 일이다. 그 점에서 정말 이 감독에게 고맙다. 지금까지 나를 배우로 이렇게 믿어주고 내가 잘할 수 있는 연기를 발견하도록 도와준 사람은 없다. 이 감독 때문에 작품에 임하는 내 태도와 연기에 대한 생각도 달라졌다. 평생 감사할 일이다.

> "

Q 이런 질문, 예민할 수 있겠지만 이미 결혼 적령기를 한참 넘어섰다. 결혼에 대해서는 어떤 생각을 갖고 있는가? 나도 묻고 싶지 않지만, 그렇다고 안 물어볼 수는 없지 않은가? (웃음)

A 진짜 모르겠다. 이십대 때는 나는 일보다 연애나 결혼이 우선이었다. 정말 서른이 되기 전에 결혼할 줄 알았다. 그런데 결혼이라는 건, 마음먹는다고 되는 일이 아니더라. 주변 사람들을 봐도 오래 사귄 연인과 헤어지고 바로 다른 사람을 만나 결혼하기도 하고, 원수처럼 싸우다가도 정들어서 사귀더라. 도통 누가 내 인연인 건지 감을 잡을 수 없다. 결혼과 나이에 대한 스트레스를 받으면서 지금까지 왔지만.(웃음) 나는 여전히 사

랑을 기다린다고 말하고 싶다. 결혼의 시기는 별로 중
요하지 않다고 생각한다.

"

Q 나이에 대한 스트레스에서 벗어났다는 말인가? 달
관한 사람처럼 보인다.

A 삼십살 때는 오히려 나이에 대한 스트레스가 심했다.
그런데 지나간 과거와 젊음에 집착해서 사는 게 무슨
의미인가 싶다. (웃음) 건강만 문제없다면 지금까지 살
아온 만큼 앞으로 인생을 더 살아야 하는데, 그럼 남은
인생이 너무 길지 않나? 나이 탓하면서 우울해하기엔
돈도 벌어야 하고, 저축도 해야 하고, 어떻게 일하면서
잘 살 건지도 고민해야 한다.

"

Q 삼십대 후반 언니의 좋은 충고로 잘 듣겠다. 기자는
삼십대 초반이니까. 영화 〈열흘〉의 성공을 빈다. 영화
개봉 후 또 인터뷰하자.

A 시사회에 초대하겠다. 진짜 오나 안 오나 체크할 거
다. (웃음)

보라의 인터뷰 기사가 실린 패션지 9월호를 덮고, 민재는 자신의 오피스텔 19층 창문에서 야경을 바라보면서 담배를 피웠다. 민재의 머릿속엔 지난 8개월 간의 기억이 필름처럼 지나갔다. 영화를 찍는 동안 민재는 보라와 가장 많은 시간을 함께 했다. 여자친구 유진은 한 달에 한두 번 봤을까? 그것도 유진이 오피스텔이나 촬영장으로 찾아오지 않으면 만나지 못했다.

민재는 유진이 촬영장으로 찾아오는 걸 싫어했다. 유진이 스태프들 먹을 샌드위치를 직접 싸서 방문했을 때 민재의 표정은 굳었었다. 유진은 냉랭한 민재의 태도에 화가 나서 한 달 동안 연락을 하지 않았다. 하지만 그는 토라진 그녀에게 먼저 연락하지 않았고, 오히려 기다림의 시간이 고통이었던 유진이 울면서 민재의 오피스텔을 찾아왔었다. 처음부터 유진의 일방적인 사랑이었고, 민재의 마음이 늘 미지근했던 걸 알았지만, 그녀는 놓을 수 없었다. 유진에게 그는 안정된 미래고, 젊음을 바친 지난 시간에 대한 보상이었다.

민재는 컴퓨터를 켰다. 'violet'이라는 폴더를 열자 보라 사진이 펼쳐졌다. 촬영 전후로 틈틈이 민재가 찍은 보라의 사진이 1천 장 넘게 들어 있었다. 민재는 사진을 살펴보며 지난 추억을 떠올렸다. 다가올 보라 생일에 이 사진들을 모아 영상을 만들 생각이었다. 그녀가 영화의 추억을 소중하게 간직하기를 바랐고, 자신을 잊지 않기를 바랐다. 런던에서 보라와 늦은 밤까지 거리를 누비며 대화했던 일, 춥다는 핑계로 그녀의 손을 잡았던 일, 한 빈티지 숍에서 그녀가 마음에 들어 하는 목걸이를 사준 일, 술 취한 그녀를 업고 호텔까지 바래다주던 그 길가의 풍경까지 모두 떠올랐다.

그리고 생각했다. 대학에 입학해서 처음 보라를 보았을 때 설레는 감정을 고백이라도 해봤다면, 그녀 옆에 있는 멋진 킹카 진욱을 질투만 하지 말고 거절당해도 한 번쯤 남자답게 마음을 보여줬더라면, 9년 전 뉴욕에서 그녀를 만났을 때 우린 어쩌면 만나야 하는 운명인지도 모른다고 확신을 했더라면, 보라의 아파트 앞에 서 있는 진욱을 보고 그냥 돌아서지 않았더라면, 그때라도 유진에게 난 너를 사랑하지 않으니 헤어지자고 말했더라면, 그랬다면 지금 이렇게 지난 시간을 후회하며 용기 없는 자신을 원망하지 않았을까?

그는 보라에게는 용기 없는 남자였고, 유진에게는 비겁하고 나쁜 남자였다.

#47 어쩌지…… 내 심장이 다시 뛰어

너와 함께 걸을 때 어디로 가야 할지
길이 보이지 않을 때
기억할게 너 하나만으로 눈이 부시던 그날의 세상을
_두 사람 | 성시경

영화촬영은 거의 막바지를 향해 달려가고 있었다. 영화 〈열흘〉에는 봄, 여름, 가을, 겨울의 사계절이 모두 담긴다. 영국에서의 겨울, 진해에서의 봄, 제주도에서의 여름, 그리고 서울에서의 가을.

보라에겐 이 영화가 특별하고 의미 있는 작품이었다. 삼십대 후반에 여주인공을 맡은 것도 놀랄 만한 일이었지만, 이 영화로 보라는 힘든 시간을 위로받았다. 이 영화가 아니었더라면, 민재가 아니었다면, 보라는 진욱과의 이별로 무너졌을지도 모른다.

혜영이 가져다 준 곡물차로 저녁을 가볍게 때울까 했지만 영화 촬영 막바지로 달려갈수록 보라의 마음이 허전했다. 허전함은 곧 헛헛함으로 이어졌고, 음식으로라도 채우지 않으면 견딜 수 없을 것 같았다.

보라는 부엌으로 갔다. 냉동실을 열어 냉동해둔 밥을 한 덩어리 꺼내고, 된장찌개를 끓이기 위해 일회용 지퍼락에 담아 냉동해놓은 채소를 꺼냈다.

부모님께서랑 살 때는 뭐 먹고 싶다고 말만 하면 엄마가 요술방망이처럼 뚝딱 만들어줬지만 어느덧 혼자 산 지 10년이 됐다.

처음엔 밥 먹는 게 뭐 그리 중요한 일인가, 대충 시켜먹고 아무거나 먹고 살면 그만이라는 생각을 했지만, 1년도 안 돼 먹고 사는 일이 생각보다 중요하다는 것을 깨달았다. 라면도 한두 번이고 인스턴트 음식도 한두 번이지 매일 시켜먹거나 사 먹는 건 불가능했다.

게다가 진욱과 함께 있을 때는 요리해서 함께 밥을 먹는 일이 행복했다. 그는 보라가 앞치마를 두르고 부엌에서 요리하는 모습을 식탁에 앉아 지켜보는 일을 좋아했다. 된장찌개를 끓일 때 두부를 많이 넣어라, 감자는 넣지 마라, 시시콜콜 잔소리하기도 했다. 보라는 그런 진욱의 잔소리가 싫지 않았다. 삭막한 집에 온기가 느껴지는 것 같아 행복했다. 누군가를 위해 음식을 만들고, 함께 식탁에 둘러앉아 밥을 먹는 행위가 연애와는 또 다른 안정감을 준다는 사실도 알게 됐다. 보라는 그를 위해 요리학원에 다녔고, 요리책도 제법 많이 봤고, 덕분에 요리를 대부분 해먹을 수 있을 정도의 실력을 갖췄지만, 여전히 혼자 밥 먹는 일은 쓸쓸했다.

미리 우려서 냉장고에 넣어두었던 멸치육수를 꺼내 뚝배기에 붓고 있을 때, 문자 도착 알림 소리가 들렸다. 보라는 문자를 보지도 않고 민재일 거라고 생각하고 미소지었다. 예상은 틀리지 않았다.

'배고프다. 밥은 먹었어요?'

'지금 저녁 먹으려고 준비 중.'

'메뉴가 뭔데요?'

'된장찌개, 김, 오이소박이.'

'나도 먹고 싶다. 집 밥 ㅠㅠ'

민재와 일상의 소소한 일까지 문자를 주고받는 건 이제 자연스러운 일이 되었다. 두 사람은 그 누구보다 자주 통화하고 문자를 주고받았다. 촬영이 없는 날도 자연스럽게 민재는 보라의 안부를 물었고, 누구를 만나는지 어디를 가는지 궁금해했다. 보라는 민재가 부담스럽지 않았다. 누군가 매일 자신의 안부를 묻고 일상을 궁금해하는 게 관심받는 것 같아 기분이 좋았다. 어쩌다 하루 민재가 문자를 보내지 않을 땐 궁금하기도 했다. 하지만 그녀는 민재에게 일과 관련된 용무가 아니면 단 한 번도 먼저 연락을 하지 않았다. 유진이 마음에 걸려서였다.

집 밥이 먹고 싶다는 민재의 문자에는, 보라가 해준 밥을 함께 먹고 싶다는 숨은 의미가 담겨 있다. 민재는 그녀의 집에 여러 번 오고 싶어 했지만 그때마다 거절했었다. 그런데 오늘 보라는 혼자 밥 먹기가 싫었다. 문득 민재에게 밥 한 끼 손수 지어주고 싶다는 생각이 들어 보라는 그에게 문자를 보냈다.

'그럼 올래? 반찬은 없지만.'

2시간 뒤, 민재는 화이트 와인 한 병을 가지고 보라 집의 초인종을 눌렀다.

"와……, 이게 대충이야? 어디 한정식집에서 배달시킨 거 아니에요?"

민재는 이제 보라에게 존댓말 반, 반말 반 섞어 쓰고 있었다. 물론 촬영장에서는 '선배', '이 감독님'이라는 호칭으로 서로를 존대했지만, 둘이 있을 때 민재는 호칭을 생략하거나 친구에게 하듯 편안하게 말하는 경우가 늘어갔다.

"어떻게 나 먹는 대로 차려놓고 감독님을 불러. 시간이 있으면 맛있는 거 많이 만들었을 텐데 시간이 없어서 대충 차렸어."

식탁에는 보라가 어느새 준비했는지 아스파라거스 쇠고기 안심볶음, 멸치호두조림, 도라지 무침, 양배추 찜과 된장찌개가 놓여 있었고, 또 다른 뚝배기에서는 명란젓을 넣고 찐 계란찜이 보글보글 소리를 냈다.

"음식을 이렇게 잘하는 줄 몰랐네. 매일 이렇게 먹어요?"

민재의 호들갑스러운 반응을 보니 기분이 좋다.

"급하게 만들었지. 혼자서는 그냥 대충 먹어."

보라는 밥을 먹는 둥 마는 둥 하면서 민재가 어떤 반찬에 손을 자주 대는지 곁 눈짓으로 살펴보았다. 민재의 식성이라면 9개월 가까이 촬영하면서 익히 알고 있었다. 민재는 투 샷을 넣은 아메리카노를 입에 달고 살고, 신선한 야채가 잔뜩 들어간 샌드위치를 좋아한다. 고기보다는 회를 더 좋아하고, 떡볶이 같은 조미료가 들어간 음식은 잘 먹지 않았다. 촬영할 때는 커피 외에 아무것도 먹지 않아서 보라는 그 점이 늘 마음에 걸렸다.

"맛있어?"

"완전 진짜 맛있어. 이 도라지 무침이랑 멸치볶음도 직접 만든 거예요? 요리는 언제 이렇게 배웠대? 설거지도 못하게 생겼는데."

민재의 말에 보라가 웃었다. 보라는 민재가 잘 먹는 도라지 무침을 접시에 더 옮겨 담으며 말했다.

"혼자 사니까 별 방법이 없어. 먹고 싶은 음식은 내가 만들어 먹는 수밖에."

보라의 대답에 민재는 가슴 한편이 저렸다. 매일 이 식탁에 혼자 앉아 밥 먹을 그녀를 생각하니 잠시 목이 메었다.

식사를 마치고 두 사람은 거실 소파에 앉아 와인을 마셨다. 민재는 보라에게 어린 시절이 담긴 앨범을 보여 달라고 했고, 보라는 망설이다 몇 권의 앨범을 들고 나왔다. 어린 시절부터 보라는 예뻤다. 까무잡잡한 피부에 쌍꺼풀진 눈이 왕방울만 했고, 수줍음이 많아 보였다.

"우리 엄마랑 아빠야. 나 아빠 많이 닮았지?"

그녀가 부모님과 찍은 사진을 가리키며 말할 때, 민재의 가슴이 저릿했다.

'이 여자, 지금은 웃고 있지만 지난 시간을 어떻게 견뎠을까?'

보라가 과일을 가지러 부엌으로 갔을 때, 민재는 보라의 어린 시절 사진 한 장과 대학 시절 사진 한 장을 꺼내 주머니에 넣었다. 보라에게 선물로 줄 영상에 넣을 생각이었다.

"12월 개봉에 맞추려면 이제 후반 작업 때문에 정신없을 것 같아요. 오늘 낮에도 음악 감독이랑 미팅했는데 느낌이 베리 굿. 음악 아주 잘 나올 것 같아."

"정말? 궁금하다. 이 감독이 아이팟에 담아준 노래 다 좋아. 요즘 매일 듣고 다니거든. 좋은 음악을 알게 된다는 거, 그것도 참 행복한 일 같아."

보라의 반응에 민재가 환한 미소를 지어 보였다. 그리고 말했다.

"내 작업실 갈래요? 같이 음악도 듣고, 와인도 더 마시고."

보라는 옷을 갈아입기 위해 드레스룸으로 들어갔다. 그리고 옷장 앞에서 어떤 옷을 입어야 할지 고민하는 자신의 모습을 거울로 보면서 잠시 민망해졌다.

보라는 청바지에 티셔츠를 입고 그레이 색 카디건을 걸쳤다. 그리고 민재 차에 올라탔다. 두 사람은 역삼동 민재의 오피스텔로 가는 길에 주류점에 들러서 와인과 치즈를 샀다. 차 안에서도 민재는 자신의 아이팟을 연결해 스피커 볼륨을 크게 하고 보라에게 음악을 들려주었다. 일본 음악, 남미음악, 스페인 음악, 민재의 아이팟에는 다양한 음악이 담겨 있었다.

"루아랑 진이랑 그 뒤엔 어떻게 살까?"

보라의 질문에 민재가 볼륨을 줄였다. 보라는 지금 영화 속 '진'과 헤어질 준비를 하고 있다.

"계속 그리워하고, 사랑하면서 살지 않을까?"

"아니면……, 잊을 수도 있고."

"왜 그런 생각을 해요?"

민재가 건널목 앞에 멈춰선 차 안에서 보라를 바라보며 물었다.

"이십대 중반에 만나서 삼십대 중반까지 그냥 그때까지는 그럭저럭 사랑이 중요한 채 살 수 있다는 생각이 들어. 그런데 그들이 마흔이 넘고 오십이 되면, 그때까지 마음에 품은 그 사랑이 아름다울 수 있을까? 잊혀질 거야. 언젠가는."

그들의 미래는 민재도 알 수 없다고 생각한다. 누구나 영화나 드라마를 보면서 엔딩 이후를 상상하지 않는다. 영화와 드라마가 환상인 건 어쩌면 그 때문인지도 모른다. 해피엔딩인 채 끝이니까. 그 뒤에 이어질 수많은 시련과 배신, 상처 따위는 생각하지 않아도 된다. 안 그래도 고단한 인생, 영화나 드라마를 보면서까지 지루한 현실과 마주하고 싶지는 않다.

역삼동 오피스텔 지하에 차를 주차하고 민재와 보라는 엘리베이터를 탔다. 누가 보면 다정한 연인으로 오해하기 딱 좋을 다정한 눈빛과 말을 주고받으면서. 예전에도 보라는 민재의 작업실을 방문했었다. 남자주인공과 조연출과 함께였지만 민재의 작업실은 어쩐지 그를 닮아 편안하고 아늑했다.

민재의 작업실인 19층에 엘리베이터가 멈췄고, 뭐가 그리 재밌는지 복도가 울릴 정도로 깔깔 웃던 두 사람은, 그가 비밀번호를 누르고 오피스텔 문을 열었을 때 차가운 얼음처럼 굳어버렸다. 오피스텔 안에서 너무나 편안한 옷차림의 유진이 당황한 눈빛으로 두 사람을 맞이했기 때문이다.

예상하지 못했던 상황 앞에서 세 사람은 당황했다. 먼저 정신을 차린 건 보라였다. 유진에게 어색한 미소를 지으며 인사한 뒤, 음악은 나중에 들려달라고 민재에게 말하고는 돌아서서 걸었다. 마치 유부남과 데이트하다가 딱 걸린 여자처럼 심장이 뛰고 치욕스러운 기분이 들었다.

엘리베이터까지 꽤 멀게 느껴졌다. 복도에는 보라의 구두 굽 소리 외에 아무 발걸음 소리도 들리지 않았다. 민재가 따라오지 않는 것을 다행이라 생각했지만 내심 섭섭했다. 보라의 눈에서 눈물이 터져 나왔다. 1층에서 내린 보라는 로비에서 뛰어나와 택시를 잡았다. 그때 휴대폰이 울렸다. 민재였다. 하지만 보라는 전화를 받지 않았다.

집으로 돌아온 보라는 불 꺼진 집 거실 소파 위에 웅크린 채 한참을 앉아 있었다. 자신과 민재를 바라보던 유진의 표정이 지워지지 않았다. 그녀는 민재의 티셔츠에 짧은 핫팬츠를 입고 있었다. 박희진 대표를 만났을 때도 이런 느낌이었다. '너보다 나는 이 남자에 대해 더 많이 알고 있어'라고 말하는 것 같은 자신감 넘치는 표정.

보라가 설움에 눈물을 흘리고 있을 때 초인종이 울렸다. 초인종 소리를 듣자 울음이 더 복받쳤다. 민재는 보라가 문을 열어주지 않자 주먹으로 문을 두드렸다. 현관문 두드리는 소리가 거세지자 보라는 그제야 문을 열었다.

굳은 표정의 민재가 서 있었다. 그의 눈빛이 슬프게 화를 내고 있었다. 그는 돌아서는 보라를 뒤에서 꼭 끌어안으며 나지막이 말했다.

"네가 왜 도망가? 왜 피하는데? 내가 나쁜 놈이지 넌 아니야."

보라의 눈물이 민재의 손에 뚝 떨어졌다. 민재는 그녀를 돌려세우고 그녀의 어깨를 감싼 손에 힘을 줬다. 보라의 큰 눈에 눈물이 가득 고여 그의 얼굴이 희미하게 보였다.

"이제부터 혼자 아무것도 하지 마. 혼자 밥 먹지도 말고, 혼자 울지도 말고, 내 전화 피하지도 말고, 딴 남자 생각하지도 마. 그리고 나한테서 도망가지 마."

그는 그녀를 강하게 끌어안았다. 그리고 두 뺨을 어루만지며 키스했다. 그날 밤 두 사람은 수줍지만 뜨거운 사랑을 나누었다.

오랜만이었다. 보라가 누군가의 품에서 아침까지 깊은 잠을 잔 건.

#48 You've Got Mail 4

그대 보내고 아주 지는 별 빛 바라볼 때
눈에 흘러내리는 못다 한 말들
그 아픈 사랑 지울 수 있을까
_너무 아픈 사랑은 사랑이 아니었음을 | 김광석

　　유진의 문자가 도착한 것은 민재가 보라의 집에서 꼬박 이틀 밤을 지새우고 돌아간 뒤였다. 두 사람은 보라의 아파트에서 이틀 동안 외출도 하지 않고 붙어 있었다. 같이 밥을 해서 먹고, DVD를 보고, 음악을 듣고 48시간 쉴 새 없이 이야기를 나누었다. 그리고 서로 사랑했다.

　　아무도 유진에 대한 이야기는 꺼내지 않았고, 관계에 대한 정의를 내리지도 않았다. 언제부터 서로에게 호감을 느꼈고 사랑이 시작됐는지, 유진과 언제 정리할 건지 그런 이야기를 나누지 않았다. 민재는 보라가 상처받는 게 싫었고, 보라는 두려운 이야기를 듣게 될까 봐 두려웠다. 두 사람에겐 함께 있는 시간 자체가 소중했다. 다른 건 아무래도 상관없었다. 둘만의 공간에서 두 사람은 48시간 내내 행복했다.

　　민재는 이틀 뒤 저녁에 음악감독과의 미팅 때문에 전화하겠다는 말을 남기고 아파트를 나섰다. 그리고 그날 밤 11시. 문자 알림 소리가 30초 간격으로 이어졌다. 낯선 번호였다. 20개쯤 도착한 문자 메시지를 보라는 떨리는 마음으로 하나씩 열어보았다. 클릭할 때마다 민재와 유진이 보였다. 그들의 추억이 보였다.

유진은 민재를 포기할 생각이 없고, 그를 흔들지 말아 달라는 말 대신, 그들의 추억이 담긴 사진을 보라에게 보냈다. 뉴욕에서 행복했었던 두 사람의 소소한 일상이 담긴 사진이었다. 민재의 헐렁한 티셔츠를 입고 이불을 반쯤 뒤집어 쓴 유진의 사진, 상반신을 탈의한 채 잠들어 있는 민재의 모습, 그리고 장난치듯 뽀뽀하는 사진, 머라이어 캐리와 스팅의 공연을 보고 들뜬 두 사람의 모습, 우연히 뉴욕의 레스토랑에서 만난 레오나르도 디카프리오와 찍은 사진, 그리고 마지막은 민재의 부모님과 유진의 부모님께서 함께 식사하는 자리에서 찍은 가족사진인 듯싶었다. 사진은 말하고 있었다. 민재와 유진은 가족이나 다름없다고.

심장이 뛰었다. 아니 심장이 저릿하며 아팠다. 두 사람의 행복해 보이는 지난날의 시간이 보라에게는 상처가 됐다. 민재를 믿지만 그와 유진이 함께 보낸 시간을 믿지 못했다. 그리고 생각했다. 과연 민재는 유진과 헤어질 수 있을까? 그녀와의 지난 시간을 저버릴 수 있을까? 진욱은 보라와 헤어졌지만, 민재는 과연 나쁜 남자가 될 수 있을까?

그때였다. 전화벨 소리에 움찔 놀란 보라가 혹시나 유진이면 어쩌나 두려운 마음에 휴대폰을 들여다보았다. 하지만 휴대폰에는 희재의 이름이 떠 있었다. 전화를 받자 갑자기 동물 포효하는 소리가 들렸다. 누군가 크게 웃는 소리 같기도 했다. 그러나 보라는 그 소리가 곧 희재가 오열하는 소리임을 알아챘다.

차 키를 들고 뛰어나간 건 밤 12시가 다 된 시각이었다. 희재는 지금 잠원지구 한강둔치에 있다. 한 번도 희재가 이렇게 큰 소리로 오열하는 걸 들어 본 적이 없었다. 희재는 태어나서 지금까지, 엄마가 돌아가셨을 때조차 소리 내어 울지 못했다고 말했다. 속으로 우는 아이였고 울음을 삼키는 아이였다. 그런 희재가 지금 어린 사자가 포효하듯 가엽게 울고 있다. 그것도 한강둔치에서.

보라는 최악의 상황을 생각했다. 희재가 이렇게 우는 건 시간강사 자리에서 잘렸다든지 집이 넘어갔다든지 그런 차원의 일이 아닐 것이다. 이모가 큰 병에 걸리셨거나 위독하신 게 분명하다. 보라는 잠원 지구를 향해 거칠게 차를 몰았다.

잠원 지구에 들어서서 보라는 희재의 차를 찾았다. 밤 12시. 늦은 시간까지 한강둔치에 나와 데이트하고 운동하는 사람들이 많았다. 이 많은 사람 가운데 어디서 희재를 찾지? 그때 사람들이 흘금흘금 뒤를 돌아보며 걷는 것이 보였다. 그들이 쳐다보는 쪽을 바라봤다. 역시나 희재 차가 보였다. 문을 닫고 있었음에도 희재의 통곡소리가 밖까지 들리는 모양이었다. 보라는 급히 차 시동을 끄고 그녀의 차로 달려갔다. 한참 창문을 두드리고 나서야 희재가 차 문을 열었다. 이미 그녀는 눈물 콧물 범벅이었다.

"무슨 일이야? 왜 울어? 이모한테 무슨 일 생겼어?"

희재는 보라의 말에 더 소리 내어 통곡했다. 확실하다. 이모에게 무슨 일이 생긴 것.

"그런데 왜 여기서 울고 있어. 병원 가야지. 어느 병원이야? 어딘데?"

희재는 병원 이름을 말하는 대신 보라에게 자신의 블랙베리를 건넸다. 전화해달라는 건가? 보라는 영문을 알 수 없어 휴대폰 키를 눌렀다. 화면 조명이 켜지면서 이메일 하나가 보였다. 보라는 이메일을 처음부터 읽어나가기 시작했다.

" 윤희재 씨. 먼저 얼굴도 모르는데 이렇게 전화도 아닌 이메일을 보내게 돼서 미안해요. 오랜 시간 고민하다가 희재 씨에게 이 편지를 씁니다.

내 존재를 밝혀야겠지요? 나는 제임스의 누나 이정희라고 합니다. 당신의 이메일 주소는 제임스의 메일 주소록을 보고 알게 되었어요. 제임스가 하나님 품으로 가기 며칠 전, 자신이 이 세상을 떠났을 때 이메일 목록에 있는 친구들에게 연락해달라고 부탁했거든요. 먼 미국이라 장례식에는 오지 못할 테니 이메일로 소식을 알리게 됨을 미안하게 생각한다고 꼭 전해달라고 했어요. 누군가는 제임스의 소식을 모르고 이 메일주소로 계속 편지를 보낼 지도 모르니까요.

제임스는 올해 초, 이 세상을 떠났습니다. 위암이었어요. 2년 전 위암 1기 판정을 받고 곧 수술을 받았지요. 하지만 빨리 발견해서 생명에는 지장이 없다고 생각했던 우리 가족에게 청천벽력 같은 소식이 들렸습니다. 조직검사 결과 림프샘으로 암세포가 전이된 것이지요. 무척 드문 경우라고 했습니다. 그 후 제임스는 오랜 시간 항암 치료를 하며 버텼어요. 그런데 그 사이, 어머니가 심장병으로 먼저 세상을 떠나셨습니다. 제임스의 투병이 어머니에겐 견딜 수 없는 스트레스였던 모양이에요. 그리고 어머니의 죽음 앞에서 제임스의 항암치료도 진전이 없었지요.

뜬금없이 왜 희재 씨에게 이런 소식을 전하는 건지, 언짢고 불편할 거라고 생각합니다. 그런데 어머니와 제임스 이야기를 하려면 이런 고통스러운 소식을 먼저 전할 수밖에 없음을 용서하세요. 오래 가족과 떨어져 산 나와 달리 어머니와 제임스는 무척 다정한 모자였어요. 그래서 제임스는 희재 씨를 떠날 수밖에 없었을 거예요. 어머니를 거역해서도 안 되고, 마음 아프게 해서도 안 된다고 생각했을 겁니다. 제임스는 착하니까요. 하지만 희재 씨를 마음 아프게 하고 상처를 준 일이 제임스에게는 오랜 시간 감당하기 힘든 죄책감이었나 봅니다.

어머니가 돌아가시기 전, 희재 씨에게 모질게 군 것을 후회한다고 말씀하셨어요. 제임스를 미국으로 데려가긴 했지만 그 아이가 행복하지 않은 걸 알았으니까요. 돌아가시기 전에 꼭 희재 씨를 만나고 싶어 하셨지만 60년 넘게 살아온 세월을 마무리할 시간도 없이, 어머니는 작년 가을에 갑작스럽게 유명을 달리하셨어요.

제임스가 하늘나라로 가기 전, 메일 아이디와 패스워드를 가르쳐줬을 때 희재 씨에게는 연락하지 말아 달라고 신신당부했습니다. 어차피 희재 씨는 한국에 있고 자신을 잊었을 수도 있는데, 잘살고 있는 사람에게 나쁜 소식을 알리지 말아달라고요. 그냥 자신을 원망하고 미워하면서 사는 편이 더 나을 것 같다고 했어요. 그런데 제임스의 이메일을 정리하다 동생이 2년 전 희재 씨에게 보낸 메일을 보게 됐어요. 동생이 당신을 얼마나 그리워하는지 느껴졌기에 그 짧은 안부 메일을 보고 눈물을 쏟았답니다. 제임스가 희재 씨에게 이메일을 보낸 날은, 동생이 위암 판정을 받고 수술하기 전날이었거든요. 혹시나 잘못될 걸 생각해서 제임스는 당신에게 마지막으로 이메일을 보냈던 것 같습니다.

그리고 동생의 이메일을 살펴보던 중, 그날 이후로 제임스가 당신에게 계속 편지를 쓰고, 그 메일을 임시보관함에 저장해놓았다는 것을 알게 됐어요. 제임스의 죽음을 알려야 할지, 그리고 동생이 당신에게 보내지 못했던 편지들을 전해주는 것이 옳은 일인지, 오랜 시간 망설였다는 것만 알아줬으면 좋겠어요.

지난 시간 저희 어머니가 당신에게 못 잊을 상처를 줬고, 제임스도 당신의 마음을 아프게 했지만, 두 사람은 죽기 전까지 희재 씨에게 미안해했어요. 같은 여자로서, 사랑했던 남자와 그의 어머니에게 거절당했다는 상처를 안고 평생 살아가지 말았으면 하는 바람에 이렇게 엄청난 소식을 전하게 됐습니다. 당신이 한 남자에게 전부였고, 깊고 큰 사랑을 받았던 여자였다는 걸 잊지 말고 앞으로 더 행복하게 살았으면 좋겠어요. 지금 행복하게 살고 있다면 이런 소식을 전하게 돼서 미안합니다. 그럼 건강하세요.

p.s 제임스가 당신에게 썼던 편지들을 첨부해서 보냅니다. 〃

이메일을 끝까지 읽은 보라는 복받쳐 오르는 눈물을 참지 못하고 소리 내어 울었다. 그리고 희재를 끌어안았다. 가여운 아이. 어떤 말로도 오늘 밤, 그녀에게 위로를 해줄 수 없을 것 같았다. 보라는 희재가 울음을 그칠 때까지 그녀의 등을 계속 쓰다듬어주었다. 그리고 그녀에게 어깨를 빌려주었다. 보라의 카디건 왼쪽 어깨가 희재의 눈물로 흠뻑 젖었다.

🎬 #49 ON AIR

세상엔 많은 사람들이 슬퍼도 울지 못한 채 살죠
눈물 흘려요. 이제껏 참을 만큼 참았어요
손 올려 닦지 말아요 그저 흘러 갈 데로 멀리 떠나가도록
_위로 | 하림

"SBS 파워 FM, 〈정선희의 오늘 같은 밤〉, 함께 하고 계세요. 지금 시각 새벽 1시 50분인데요, 오랜 연인과 이별하고, 취업도 안 되고. 지금 앞이 보이지 않는 어두운 길을 걷고 있는 기분이라고 사연에 적어주셨어요.

이런 기분 저도 너무 잘 알죠. 음……, 그런데 제 생각은 그래요. 저도 한때, 왜 나한테 이런 시련이 주어졌을까? 왜 이런 고통을 겪어야 하는 걸까? 원망한 적이 많았거든요. 정말 어디가 끝일까, 어디까지 걸어가야 이 어두

운 길에서 빛이 보일까? 좌절한 적도 있었어요. 그런데 요즘에 드는 생각은 이래요. 꼭 빛을 쫓아 앞만 보고 걷지 말고, 주위를 둘러보면서 지금 내가 걷고 있는 이 거리의 풍경도 좀 즐기자고요. 바닥에 나뒹구는 낙엽도 좀 보고, 버스정류장 간판도 보고, 아이들이 까르르 웃고 지나가는 모습도 좀 보고요. 그냥 좀 힘들면 쉬고 언젠가 가다 보면 끝이 보이겠지…… 이렇게 생각하니까 마음이 좀 편해지더라고요.

이 길의 끝엔 뭐가 있을지 아무도 모르는 거잖아요. 그럴 땐 그냥 걸어가는 거예요. 콧노래도 부르고, 주위 풍경을 둘러보면서요.

자, 익명을 요구하신 Y양께 노래 띄워드릴게요. 하림의 〈위로〉."

새벽 2시가 다 된 시각, 각자 차를 몰고 집으로 돌아가던 보라와 희재는 같은 라디오를 들으며 또다시 울음이 복받쳐 잠시 비상등을 켜고 올림픽대로 갓길에 멈춰 섰다. 두 사람은 가슴 속에 오래 묵혀두었던 슬픔의 눈물을 쏟아내었고, 소리 내어 울면서 위로를 받았다.

🎬 #50 고마웠어 안녕

우리의 믿음 우리의 사랑 그 영원한 약속들을
나 추억한다면 힘차게 걸으리라
우리의 만남 우리의 이별 그 바래진 기억에
나 사랑했다면 미소를 떠우리라
_바람 기억 | 나얼

11월은 2월의 날씨와 닮았다. 매섭게 춥지도 않고 포근하지도 않은 스산한 바람이 부는 달. 보라는 캐시미어 코트에 머플러를 두르고 집을 나섰다. 오후에 있을 영화 포스터 촬영을 위해 청담동 단골 미용실로 향했다.

보라는 민재에게 유진이 보낸 문자 이야기를 하지 않았다. 민재는 영화 후반 작업 때문에 바빴지만 틈틈이 시간을 내 보라의 집에 왔다. 커져가는 보라에 대한 마음을 그는 숨기지 않았다. 그녀를 보면 쉴 새 없이 뽀뽀 하고 그녀를 끌어안고 사랑한다고 말했다. 보라는 느낄 수 있었다. 사랑한다고 말하는 민재의 마음이 거짓이 아니라는 것을.

잡념에 잠겨 운전하다 보니 어느새 미용실에 도착했다. 차를 발레 파킹 맡기고 VIP룸으로 올라갔을 때, 보라는 당황해서 그대로 뒤돌아 나올 뻔했다. 진욱이 메이크업룸에서 스태프들과 이야기를 나누고 있었다.

당황한 건 보라뿐만이 아니었다. 두 사람의 관계를 알고 있던 메이크업 아티스트와 스태프들도 당황하기는 마찬가지였다. 하필 미용실에서 마주칠 거라는 생각을 미처 하지 못했다. 같은 미용실에 다녀도 진욱은 1년의 대부분을 중국에 나가 있었고, 헤어진 이후에는 별다른 활동이 없었기 때문에 미용실에서 마주친 적이 없었다. 보라도 계속되는 영화촬영에 출장 메이크업을 받았지, 미용실에 들른 건 오랜만이라 이 난감한 상황에 어떻게 대처해야 할지 몰랐다.

"보라야."

진욱이 보라를 불러 세웠다.

그의 부름에 돌아 나오던 발걸음을 멈춘 것도 어이없었지만, 여전히 그의 말 한마디에 움찔하는 자신의 모습을 보고 보라는 허탈한 미소를 지었다. 그래, 못 만날 이유가 뭐야. 피할 이유가 뭐야. 이제 마음 정리 다 된 사람을. 보라는 태연하게 뒤돌아서서 말했다.

"메이크업 편히 받으라고 나가려던 참인데. 다 끝났나 보네."

"잘 지냈어? 좋아 보인다."

"응. 잘 지냈어. 나 내려가서 머리부터 할게. 오후에 포스터 촬영이거든."

어색한 인사를 나눈 뒤 보라가 돌아 서려 할 때, 진욱이 다시 보라를 불러 세웠다.

"잠깐 얘기 좀 해."

그의 말 한마디에 메이크업 실장과 스태프들이 조용히 방에서 나갔다. 두 사람은 VIP룸 소파에 마주 보고 앉았다.

"애기 잘 커? 기사 봤어. 아들이라며."

보라의 질문에 진욱은 적잖이 당황했다. 보라가 아이의 안부를, 이렇게 아무렇지 않게 물을 수 있다니.

"응. 이제 백일 좀 넘었어."

진욱이 어색하게 대답했다.

"오빠 닮았으면 이목구비 뚜렷한 게 예쁘겠다."

보라의 말에 비꼬는 뉘앙스는 없었다. 표정에 악의도 없다. 오히려 담담한 보라의 표정을 보면서 진욱은 갑자기 서운한 마음이 들었다.

"영화 촬영은 잘 되고 있어? 이민재는 잘해주고?"

진욱의 질문에 굳었던 보라의 표정이 갑자기 환해졌다. 저렇게 행복하게 미소 짓는 보라의 얼굴은 정말 오랜만이다. 진욱은 갑자기 기분이 언짢아짐을 느꼈다.

"한 번은 만나고 싶었어."

보라의 말에 진욱이 의외의 말을 들어 당황한 표정으로 그녀를 바라보았다. 중국에서 귀국한 뒤 진욱은 보라에게 백 번도 넘게 전화하고, 문자 보내고, 집으로 찾아갔었다. 되돌릴 수 있는 일도 아니고 용서받지 못하더라도, 보라가 지칠 때까지 용서라도 빌어야 마음이 편할 것 같았다. 물론 그 역시 진욱의 이기적인 행동이었다. 그도 알았다. 보라를 걱정하는 것보다 상처를 준 자신의 마음의 짐을 덜고자 했던 이기적인 행동이라는 것을.

"왜? 내가 만나자고 할 땐 그렇게 싫다더니."

"그땐 미우니까. 당연히 얼굴도 보고 싶지 않았지."

'그럼 지금은 미운 감정도 사라졌다는 말인가…….. 이미 난 너에게 과거가 된 거니?' 진욱은 슬픈 눈빛으로 보라의 얼굴을 바라보았다.

"여름에 제주도에서 영화촬영을 할 때였어. 중문 해수욕장에서 새벽녘에 동이 트는 바닷가를 바라보고 있었는데, 대학 때 오빠랑 그 바닷가에 왔었던 기억이 갑자기 떠오르는 거야. 그런데 그 순간 이런 생각이 들더라고. 또 어느새 시간이 지났다고 오빠랑 행복했던 추억을 떠올리는구나."

그녀의 말에 진욱의 코끝이 찡하게 저려왔다.

"오빠랑 나랑 만난 시간은 16년 중 딱 절반인 7~8년 정도에 불과할 거야. 그래도 내 이십대 초반부터 지금까지의 모습을 가까이에서 지켜 본 사람은, 오빠밖에 없어."

"그건 나도 그래."

진심이었다. 지켜주겠다고 약속했던 이 여자에게 내가 무슨 짓을 한 걸까. 진욱은 갑자기 명치끝이 아파왔다. 저릿한 아픔이 느껴졌다.

"오빠를 미워하고 원망하면 내 아름답고 행복한 이십대는 사라져. 삼십대의 추억도 마찬가지고. 오빠를 부정하는 건 내 지난 청춘을 부정하는 것과 같아. 당신 때문에 상처받았지만 오랜 시간 알고 지낸 사람과 헤어지면서 '안녕, 잘살아' 이런 인사 한마디 없이 남남이 된다는 게 어쩐지 슬프다는 생각이 들었어."

보라는 보았다. 진욱의 두 뺨에 흘러내리는 눈물을. 여태까지 그의 눈물을 본 적이 없었다. 보라가 부모님을 사고로 잃고 입원해 있을 때 제정신이 아닌 보라를 껴안고 우는 진욱의 모습이 어렴풋이 기억났지만, 그의 눈물을 이렇게 가까이서 본 건 처음이었다.

"시간이 필요했어. 최진욱에 대한 미움과 상처를 추스를 시간이. 그러고 나니까 지난날의 아름답고 행복했던 오빠와 내가 보였어. 그래, 그것만으로도 충분하지 않을까…… 이런 생각도. 우리 이제 서로에게 추억이고 과거니까 좋았던 기억만 떠올리면서 잘 살자. 오빠한테 마지막 인사를 제대로 하고 싶었어."

보라가 포스터 촬영 때문에 서둘러 준비해야 한다며 일어서서 나갈 때까지 진욱은 소파에 가만히 앉아 있었다. 보라의 뒷모습을 바라보지 못했다. 진욱의 눈에서 계속 눈물이 흘렀다. 왜 계속 눈물이 나는 건지 알 수 없었다. 다만 보라가 이제 자신의 인생에서 완전히 떠나갔다는 것은 알 수 있었다.

압구정동 스튜디오에서 포스터 촬영이 끝나갈 때쯤 민재가 나타났다. 제일 먼저 민재는 보라에게 눈짓으로 인사하고 다른 배우들과 스태프들과 인사를 나누었다. 그리고 영화사 관계자와 시사회 일정에 대해 이야기했다. 개봉 전부터 벌써 해외 영화제에서도 관심을 보인다는 얘기를 들었을 때 모두 기뻐했다.

이제 관객들에게 선보일 일만 남았다. 하지만 기대감과 동시에 서운함도 밀려왔다. 영화가 상영되면, 정들었던 배우, 스태프들과 헤어져야 한다. 늘 해왔던 익숙한 이별이지만 어쩐지 두려운 이별.

"케이블카 타러 갈래? 남산에."

저녁 9시가 다 된 시각이었다. 포스터 촬영이 끝나고 저녁이나 먹자면서 민재가 보라를 차에 태우고 이태원 쪽으로 향하던 길이었다.

"지금? 이 시간에 케이블카가 운행하나?"

"밤 11시까지 운행한 대. 내가 아까 찾아봤어."

갑자기 11월에 케이블카를 타고 싶다고 말하는 보라가 이상했지만, 민재는 작년에 보라와 명동에 갔을 때 자신이 케이블카를 타자고 말했던 기억을 떠올렸다.

"좋아. 타러 가자. 재미있겠다."

민재는 보라와 하룻밤을 보낸 이후부터 그녀에게 선배라는 호칭을 쓰지 않았다. 존댓말도 하지 않았다. 보라는 그런 민재가 더 친밀하게 느껴졌다. 그가 그녀의 이름을 부를 때 마음이 설레고, 온몸이 따뜻해졌다.

들뜬 표정의 민재와 달리 보라의 표정은 쓸쓸했다. 미용실에서 진욱과 마지막 인사를 하고 돌아 나올 때 보라는 조금 울었다. 미련이 남아서가 아니라 지난 시간이 스쳐 지나가서였다. 이제 남남이 된 사람이지만 정말로 안녕을 말할 땐 울컥했다. 그리고 지금 그녀는 또 한 남자와 이별을 하러 가는 길이었다.

서울의 야경은 아름다웠다. 왜 서울에 살면서 남산 케이블카를 한 번도 타보지 않았을까? 민재는 보라를 품에 안고 뉴욕의 밤보다 서울의 밤이 더 아름답다고 생각했다.

"행복하다."

보라의 말에 민재는 그녀를 품에 더 꼭 끌어안았다. 그리고 귓가에 속삭였다.

"사랑해."

보라가 민재의 품에서 미소 지었다. 민재와 함께 바라보는 서울의 야경은 눈부시고 행복했다. 민재를 왜 16년 전에 알아보지 못했을까?

케이블카를 타고 내려와 민재의 차 안에서 히터를 켜놓고 두 사람은 남산타워를 바라보고 있었다. 손에는 따뜻한 아메리카노가 들려 있었다.

"우리 시사회 끝나면 영국 갈까?"

민재가 보라를 바라보며 말했다.

"런던아이 타는 게 소원이랬잖아. 나랑 타자. 다른 남자랑 타는 건 싫어. 나 네가 예전에 그 얘기할 때 질투 났었어. 나랑 타."

민재가 질투하는 모습을 보며 보라가 웃었다.

"남산 케이블카 탔잖아. 그랬으면 됐지 뭐. 나 이제 런던아이 안 타고 싶어."

"그런 게 어디 있어? 왜? 그 자식이랑은 타고 싶고, 나랑은 안 타고 싶다는 거야?"

발끈하는 민재가 사랑스러웠다. 보내고 싶지 않은 이 남자. 갑자기 울컥하면서 애틋함이 치밀어 올랐다.

"낮에 미용실에서 우연히 진욱 오빠 만났어."

민재가 뜻밖의 말에 당황한 듯 아무 대꾸도 못하고 보라를 한동안 바라봤다.

"그래서 오늘 표정이 어두운 거였어? 옛날 생각나서 남산에 케이블카 타러 오자고 한 거였어? 야……, 너무 한다, 소보라. 화난다!"

민재는 유독 쓸쓸해 보이고 슬퍼 보이는 보라의 얼굴이 진욱 때문인가 싶어 질투심이 치밀어 올랐다. 도대체 최진욱이 뭐길래.

"정말 슬픈 게 뭔지 알아? 이제 나한테 최진욱이라는 사람은 완전히 과거라는 거야. 그렇게 사랑했고 이별해서 아파했는데, 우연히 만날까 봐 그 사람이랑 다녔던 곳은 일부러 피해 다녔는데, 이상하게 오빠를 만났는데도 아무렇지 않았어."

민재는 보라의 손을 가져와 자신의 입술에 갖다 대며 그녀의 말을 들었다.

"심장이 더는 그 사람을 향해 뛰지 않는다는 게 슬프게 느껴지더라. 허탈했어. 지난 시간이."

사랑하는 사람의 지난 사랑과 이별에 대해서도 이해해야 한다고 민재는 생각했다. 부정하려고 해도 최진욱은 그녀의 지난 삶이고 추억일 테니까.

보라는 민재를 바라보았다. 그리고 민재의 손을 자신의 왼쪽 가슴에 갖다 댔다.

"이 심장은 이제 너를 향해 뛰어."

민재는 촉촉하게 젖은 눈으로 미소를 지으며 그녀를 바라보았다.

"그런데 절망스러운 게 뭔 줄 알아? 내 사랑은 과거가 되고 정말 추억이됐는데, 너의 사랑은 아직 현재 진행형이라는 거야."

보라는 민재에게서 시선을 떼고 유리창 정면을 바라보았다. 그리고 잡고 있던 민재의 손을 놓았다. 보라의 왼쪽 가슴에 얹어져 있던 민재의 손이 스르륵 힘없이 떨어졌다.

"무슨 얘기야? 뭐가 현재 진행형이라는 거야? 우리 얘기 좀 해."

그의 심장이 덜컥 내려앉았다. 어쩐지 보라의 표정이 저녁 내내 우울해

보였다. 케이블카를 타는 내내 야경을 바라보며 입을 맞추는 그 순간에도 그녀의 눈빛은 슬퍼 보였다. 민재는 혹시나 유진이 그녀에게 전화한 것은 아닐까 아니면 진욱 때문에 다시 흔들리는 걸까 여러 생각이 교차하면서 마음속이 복잡해졌다. 민재는 자신의 오피스텔에서 유진과 보라가 마주쳤던 날, 유진에게 헤어지자고 말하고 보라의 집으로 달려갔었다.

"이제부터 내 말을 잘 들어줬으면 좋겠어. 할 말이 있더라도 끝까지 들어줘. 나는 당신의 추억을 껴안고 살 자신이 없어. 유진 씨랑 네가 보낸 지난 시간을 신경 쓰지 않고 너랑 행복할 자신이 없어. 너를 괴롭히고, 나를 괴롭게 할 거야."

민재의 숨소리가 가엽게 거칠어졌다. 보라는 계속 말을 이어갔다.

"너한테 고마워. 정말이야. 나를 위해 시나리오를 쓰고, 나를 배우로 믿고 인정해줘서가 아니야. 네 마음을 한 번도 의심해본 적이 없어. 그건 나한테 아주 중요한 문제야. 배신당하고 상처가 많은 나는 늘 사랑을 의심했거든. 진욱 오빠랑 연애할 때도 늘 그의 사랑을 의심했어. 그런데……, 너는 내게 항상 안정감과 확신을 줬어. 사랑받는다고 느꼈고 그래서 행복했어. 유진 씨한테 미안했지만 나에게 달려와 준 그날 밤도 고마웠고, 속으로 고민했을지 모르지만 유진 씨와 나 사이에서 흔들리는 모습을 보여주지 않는 게 정말 고마웠어. 내가 본 너는 사랑에 빠진 남자였어. 소보라라는 여자에게 빠진 남자. 그 진심을 느낄 수 있었던 것만으로 나는 행복해. 그걸로 충분하고."

보라는 이제 헤어지고, 그만 끝내자고 말하고 있었다. 하지만 민재는 보라가 무언가 서운해서 토라진 거라고만 생각해 안절부절못했다.

"뭐 때문에 그러는지 모르지만, 나는 끝났어. 유진이가 이별을 받아들이고 정리하기까지 시간이 좀 걸리겠지만, 그건…… 내가 좀 이해하고 기다려주는 게 그녀를 위한 마지막 배려라고 생각했어. 하지만 내 마음은 흔들리지 않아. 너를 불안하게 하지 않을 거야. 너를 오래 기다리게 하고, 마음 아프게 할 생각 없어. 나 못 믿어?"

믿는다. 민재를 믿는다. 한 번도 그에 대한 믿음이 흔들린 적은 없었다. 하지만 보라는 자신의 나이를 믿지 못했다. 오랜 연인과 헤어지게 하고 민재를 빼앗았다는 주변의 따가운 시선에서 자유로울 자신이 없었고, 유진에게 미안한 마음을 품고 오랜 시간 살아가야 할 민재의 죄책감을 지켜보며 행복할 자신이 없었다. 어렸을 때라면 용기 낼 수 있었겠지만, 보라는 이미 상처를 많이 받고 현실을 직시할 수밖에 없는 나이 삼십대 후반이었다.

보라는 민재의 두 뺨을 감싸 쥐었다. 그리고 그의 눈을 보면서 말했다.

"이렇게 사랑받은 것만으로도 충분해. 이해 못 할 수도 있지만 정말이야. 그리고 내가 너를 진심으로 사랑했다는 걸 알았으면 좋겠어. 내가 얼마나 너를 사랑하는지…… 네가 그걸 모를까 봐 마음이 아파."

민재는 그녀의 눈에서 진심을 보았다. 그의 시야가 흐려졌다. 볼을 감싼 보라의 두 손위로 그의 따뜻한 눈물이 흘러내렸다.

그날 밤 두 사람은 오랫동안 서로를 아프게 쓰다듬으며 껴안고 있었다. 두 사람의 눈물 너머로 남산타워의 불빛이 애잔하게 반짝이고 있었다.

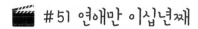 #51 연애만 이십년째

봄이 와 봄이 와 그대와 함께라 좋아라
봄이 와 봄이 와 그대와 함께라 좋아라
_봄이 와 | 김현철

봄은 연애의 계절이다. 봄 햇살은 마음을 설레게 하고 연애세포를 생성한다. 희재는 구재혁의 문자를 받고 미소를 지으며 운전 중이었다.

'우리 애기 밥 먹어쪄요? 이따가 술 많이 마시지 말고 전화해. 이제 곧 마흔인데 몸 생각해가면서 술 마셔야지.'

구재혁은 달콤한 말로 그들의 관계나 사랑을 포장하지 않았다. 희재도 이제 아줌마라는 호칭이나 곧 나이 마흔이라는 말에 발끈하지 않았다. 그게 사실이니까. 중요한 건 서른한 살의 그가 서른아홉 살의 그녀를 열렬히 사랑하고 있다.

희재가 구재혁과 연애를 시작한 건, 제임스 누나의 메일을 받고 난 뒤였다. 제임스의 편지들을 읽으면서 한동안 슬퍼하던 희재는, 어느 순간 제임스 누나의 말처럼 자신이 버림받았다는 상처에서 자유로워질 수 있었다.

제임스를 가슴속에 묻고 나자 용기가 생겼다. 한 번뿐인 인생, 더는 사랑 앞에서 자존심 세우고 망설이다 놓치고 싶지 않았다. 또 상처받을 수 있고, 버림받을 수 있고, 자존심이 다칠 수도 있지만, 희재는 그럼 뭐 어쩌랴

하고 생각했다. 제임스가 희재의 가슴 속에 묻히면서 그녀에게 심장이식을 해준 것 같았다. 희재의 심장은 용기 있게 뛰었고, 두려움을 잊게 했다.

오늘은 이태원에 미소의 네일숍이 오픈하는 날이었다. 숍 이름은 '스마일 네일숍'이었다. 미소의 네일숍 오픈파티에 온 혜영과 보라, 희재는 벌어진 입을 다물지 못했다. 좁은 평수의 네일숍엔 모델처럼 생긴 남자 네일 아티스트가 일렬로 앉아 귀여운 미소를 지으면서 여자 손님들의 네일을 손질해주고 있었다.

"어때? 아이디어 죽이지. 남자 네일 아티스트만 있는 숍! 여자들 미어터질 것 같지 않아? 이제 서울 시내 돈을 쓸어 모으는 일만 남았어!"

보톡스와 필러로 얼굴이 복어처럼 부풀어 오른 미소가 한껏 들뜬 목소리로 떠들고 있었다.

미소가 한국으로 돌아온 것은 지난 겨울이었다. 영주권자인 미소는 미국에서 오랜 시간 소송을 진행했다. 자신의 동의나 확인절차 없이 사적인 사진까지 실은 언론사와 돈을 떼먹고 도망갔으면서 자신을 꽃뱀 취급한 사기꾼을 상대로 지루한 소송을 벌여왔다. 어차피 망가진 이미지이지만 앞으로 남은 인생을 위해 소송은 미소에게 꼭 필요한 일이었는지도 모른다. 미소는 긴 소송이 마무리되자 한국에 돌아왔고, 이태원에 남자 네일 아티스트만 있는 네일숍을 오픈했다.

"역시 민미소답다. 어쩜 이런 생각을 했어?"

보라는 여전히 강하고 밝은 척 하지만, 깊어진 주름과 푹 꺼진 미소의 눈두덩을 보면서 그녀가 견뎠을 지난 시간의 고통에 대해 생각했다.

"내가 갑자기 요조숙녀인 척하는 것도 웃기잖아. 딸까지 있는 거 이제 사람들이 다 아는데 뭐. 그냥 나답게 살기로 했어. 대신 돈은 벌어야겠더라. 나이 드니까 엄마한테 얹혀사는 것도 눈치 보여. 그거 하나 철들었다면 철든 거다."

항상 즉흥적일 것 같던 미소도 이제 자신의 미래와 인생에 대해 진지하게 걱정하고 있었다. 미소의 얼굴에서 필러와 보톡스로도 가려지지 않는 세월의 흔적을 느낀 세 사람이 잠시 그녀에게 애잔한 마음을 가지려 할 때, 미소가 숍의 매니저를 맡고 있는 이십대 중반의 잘생긴 남자 엉덩이를 살짝 때리는 것을 보고 모두 깊은 한숨을 내쉬었다.

"그럼 그렇지. 민미소가 어디 가냐!"

"오늘 축하 파티 제목은 뭐야?"

미소의 네일숍 오픈 파티가 끝난 후 이태원의 한 술집에서 샴페인을 터트리기 전 보라가 물었다.

"우리 만난 지 거의 이십년 됐잖아. 여자들 우정 파티, 어때?"

혜영의 말에 희재가 고개를 단호하게 저었다.

"그런 지루한 축하는 빼자고. 우리 연애만 얼추 이십 년째 하고 있는 서른아홉의 윤희재와 소보라와 민미소를 위해 〈연애 이십 주년 기념식〉 하자. 스무 살 때부터 연애했다고 쳐도, 거의 이십 년째 연애만 하는 거잖아."

희재의 말에 다들 의아해하며 그게 무슨 축하할 일이냐고 반문했다.

"결혼하면 결혼기념일 세잖아. 결혼 일 주년, 이 주년, 십 주년. 그런데 싱글들은 왜 나이 들면 주눅 들고 구박만 받아야 해? 결혼해야만 어른이 되는 거야? 우리도 숱하게 연애하고 이별하면서 이만큼 성숙해졌다고."

희재의 말에 보라가 고개를 끄덕이며 말했다.

"맞아. 결혼 안 하고 연애만 하면서 사는 게 얼마나 어려운데. 결혼생활 하는 것보다 더 힘들어. 연애가 지겨워서 다들 포기하고 결혼할 법도 한데 우린 꿋꿋하게 연애를 하고, 이별해서 상처받아도 또 새로운 사랑을 기다리잖아. 그러니까 축하받아 마땅할 일이야. 씩씩하게 연애만 하고 산 지난 시간을."

불안했던 스물아홉 살 때보다, 서른아홉 살이 된 그녀들의 얼굴이 더 반짝반짝 빛난다.

"말 된다! 결혼해봤자 뭐하니? 나봐. 평생 집 밖으로 떠도는 남편 때문에 독수공방하잖니. 법적으로 묶여 있어서 자유롭게 연애도 못하고. 희재랑 보라 말이 맞아. 너희 서른아홉 살 될 때까지 결혼 안 하고 파란만장한 연애만 하고 산 거 축하해야겠어!"

혜영의 말에 미소가 신이 난 듯 G컵 가슴을 흔들며 샴페인을 따랐다.

"오 마이 갓! 윤희재 심장이 대체 어떻게 된 거야? 네가 이렇게 변할 거라고는 생각도 못 했어. 언빌리버블!"

"내 말이. 희재를 20년 가까이 봐왔지만 이런 모습은 정말 처음이야. 말해봐. 구재혁이 널 이렇게 만든 거야? 연하랑 사귀면 다 너처럼 이렇게 용감해지는 거니?"

보라가 샴페인 잔을 부딪치며 희재에게 물었다.

"까짓 거 아님 말고야! 구재혁 뻑하면 나한테 이제 마흔이라고 놀리고, 애도 못 낳을 거 같으니까 결혼은 절대 안 된다고 펄쩍 뛰지만, 그 자식 나 아니면 안 돼. 내가 걔 약점을 꽉 움켜쥐고 있잖아. 내가 돌봐주지 않으면 구재혁 또 2군으로 떨어져. 나랑 같이 자고 난 다음날은 얼마나 시합 잘하는지 알아?"

희재의 말에 미소는 브라보를 외치며 샴페인을 원샷했다. 보수적이라 자신의 자유로운 연애관을 늘 혐오스럽게 비판하던 희재가 이렇게 변하다니. 세상 참 살아볼 만하다는 생각이 들었다.

"보라의 새로운 연기 인생과 처음으로 해외 영화제에 가게 된 것도 축하해야지. 민재는 잘 있어?"

혜영의 말에 보라는 좀 전과는 다른 쓸쓸한 미소를 지으면서 고개를 끄덕거렸다. 민재와 이별 후에도 두 사람은 계속 만났다. 시사회며 언론 인터뷰며 함께 소화해야 할 스케줄이 많았기 때문이다.

그리고 지난겨울 보라의 생일 날, 그는 생일 선물로 CD를 줬다. 그 CD 안에는 민재의 진심이 담겨 있었다. 언제 찍었는지 모르는 보라의 수많은 사진들이 음악과 함께 영상으로 흘러나왔고, 편지도 들어 있었다. 하마터면 보라는 그 동영상을 보고 민재에게 전화를 걸 뻔했다. 눈물이 날 만큼 감동적이고 행복했다. 하지만 보라는 그에게 연락할 수 없었다. 민재의 목소리를 들으면 너무 보고 싶어서 그에게 달려갈 것만 같았다.

영화는 흥행에 성공하지 못했지만 꽤 좋은 평을 받았고, 해외 영화제에 출품됐다. 보라는 민재와 2주 후 함께 영화제 참석을 위해 비행기를 타야 한다. 보라는 민재가 유진과 완전히 헤어졌는지, 다시 만나는지 묻지 않았다. 하지만 여전히 민재는 보라에게 안부 문자를 보내고, 그녀가 밥은 잘 먹는지, 아프지는 않은지 건강을 챙겼다.

"우리 이제 내년이면 마흔인데 어떻게 살까? 언니 사십대는 어때? 살아 볼 만해?"

보라의 질문에 혜영이 미간을 잠시 찌푸리더니 덤덤하게 말했다.

"삼십대랑 똑같은 것 같아. 이제 내 나이 마흔여섯인데, 예전보다 건강을 챙기는 게 다르다면 달라진 점이랄까? 가끔 자식 키우는 친구들이 부럽기는 하지만 그건 어차피 내가 선택한 인생인 거고. 후회 없이 사는 게 아니라 후회하더라도 만회할 내일이 있으니까 괜찮다고 위로하면서 사는 거지 뭐."

혜영의 이야기를 들으니 서른아홉의 불안함이 조금은 사라지는 것 같았다. 그래 인생이 마흔에서 끝나는 게 아니지. 삶은 계속 반복되고, 지금까지 살아온 인생만큼 앞으로 더 살아내야 한다. 아니 살아가야 한다.

새벽 1시가 되자 구재혁이 레인지로버를 타고 희재를 데리러 왔다.

"뭐야! 전화도 안 받고, 지금 밀당하는 거야? 이 여자 알고 보니 완전 고수잖아? 우리 늙은 애인 누가 채가기 전에 내가 데려가야지. 빨리 일어나!"

구재혁이 희재의 가방을 집어 들고 그녀를 일으켜 세웠을 때, 남은 세 여자는 희재에게 부러움의 야유를 보냈다. 희재가 구재혁의 허리를 두 팔로 감싸 안고 그의 큰 품에 폭 안겨 시야에서 사라졌다. 분명 오래 살고 볼 일이다.

미소는 누군가와 통화를 하며 자신의 네일숍 쪽으로 걸음을 옮겼고, 혜영과 보라는 대리운전 기사를 기다리고 있었다. 혜영이 먼저 도착한 대리 기사에게 차 키를 건네고 출발하면서 말했다.

"보라야! 내일 카페에 들러. 선식이랑 너 좋아하는 율무차 좀 가져가."

보라는 웃으면서 그녀에게 손을 흔들었다. 그리고 곧이어 도착한 대리기 사에게 차 키를 주고 뒷좌석에 앉아서 가방 안에 있는 휴대폰을 꺼냈다. 그 동안 부재중 전화와 문자가 도착해 있었다.

'또 내 전화 안 받고 그런다. 오늘 미녀 사총사 술 마신다며. 조금만 마셔. 내일 해장국 먹으러 가고 싶으면 전화하고. 물론 안 할 테지만. ㅜㅜ 내가 내일 전화할게, 받아, 꼭!'

보라는 민재에게 답장을 하지 않았다. 하지만 휴대폰을 가슴에 대고 꼭 끌어안았다. 아직 새로운 사랑을 시작하기에는 시간과 용기가 필요하다. 그리고 그 사랑의 대상이 민재인지 다른 누구인지 알지 못한다. 하지만 보 라는 조급하게 마음먹지 않으리라 다짐한다. 연애의 해피엔딩이 결혼은 아 니고 연애의 새드엔딩이 이별은 아니다. 그 경험에서 무엇을 배우고 어떤 것을 깨달았는지 그것이 중요할 뿐이다.

차 창문을 조금 열었다. 어디선가 아카시아 향기가 난다. 아……, 봄의 향기. 보라는 아카시아 향기를 깊이 들이마셨다. 지금이 봄이라 참 행복하 다는 생각을 하면서.